魔法使いで引きこもり？
He is wizard, but social withdrawal?
10
～モフモフと見守る家族の誕生～

「うちの子、まだ小さいの。失礼なことするかもしれないけど――」

「にゃ。にゃにゃにゃ」

プルウィアが振り返って問うような視線を向けてくる。

シウは笑って通訳した。

フェレス

「子供のすることだから
大丈夫、って感じかな」
シウ
プルウィア
レウィス

「……可愛いものだな」
皆に囲まれても
ブランカは肝が太いのか眠ったままだった。
お腹いっぱいで、息をするたびに
ぽんぽこに膨らんだお腹が揺れている。
ブランカ

小鳥屋エム

Illust 戸部 淑

He is wizard, but
social withdrawal?

Presented by Emu Kotoriya.
Illustration by Sunaho Tobe

He is wizard, but social withdrawal?

Contents

Illustration by 戸部淑

Character

主な登場人物

メインキャラクター

シウ＝アクィラ

異世界に転生した13歳の少年。
相棒のフェレスとともに異世界生活を満喫している。王都ロワルを離れ、ラトリシア国のシーカー魔法学院に進学した。ラトリシア国ではカスパルの屋敷に下宿している。

フェレス

希少獣の中の猫型騎獣（フェーレース）。甘えん坊でシウが大好き。成獣となり空を飛ぶのが大好きに。

ヴァスタ

赤子のシウを拾って育ててくれた樵の爺様。元冒険者で、シウが一人でも生きていけるように育てた人。

神様

何故か日本のサブカルチャーに詳しい、日本人形のような顔立ちの少女。
愁太郎に「転生してみませんか」と勧めてくれた神に位置する存在。

加耶姉さま

前世で複雑な生まれだった幼い愁太郎を、唯一可愛がってくれた優しい少女。

カスパル家

カスパル＝ブラード

伯爵家の子息でシウとはロワル魔法学院からの付き合い。古代の魔道具や魔術式に興味があり、古書集めが趣味。マイペースなオタク気質。

ダン＝バーリ

カスパルの友人兼お付き。
楽しそうにカスパルのフォローをしている。

ロランド

カスパルの家令。
ラトリシア国にある屋敷の管理を任されている。

ミルト

古代遺跡研究科の生徒で狼と犬の血を引く獣人族。魔法学院に来る前はクラフトと共に、冒険者たちの依頼を受けて遺跡の案内をしていた。

クラフト

古代遺跡研究科の生徒で狼の血を引く獣人族。ミルトの従者兼生徒として魔法学院に通っている。

アマリア＝ヴィクストレム

創造研究科の生徒。伯爵家の第二子。ゴーレム製作の研究をしており、人のために戦う騎士人形を作ることが目標。

ヒルデガルド＝カサンドラ

魔法学院の一年生で侯爵家の令嬢。ロワル魔法学校の生徒だったが、魔獣スタンピード事件で身勝手な行動をとり退学となった。シーカー魔法学院でもなにかとトラブルを起こしている。

クレール

魔法学院の一年生。ヒルデガルドと同郷で面倒見がいいことから彼女のお目付け役を任される。

スサ

ブラード家のメイド。シウとリュカのお世話係で、日中はだいたいリュカと一緒にいる。

リュカ

獣人と人族の間に生まれた少年。父親が奴隷だったため街道の復旧作業に連れていかれ、そこで父を亡くしてしまう。今はシウに引き取られて、カスパルの屋敷で一緒に暮らしている。

ソロル

街道の復旧作業に駆り出された奴隷の一人。ブラード家の見習い家僕として雇われることに。

シーカー魔法学院の生徒

プルウィア

シウの同級生でエルフの美少女。その美貌のせいで貴族の子弟達からよく言い寄られているが、本人は相手にしていない。ククールスとは親戚同士。

レイナルド

戦術戦士科の教師。熱血漢だが教え方は理論的。

ラトリシアの冒険者

ククールス

エルフの冒険者。背が高くひょろっとした見た目をしているが、しっかりと鍛えている。重力魔法レベル3を持っている。

ラトリシアの王族

ヴィンセント＝エルヴェスタム＝ラトリシア

ラトリシア国の第一王子。冷静沈着な人物で滅多に表情が変わらない。

王都ロワルの人々

スタン＝ベリウス

王都ロワルでシウが下宿していたベリウス道具屋の主人。シウのよき理解者であり、家族同然の関係。

エミナ＝ベリウス

スタン爺さんの孫娘でおしゃべり大好きな明るい女性。ベリウス道具屋の後継ぎとしてスタン爺さんから仕込まれている途中。

アラリコ

クラス担当の教師。言語魔法レベル4で言語学と古代語解析を担当している。早口で皮肉っぽい。

アルベリク＝レクセル

古代遺跡研究科の講師。レクセル伯爵家の第一子だが、本人曰く放蕩息子。

バルトロメ＝ソランダリ

魔獣魔物生態研究科の教師。

ソランダリ伯爵家の第四子で、お嫁さん探しという名目で教職に就くことを許してもらっている。

レグロ

生産科の教師でドワーフ。
生徒に対しては放任主義で、作りたいものを作らせている。アグリコラとも知り合い。

トリスタン＝ウーリヒ

複数属性術式開発科の教師で男爵。顔が怖いため気難しく見えるが、実は熱い性格。

その他

ガルエラド

薄褐色肌で大柄な竜人族の戦士。竜の大繁殖を抑えるために各地を旅してまわっている。

アウレア

白い肌と白い髪が特徴的なハイエルフの子供。ある出来事がきっかけでガルエラドに引き取られる。

ドミトル

エミナの夫で道具職人。エミナとは新婚。

リグドール＝アドリッド

ロワル魔法学校時代の同級生でシウの親友。大聖人の子息ながら庶民派の性格。アリスに想いを寄せている。

アリス＝ベッソール

ロワル魔法学校時代の同級生。伯爵家の令嬢。控えめでおとなしい性格だが、思ったことははっきり言うタイプ。リグドールのことが気になっているらしい……？

コル

鴉型希少獣（コルニクス）。

エル

芋虫型幻獣（エールーカ）。

キリク＝オスカリウス

辺境伯。「隻眼の英雄」という二つ名を持つ。若い頃ヴァスタに助けられた恩があり、彼が育てたシウのことを気にかけている。

これまでのあらすじ

異世界に転生した少年シウは、相棒の猫型騎獣フェレスとともに王都ロワルでの生活を満喫していた。大家のスタン爺さんや孫のエミナらと家族同然に付き合い、魔法学校ではリグドールやアリスといった多くの友達に恵まれた。魔法学校の演習中に起きた魔獣の氾濫やデルフ国での聖獣誘拐未遂事件などで貴族のキリクと親しくなり、後ろ盾になってもらう。

ラトリシア国のシーカー魔法学院に進学してからは、ロワルでの先輩だったカスパルの屋敷で下宿を始める。さらに冒険者として活動する中で、魔獣に襲われて父を亡くしたリュカという少年と出会い、彼を引き取って育てることにした。

また雪山に現れた魔獣の討伐隊に参加したシウは、シュタイバーン国から駆け付けたキリクや冒険者たちと共に討伐する。その功績が認められて、ラトリシア国の王子であるヴィンセントに謁見することにもなった。

魔法学院が長期休暇に入ると、リュカを連れてシュタイバーン国へと帰省する。久しぶりに会う友人たちとの小旅行や、キリクの治めるオスカリウス領観光など存分に休みを楽しんだしたシウは、また忙しい日常へと戻って来るのだった。

プロローグ

He is wizard, but social withdrawal?

Prologue

シウは市場を見て回るのが好きで、シュタイバーン国に住んでいた頃はよく通っていた。ラトリシア国に来て早々に市場へ顔を出したほどだ。

大きな市場には周辺地域から多くの品が集まる。野菜、肉、魚。食材だけでなく魔獣（まじゅう）の素材など、庶民が取り扱う品ならなんでも揃（そろ）っている。市場を見るだけで、その土地の状況が分かるのも面白い。デルフ国の市場には多様な芋が売られていたけれど、小麦は少なかった。小麦を育てるのに適した土地があまりないからだ。代わりに、豊かに広がる森林からは良質の木材が取れ、市場で売られていた。畑で採れる葉物野菜の代わりは山菜だ。

土地が変われば扱う品も変わる。それらを使って何を作ろうか、考えるのが楽しい。もはや趣味と言ってよく、研究にも似ている。さながら調理は実験だろうか。

そんなシウにとって、ラトリシア最大とも言われる港街ウンエントリヒは気になる存在だった。今回、学校の休みを利用して市場を覗（のぞ）いてみたが、そこで大きな収穫があった。二日後にまた行くつもりだ。そのために報告を入れておく必要があった。

まずは冒険者ギルドだ。先日は薬草採取の護衛という指名依頼があったので、念のため確認した。幸い指名依頼はなく、受けた方が良さそうな薬草採取の依頼もなかった。というのも、シウはラトリシアでは珍しい、騎獣（きじゅう）を連れた冒険者だ。その機動性をギルドが頼りとする場合もある。だから「今週は顔を出せない」と報告した。

居所を報告するのは義務ではないが、中級以上の冒険者には暗黙の了解である。

プロローグ

商人ギルドにも顔を出した。幾つかの特許申請書類を出し、以前提出したものに関しての報告を受ける。ここでも「今週は連絡が取れない」と告げ、屋敷に戻った。

もちろん、ブラード家にも伝えた。家令のロランドに言えば万事上手くやってくれる。何かあれば一番に報告だ。

リュカには「ごめんね」と謝った。一日中遊んであげられないからだ。ところが「たくさん遊びに連れていってもらったから大丈夫！」と元気に返ってきた。シウの里帰りに付き合ってくれたリュカはよほど楽しかったらしく、今も思い出しては嬉しそうだ。

孤児となったリュカを引き取った当初は、笑顔が弱々しかった。無理をして笑っていたのだろう。父親を亡くしたばかりだから当然だ。ガリガリで体力もなかった。そんなリュカだが、体調も良くなり健康になっている。医者からも問題ないと太鼓判を押された。

元気になって、自分の望みを口にできる前向きさも出てきた。

「でもあのね、今日は一緒に寝てくれる？」

こんな可愛い望みだ。シウが笑って「いいよ」と頭を撫でると、嬉しそうにはにかむ。リュカはまだまだ小さいので軽く手を上げるだけで頭に乗る。この子が将来、シウより大きくなると思うと不思議な気がした。

リュカが大きくなるのは分かっている。ミルトからも指摘されていた。獣人族は人族よりも体が大きいと。事実、獣人族であるミルトたちも体格が立派だ。そもそも、リュカの父親が大柄だったそうだ。奴隷たちの中で一番大きかったとソロルが話していた。その血を引いていれば、リュカも大きくなる可能性が高い。ミルトも、獣人族の血が強く現れるだろうと話していた。見て分かるものらしい。シウにはそのあたりが分からないけれど、耳や尻尾などを見ていたので彼等なりの判断基準があるのだ。

そんな話を聞くと少し羨ましく思う。シウが他の人と比べて小さいからだ。体を鍛えても筋骨隆々にならないタイプらしい。遺伝的にも難しそうだ。

「息子のように思ってる子が自分より大きくなるのって、嬉しいような寂しいような気持ちになるね」

フェレスにぼやく。そのフェレスも、考えればリュカと同じようなものだ。生まれた時は手のひらに乗るほど小さかった。今ではシウよりずっと大きい。

「よしよし」

フェレスを撫でると気持ちよさそうに目を細めた。

「フェレスは可愛いね」

「にゃぅん」

眠気に襲われているらしく、変な鳴き声だ。リュカはもうとっくに寝ていて、シウはベッドの上で本を読みながら片手でフェレスを撫で続けた。

「エルフのこと、もうちょっと調べてみようかな」

せめて大人になるまでは成長が早いと良いのだけれど——。

第一章
食材集めと料理三昧

He is wizard, but social withdrawal?
Chapter 1

ウンエントリヒに行く週末の朝はゆったりと始まった。学校もギルドの仕事もない。約束の時間には早く、いつもより時間を掛けてリュカの弁当を作る。普段の食事も喜んでくれるけれど「お弁当」には特別感があるらしく、ワクワク顔で眺めていた。

そんな朝の一時を過ごして、シウはのんびりと王都を出た。

ウンエントリヒに着いたのは、市場がもっとも忙しい「朝の競り」が終わった頃だった。シウがサロモネに教えられた事務所に顔を出すと、彼と案内役の店主がもう待っていた。店主には蕎麦農家を紹介してもらう予定だ。

農家までは馬車を使う。フェレスも一緒に乗った。彼は今回も大型騎獣であるティグリスに偽装していた。本来なら幼獣以外は乗せられないところ、小型であり、かつ同乗者の許可があったため乗せてもらえた。実際、騎獣の中でも小さいフェーレースだから窮屈になることもない。シウはフェレスと並んで窓の外の景色を楽しんだ。

馬車は街を出ると一面畑ばかりの中を進んだ。長閑な風景がしばらく続き、やがて山々が見えてきた。道の端には雪が残っている。海沿いでは見かけなかった景色だ。ようよう解けてきた頃らしい。もう少し早いと馬車での移動は大変だったろう。シウは良い時期に来られたようだ。

小さな村に到着すると早速村長の家に案内してもらう。村長はシウを見て少し驚いたようだったが、歓待してくれた。店主はシウがどういう人間かは話していないそうだが、村

長は大商人の関係者だと思ったらしい。直に買い付けに来るのだから勘違いするのも分かる。その割にはシウが小さいため「この子供が大商人？」と不思議に思ったらしい。緊張した様子ながらも首を傾げている。

とはいえ、店主の紹介だ。頼んでいた蕎麦の実はすでに用意されていた。まずは品質を確認してもらいたいと、実が乗った皿を差し出される。手に取って《鑑定》するが問題ない。見た目にも綺麗だった。選別してくれたらしく粒が揃っている。

「……とても良い状態ですね」

「よ、良かった、でございます」

村長がホッと胸を撫で下ろした。それを見て店主が笑う。

「ここの質がいいのはわしが保証するよ。だからこそ、坊ちゃんをお連れしたんだ」

「いや〜でも、わしらにとったら大事じゃ」

シウが想像する以上に緊張させてしまったと知り、謝る。

「すみません。急な話で大変でしたよね」

「いえいえ、とんでもないこってす！」

二人が慌てて頭を下げた。シウは偉くもなんともないので、そんな風にされるとむず痒い。居心地悪い思いでいたらサロモネが間に入ってくれた。

「まあまあ、そこまで固くならんでも。こちらの若様は気さくな方だから大丈夫ですよ。さて。こちらの品質で問題ないようでしたら、あとは売買となりますが――」

「はい。金額はお任せします。それより、こんなに貰ってしまったら困りませんか？」

彼等の主食ではないのかと心配すれば、いやいやと手を振られた。

「わしらはパンが食べたいんじゃけど、どうもこのへんは小麦の出来が悪うて不作も多いでなぁ。蕎麦なら育つもんで、かなりようけ植えたんじゃが、そしたら一昨年から小麦の出来が良うなって！　蕎麦も育っておってから、このまんまじゃ余ってしまうで困っておったです。ようけ買うてくれて有り難いくらいじゃぁ」

「それなら大丈夫ですね。良かった。じゃあ、先にお支払いしておきます」

　その場で金貨を取り出そうとして、ふと、銀貨の方がいいかもしれないと思い直す。シウは魔法袋にもなっているポシェットから銀貨の入った袋を取り出した。それを見て、村長が驚く。店主は苦笑いだ。

「あ、そうでしたな。言うておくのを忘れておった。村長さんや、坊ちゃんがアイテムボックスを持ってるのは秘密だでな。話したらいかんぞ」

　店主が注意すると村長は慌てて「もちろんじゃ」と何度も頷いた。ウンエントリヒでも珍しがられたのだから、街から離れた場所ではなおのこと魔法袋の存在が珍しいのだろう。村長も初めて見たらしい。シウも最初に存在を知った時はひどく驚いたので気持ちは分かる。サロモネも店主と同じように苦笑していた。


　話が一段落したため、シウはお願い事を口にした。

第一章

食材集めと料理三昧

「あのー、ちょっとだけ、この場で碾いてもいいですか？」

「蕎麦の実をかい？　そりゃまあ、いいが。水車まで運ぶかね」

　店主が袋を持ち上げようとするのを急いで止め、魔法袋から石臼を取り出す。村長はやっぱり目をぱちくりしていたが、どうぞどうぞと場所を空けてくれた。早速、蕎麦の実を碾いてみると、ふわぁっと香りが漂う。

「そらまた、古い道具じゃのう。力が要りそうじゃが」

　魔道具には見えないからだろう。実際、加減が分からないうちは手で回すつもりでいる。これでもシウは力があるのだ。

「使い勝手はいいんですよ。石臼碾きだと熱が溜まりにくいので、風味や香りを損ないませんし。ところで、たとえばこの小さな実や、こっちの黒っぽい方の実を別々に育てるというのは可能ですか？」

「そりゃまあ、できるがのう」

「でしたら作ってもらえないでしょうか。もちろん、手付けは払います。万が一、不作になっても構いません。保証金として受け取ってください。蕎麦が出来上がったら買い取ります。どうでしょうか」

「そりゃぁ願ったりじゃが……」

　村長が不安そうに店主を窺う。シウの見た目で心配なのか、あるいは唐突すぎたのかもしれない。すると、話を聞いていたサロモネが間に入ってくれた。

「大丈夫だと思いますよ。ですが村長さんも不安でしょうから、市場管理官のわたしが契約を行いましょうか」

それを聞いて、村長は安心したようだった。

「それじゃぁ、お頼みしますでな」

シウにも頭を下げるので、慌てて会釈(えしゃく)する。

「こちらこそ、よろしくお願いします。それで、この品種は夏頃に種を蒔(ま)くんですよね？」

「へえ」

「ではそれまでに品種改良するかどうかなどを決めて、サロモネさんにお願いしておきますね。頻繁に来られないので。あ、今のうちに手付けも払っておきます」

先に渡しておけば村長も安心するだろうと思ったが、サロモネに止められた。

「でしたらタロー様、こうしましょう。村長は、種蒔きの時期までにタロー様から連絡がなければ作付けを『いつも通り』にする。逆に連絡があった時のために、ある程度の準備が必要だ。タロー様は品種別に増やしたいとお考えのようだから、細かく分けておく必要はある。でも、それぐらいの手間なら後から請求でも問題ないでしょう」

村長が「へえ」と何度も頷く。先払いするほどではない、とサロモネは指摘しているのだ。自分好みの蕎麦ができるかもと想像し、先走ってしまったシウは二人に謝った。

　落ち着くと、村長が昼食に招いてくれた。蕎麦粉を使った料理が多いのは、蕎麦の実を買い付けにきたシウのためだろう。クレープのように焼いた生地の中に野菜や肉などの料理を挟んで食べる料理が美味しかった。他にもスープの中に蕎麦団子を入れるなど、どれも洋風である。もちろんどれも美味しい。けれど、シウの中では蕎麦と言えば麺だ。醬油味の汁につけて食べたい。

　それに蕎麦茶として飲むのも好きだった。が、出されたのは白湯だった。

「蕎麦の実を使ってお茶にはしないんですか？」

「ええっ？　しませんよ？」

　と、驚かれる。シウは試しにと、その場でお茶を作らせてもらった。蕎麦の実の皮を剝き、鉄鍋を借りて焙煎すると良い匂いが広がった。《鑑定》しても問題なさそうだ。お湯を入れて蒸す。白いカップに注げば綺麗な黄色だ。飲むと、香ばしくて美味しい。

　興味津々だった皆にも注ぐと、おそるおそる受け取って飲み始めた。

「おおっ、こりゃ美味しい」

「煎るとこんなにいい匂いになるんじゃなぁ」

「苦味と甘みがあって独特の風味だが、なるほど、食事にも合う」

　店主と村長、サロモネがそれぞれ感想を口にした。シウはにっこり笑った。

「蕎麦茶は体にいいんですよ。利尿作用があるのでトイレに行く回数は増えますけど」

「へぇ、そりゃあ、知らなかった」

「実に栄養があるんです。一緒に飲むといいですよ」

ついでに《鑑定》して分かった事実も付け加える。更に気になった事実についても。

「もしも、蕎麦を食べて喉がイガイガしたり体に痒みを感じたりしたら絶対に食べてはいけません。食物アレルギーといって、その人には合わない食材なんです」

これは前世の記憶があったからこそ鑑定に出てきた情報だ。店主や村長が「そんなことが?」と驚いて目を丸くする。サロモネは思い当たるのか、小さく頷いた。

「漆にかぶれるのと同じです。平気な人も、稀にいますよね。体質は人それぞれです」

蜂に何度も刺されると危険になるのも同じだ。アレルギーは怖い。

「埃まみれの場所でクシャミ鼻水が止まらない人、いるでしょう? 全く平気な人だっている。蕎麦の拒絶反応は命に関わることもあるから気を付けてくださいね。蕎麦殻に触れるのもダメです。何も問題なければ、味も健康にも良い食材ですよ」

村長と店主は「なるほどのう」と何度も頷いていた。二人からは蕎麦の品種について教えてもらい、シウにとって楽しい時間となった。


午後はゆっくりと市場まで戻り、店主とはそこで別れた。シウたちは事務所に行き、契約書の作成だ。手付金も預けた。

「本当はサロモネさんの仕事じゃないでしょう? 付き合わせてしまってすみません」

「いえ、面白い情報も仕入れられました。市場としても食材の使い方を知っておいて損はありません」

シウは帰りの馬車で蕎麦について延々語った。そのせいでサロモネは「覚えきれない」と、途中から猛然とメモに書き込んでいた。

その後、香辛料の店の主(あるじ)とも話し合った。彼にもターメリックの栽培をお願いする。こちらは初期投資が必要だろうと、手付金をその場で払う。

「上手(うま)くいけば次回からの香辛料の支払いをそこから引いてください。ダメでも投資なので構いません」

「豪気(ごうき)なことでやすが、ほんとによろしいんで？」

店主がサロモネを見た。彼が頷いたので店主は手付金を受け取った。

「坊ちゃんはお若いのに、いろんなことを知ってなさるんですね」

「僕のはただの本で得た知識で、あれやこれやが欲しいという我が儘(まま)からきてまして」

「ほぇー、そんなもんですかい」

雑談を交わしながらも香辛料に関する情報を交換する。シウが「いずれは香辛料を組み合わせた料理を作る」と話すと、気の遠くなる作業だと店主に驚かれた。

店主が事務所を出て行くと、シウはサロモネにだけ自分は貴族の子ではないと告げた。

「構いませんよ。ご事情があるのは分かっておりました。それに、元々市場に来られる方々の素性を調べませんからね。ご安心ください」

そもそも騎獣を連れ、仕立て服を着ている時点で「それなり」の人物だと考えるらしい。

支払いに関しても問題ないとなれば、詮索する必要もない。偽名についても何も言われなかった。シウはタローとして挨拶し、市場を後にした。

次に《転移》したのはシャイターン国だ。王都に近い、海沿いの港街に飛んだ。

シウはこの国でも偽装することにした。ウンエントリヒでは貴族の子供を装ったが、今回は「冒険者で魔法使い」のままだ。ローブは黒にした。フードを被って顔は隠す。更に獣人族の子供に偽装した。フェレスはティグリスの偽装を続けている。

夕方が迫っていたため、まずは宿を取ろうと門兵に話を聞いた。

「騎獣がいるなら、少々値は張るが『白カモメ亭』がいいぜ。あそこは安全だし、清潔だ。獣舎もきちんとしている。なにより飯が美味い」

「じゃあ、そこにします。ありがとう」

「いいってことよ。おっと、そうだ、ヴァルムへようこそ！」

にこやかに挨拶される。この港街も感じが良い。ウンエントリヒもそうだったが、人の出入りが多いせいか身分証を提示する必要がなかった。その代わり、街の中は警邏隊の見回りが多い。

この港街は王都に近いこともあり、国中から市場に食材が集まるそうだ。以前にもシャ

第一章

食材集めと料理三昧

イターンについて書かれた本を数冊読んだが、街を歩いていると気になって脳内書庫にある別の本を開いてみた。それによると、王都の近辺には温泉が多いとあった。湯量も豊富で、王都には温泉水が張り巡らされている。余分な温水は川に流れ込み、港の付近も海水温が高い。ヴァルムという名も温かいという意味がある。海流のおかげもあろうが、漁は外海に出ずともよく獲れるそうだ。周辺の土地も肥えており、北に位置する割には農耕にも恵まれている。ラトリシア国とは街の雰囲気も違った。ヴァルムには食材だけでなく人も集まっているようだ。街全体に活気があった。

観光気分で歩いているうちに教えてもらった白カモメ亭に到着した。子供だけの旅行でも特に何も言われない。冒険者ギルドのカードを出したからかもしれないが、愛想がいい。ならばと、ダメでもともと「この子と一緒に泊まりたいのですが」と頼んでみた。

「あら、ティグリス？　まだ成獣前のようですね。小さいですし構いませんよ」

「ありがとう。あ、出る時に浄化を掛けていきます」

「まあ！　そうしてもらえると清掃も楽だわ。お願いします」

臨機応変に対応し、かつ笑顔で返してくれる姿には好感が持てた。下級の冒険者が泊まるには高めの宿だけれど、その分の良さがある。案内された部屋も綺麗に整えられており、ベッドは王侯貴族が使うような立派なものだった。食事も美味しく、門番がお勧めするだけはある。

シウは明日が楽しみになって、わくわくしながらフェレスと一緒に眠った。

翌朝は早くに宿を出た。市場まで歩いて向かう。街並みは石造りが多く、全体的にテレビで観たようなヨーロッパの田舎風だ。同じ石造りでも、デルフ国のような堅苦しさは感じない。角を削って丸みをもたせているから柔らかく見えるのだろう。花の鉢植えやペイントされた木枠の窓、ちょっとした小物を飾っている家が多い。

海が近付くと家の造りが変わった。石造りではなく土壁に板を張って白い塗料が塗られているようだ。《鑑定》してみると、塗料は貝殻から作られていた。港街らしい。屋根も潮に強い瓦が使われていた。瓦と言っても黒や灰色ではない。オレンジ色などの明るい瓦だ。見える場所では端が丸くなっており、可愛らしい。

フェレスと並んで街並みを楽しんでいたが、やがて市場に到着した。市場特有の活気がある。小売店の人たちが大声で競りに参加しており、邪魔になってはいけないので終わるのを待つ。その間に目当ての物を探しておこうと、シウは市場を練り歩いた。すると、欲しいものがたくさん見付かった。

「あれはマグロかな。カツオもある。ここは青魚系が多いみたい」

ウンエントリヒの市場では白身魚が多かった。海流による違いだろう。

「あ、魔物系も売ってるんだ」

魔物とは魔力を持つ凶暴な生物全般を指して呼ぶそうだ。ただし、冒険者といった現場の人間が魔獣と呼んでおり、研究者の間でも意見が分かれている。虫系も魔虫であったり魔獣であったりと自由に呼ばれていた。どちらでも危険だと分かればいい。

獣や虫がそうであるように、魚類にも魔力を持つ凶暴な生き物が存在する。滅多に見ないのは、人間が海に住んでいないからだ。それに遠洋へ行ってまで漁をしない。

とはいえ、彼等が近くの港に来れば困る。普通の魚類を根こそぎ食べられてしまうからだ。また漁師たちにも危険が及ぶ。そのため港街にある冒険者ギルドでは海の魔獣の討伐依頼が出る。獲物はギルドに買い取られ、解体の後に市場で売られるというわけだ。ここでは珍味として愛されているらしく、買っていく人が多い。魔獣の肉なら食べ慣れているシウだが、魔物の魚はなんとなく手を出しづらい。何より新鮮な普通の魚が多く揃っている。先にそちらを手に入れようと購入リストを作った。

競りが終わった頃を見計らい、シウは早速買い物を始めた。見慣れない姿の子供だ。訝しそうに見る人もいたが、払いがいいのですぐに態度が変わった。

「お使いかい、坊主」

「はい」

「気を付けなよ。大量に買ってたら目を付けられる。そんな高価なものを持ってるしな」

店主の視線が魔法袋に向く。

「ありがとう。騎獣がいるし、僕自身も冒険者で魔法使いだから大丈夫だと思う」

「そうかい。ま、この市場の人間におかしな奴はいいねぇ。だが何かあったら警邏にすぐ相談しな。よく巡回してるからよ」

店主の言葉通り、市場の中にも警邏隊が多くいた。シウにも何度か視線が飛んできたので、情報は伝わっているだろう。

そうして魚関係を買い終わった。店の並び順に進んでいたため、次は海草類だ。シウはわくわくと店を覗いてはワカメや昆布の姿に喜んだ。もちろんまとめ買いする。

「あ、生海苔だ」

薄い板状にした海苔はないかと聞いてみるも、店員には首を傾げられる。

「あの、乾燥させて味付けをしたものなんですが」

なおも説明を続けると、奥から女性店主が出てきた。

「そんなのは聞かないねぇ」

「そうなんだ。あの、この生海苔はこれだけですか？」

「……ポルピュラのことかい？　これは、今あるだけだね。もっと欲しいのかい？」

どうやら地元民しか食べないようだ。だから店には少量しか置いていない。シウは、できればたくさん欲しいと頼んだ。

「明日なら用意できるけど、どうだい？」

「お願いします。あればあるだけ買います」

女性店主が目を丸くした。

「あるだけって、あんた。こんなの、たくさんあるよ？」

明日の分の手付けは要らないと断られた。明日の「海苔」に期待しているらしい。まずは今あるものを購入だ。

興味津々なので、シウは明朝に作って見せると約束した。

「……これ、何かに使えるのかい？」

「はい。欲しいです」


他にも見て回ったが、日本由来のものらしい食材が意外と多かった。全部が揃っているわけではない。ちぐはぐなのは転生した先輩方の知識が偏っていたせいだろうか。あるいは受け入れられて広まったものだけが残ったのかもしれない。

ワサビも見付けた。ちょうど旬で、葉ワサビも売っていたのをシウは喜んだ。こちらも店にあるだけのものを、もちろん買い占めない程度に購入した。

「ほぇー、珍しいね。外国の人がワサビを食べるのかい」

「昔、食べたことがあるんです」

「あんた、まだ小さいのに面白いこと言うねぇ。でも大丈夫だったかい？　獣人族はワサビみたいな刺激物が苦手だって聞くよ？」

「あ、えっと、はい」

そういう設定だったと思い出し、シウは曖昧に笑った。

「まあ、この独特のツンとするのがいいのさ。分かってくれる人がいて嬉しいよ」

「爽やかな辛みが鼻に抜けていくんですよね。苦味はあるけれど清々しい香りもあって、独特の風味がいいというか」

「あんた、ツウだねぇ」

「えーと、まあ、はい」

つい語りすぎてしまって頭を掻いた。ともあれ、これで刺身が美味しく食べられる。そして蕎麦だ。蕎麦にワサビは邪道と言う人もいたけれど、シウは断然ワサビ派だった。自然と気分が高揚する。歩く姿もフェレスと同じ、軽い調子になっていた。


市場では他にも、シウの記憶を呼び起こすものがたくさん売られていた。醬油や味噌はもちろんのこと、米の種類も豊富だ。これらはシュタイバーンでも手に入れていたから知っている。更に、米から作られる酒があったのだ。シウはまだ飲める年齢ではないが、せっかくなので全種類をまとめて購入した。成人してから飲むも良し、誰かに勧めてもいいだろう。

みりんがあったのも嬉しい。味見させてもらうとシウが作るよりも美味しかった。醬油は自作の方が好みに合うため、原料となる大豆だけ手に入れた。味噌は店ごとに味が違った。シウが前世で好きだった麦味噌も見付け、各種まとめて購入だ。

米は仲買人のアナに頼んでいるから今回は見送った。農家と直接契約し、品種改良をお願いしている。とはいえ、味見を勧められて断る理由はない。その結果、粘り気のないパラッとした品種が多いと分かった。米粉にして麺にするか、パエリアにも合いそうだと思った。シウとしては甘くて粘り気のある米が好みだから、品種改良をお願いしたのは正解だったようだ。

広い市場には日本風の食材ばかりではない。隅々まで見て回ればアジア風の食材も見られる。テレビでしか観たことのない野菜や魚醤（ぎょしょう）といった調味料、それに唐辛子で漬けた漬物もあった。塩辛は小さな店の隅に置いてあり、珍味扱いだ。シウが「あ、これ！」と知っている素振りを見せれば、店主らは気を良くして味見を勧めてくれた。

「美味しいのによぉ。なかなか広まらなくてな」

と、ぼやく。その店主は塩辛をちょびっと指で摘（つま）んで「んー」と唸（うな）った。それだけで食べたら辛いだろうにと、シウは笑った。そして提案してみた。

「広めたいなら、レシピを公開したらいいのに」

ところが、店主はきょとんとする。どうやらそのまま食べて、アレンジレシピはないようだ。勿体無（もったいな）い。塩辛はお茶漬け以外にも食べ方があったはずだ。もちろん――。

「塩辛はお酒にも合うから、清酒を勧めるついでに紹介してはどうでしょう。そちらの野菜の唐辛子漬けは、そのままだと食べられない人もいるだろうけど、料理に使うと食が進みますよ。おかずとしても、お酒のツマミとしても合うと思います」

店主が「ほう」と興味を持った。シウは思い付いたレシピを口にする。

「たとえば、塩辛はパスタに使えますね。麺に合わせて醤油をちょろっと入れるだけでも良い味になる、気がします。ネギを入れてもいいかも。野菜の唐辛子漬けは岩猪の肉と炒めて卵でとじると美味しそう」

「肉と炒めて、卵？」

「卵を入れると味がまろやかになるんです。子供には砂糖を少しだけ入れるといいかも。といっても、あまり小さな子に刺激物を与えるのはどうかな」

「ふんふん。だが、唐辛子漬けに砂糖を？」

「辛すぎる場合はありだと思います。それと漬ける時に甘い果実、たとえばリンゴを一緒にすると味わいが深くなって美味しくなりますよね。それを細かく切って、ネギと卵とご飯を炒めたら立派な一品になる」

「ほほう、想像したら美味そうだ。すごいな、坊主」

乗り気の店主に、シウは更に鍋料理を提案した。

「お鍋は体が温まりますよ。豆腐と野菜の唐辛子漬け、お肉や魚を入れて野菜もたっぷり。食べ終わったら締めにご飯を入れて『おじや』の完成です」

「おじや？　ほう。そういう料理名なんだな。ていうか、唾が出てきたぜ」

周りの店からも人が出てきて、皆が興味津々だ。シウは笑った。

「おじやはリゾットみたいなものかな。別の言葉だと雑炊って言うんだけど」

「リゾットならなんとなく分かるぞ」

「似てるけど、おじやは炊いた米を使うんだ。鍋料理の残った汁に冷えたご飯を入れて軽く煮込むと出来上がり。最後に卵でとじて刻んだネギや香草を掛けてもいいね。味を調えるのに醬油を足しても、チーズだってありだと思う。鍋料理は自由度が高いから」

「ふーむ、面白いなぁ」

「そういやシュタイバーンで鍋って料理が流行っていると言ってたな。このことか」

「俺、知ってる。かみさんが『大皿だから片付けが楽』だって話してたよ」

しかし、楽という言葉で手抜きだと感じたらしい。奥さんもどうやって作るのかハッキリとは知らなかったので、そのまま忘れていたとか。ならばと、シウは今度は詳しく説明した。といっても家庭で作る鍋料理は難しくない。各家庭で自由に作れるのもいい。家族が一つの鍋をつつく、というのも面白く感じたようだ。それぞれ、試しに作ってみると話していた。

逆にシウも、地元の料理法を教えてもらった。魚のぶつ切りを鉄板で軽く焼いた後、一口サイズに切ってから専用のタレで食べる。このタレが美味しい。磨り潰したニンニクの葉に味噌と酢を混ぜるのだ。

他にも地元でしか知られていない食材を教わった。中でもネギやニンニクの種類が多く、それらを使った調味料もある。シウは当然のように、手に入れられるものは全部購入した。

港街だけあって魚関係のレシピは数多くある。豪快な料理が多いのも面白い。それに海の魔獣の食べ方も聞けた。海の魔獣は大きすぎるためか、大抵は大味になるらしい。ただ、種類や部位によっては美味しい箇所もある。そうした話を詳しく聞けて、シウにとっては大満足の一日となった。

一緒に市場を巡ったフェレスはどうかといえば——彼もシウと一緒に味見をさせてもらえて大満足のようだった。

宿まで戻る道中は、観光気分でヴァルムの街を見て歩く。

「このあたりは鍛冶のお店が多いね」

「ぎにゃ」

シャイターンは妹神サヴィアの信仰者が多い。サヴィアは火や物づくりの加護を与えてくれる女神だ。元々は鍛冶など火を扱う職人が多く住んでいた。そこに物づくりに関する職人が集まった。食材が豊富なのも物づくりへの探求心から来ていると言われる。彼等に目を付けたのが商人だ。今では商人の多い国として知られている。

なんとはなしに通り過ぎる人々を眺めていて、ふと気付いた。ほんの少しではあるが、顔の造りが平たいのだ。彫りが深くないともいえる。

「あ、そうか」

シャイターンはルーツの一つでもあった。すっかり忘れていたが、シウはシャイターン人の血を半分引いているはずだ。だからか、同じ風貌の彼等を見て懐かしい気がした。もっとも、シウは顔の造りについて細かい違いが分かる人間ではない。彫りが深いかどうか、ぐらいの認識だ。

ラトリシアで、シウの顔はシャイターン風だと何度か言われたことがあった。彼等には違いがはっきり分かるらしい。あるいはシウの鼻が低いだけかもしれないが。

翌朝は、まず最初に約束していた店へ向かった。シウを見るや、女店主が急ぐように店の裏へと連れていく。そこには新鮮な生海苔が大量に用意されていた。

「もしかして朝早くから採ってきてくれたんですか？」

「そうだよ。家族総出でね。親戚にも声を掛けたんだ」

「うわ、すみません。でも嬉しいです。ありがとうございます」

お礼を言うと、女店主はいやいやと恥ずかしそうに手を振った。シウは先に支払いを済ませ、それからポルピュラの加工方法を説明した。

「今は時間短縮のために魔法を使いますが、別に魔法じゃなくても大丈夫です」

まずは生海苔を海水でよく洗って不純物を除け、包丁で細かく切ってから大量の水を加える。その後は和紙作りの紙漉きと同じような要領で、液体状の海苔を漉いていく。海苔の付いた土台の簀ごと天日干しで乾燥させると完成だ。

「大まかな作り方はこんな感じです。出来上がったら密閉容器に入れて保管して、湿気た場合は魔法で水分を抜くとパリッと感が長持ちします。味付け海苔の場合は、醤油と砂糖に酒やみりん、唐辛子を混ぜた調味料を掛けます。味が付いて食べやすくなるんです。これも乾燥させるといいですよ」

実際にやってみせる。調味料はシウの持ち出しだが、これらは全て市場で買えるものばかりだ。

女店主はシウが最初に作った海苔を「ちょっといいかい？」と口にした。味わいながら「ふーん？」と変な顔になる。ところが、味付け海苔を食べると目が輝いた。

「こりゃ、美味しいじゃないか」

その声で、チラチラ見ていた店員たちが集まった。女店主は仕方ないと苦笑いだ。店員たちは交替で試食を始めた。そんな彼等を眺めながら、シウは女店主に更に提案する。

「最初の乾燥海苔、少し炙ると香ばしくて美味しいですよ。酢飯と合います」

女店主は「すめし？」と首を傾げた。ご飯に酢を混ぜる食べ方は知らないようだった。

ならばと、その場で作る。といっても酢飯用として堅めに炊いたご飯はもうある。魔法袋から出せばいいだけだ。あとは酢と砂糖と塩少々、香り付けに柚子果汁を少量混ぜた。

「まず、これだけで食べてみてください」

「あまり酸っぱく感じないね。それに米が甘くて美味しい……」

「新鮮な魚の切り身も用意します。そして海苔を炙って」

「ああ、磯のいい香りだ」

「この上にご飯を置いて、魚の切り身を乗せて巻きます」

「こりゃ、変わった食べ方だ」

変わっていると言いつつも手が伸びる。女店主は巻き寿司を頬張り、目を丸くした。もぐもぐと膨らんだ頬が萎んでいくのを待って、シウに向き直る。

「酢なんて、魚を保たせるのに使うだけだと思っていたよ。あれは腐るのを遅らせる魔法の水だ」

「漬物にも合いますよね」

「そうさ。酸っぱいんだ。それなのに、こんなに美味しくなるとはね。あたしらも魚を生で食べることはあるが、米と合わせるって発想はなかったよ。大抵、油と混ぜたソースでいただくのさ」

「ああ、カルパッチョとか」

「実はね、酢はドレッシングでも使うんだよ。だけど酸っぱいから、あたしは嫌いだったんだ。だけど、こうやって食べるなら大丈夫だ。何よりポルピュラが美味しいじゃないか」

炙った海苔がよほど美味しかったらしく、パリパリと食べ続ける。

「味が付いたのもいいが、あたしはこっちの方がポルピュラ本来の風味がして好きだね」

従業員たちは、若い子ほど味付け海苔を好むようだった。

「あんた、これ、うちで作ってみてもいいかい？」

「あ、どうぞ。海苔は無限の可能性があります。パスタにも合うし、ご飯にだって合う。特にお魚とは相性抜群じゃないでしょうか」

「そうだね、これはいいよ。それで、相談なんだけどさ。うちはあんまり儲かってなくてね。その、支払いは後でもいいかい？　あんた、まだこの国にいるだろ？」

女店主が何故言い難そうなのか、ようやく気付いた。シウは慌てて手を振った。

「要りません。自由にしてください。そもそも、これが売れるかどうか分からないし」

「いいのかい？　でも、これはすごいよ？　あたしが勝手にやっていいもんかね」

「はい。それに、もっと良いように改良していくのはあなたです。その手間や苦労を考えると、そっちの方が大変だと思う」

シウの言葉を聞いて女店主は晴れやかに笑った。それから、お土産を山ほどくれた。彼女の感謝の形を、シウは有り難く受け取った。


その日は午前中いっぱいをかけて市場を歩いて回り、午後は《転移》で爺様の家に飛んだ。フェレスが森の見回りに行くと言うので任せ、シウは購入した食材の加工を始めた。

調味料も自分好みに整えてから、すぐ使えるように瓶へ入れ替える。もちろん調理もした。何を作ろうかと楽しみにしていたので、ウキウキと大量に作っては空間庫に放り込んでいく。

蕎麦も作った。白いものから皮付きまで分けて粉にする。今回の料理で一番時間がかかったのが蕎麦だ。捏ねるのにも技がいると痛感した。試行錯誤を繰り返して、ようやく納得いくようになったのは夕方頃だ。慌てて片付けた。

カレー粉はまだ試行錯誤が足りない。ぼちぼち配合を考える予定だ。ともあれ楽しい時間はあっという間に過ぎた。戻ってきたフェレスを連れ、シウはいつものように《転移》でルシエラ王都に戻った。

◇◆◇◆◇

楽しかった週末が明けると普段通りの時間が始まる。シウはいつものように朝食とは別にお弁当を作った。新作も詰め込んだ。リュカのお弁当には、食べやすいよう一口大にするなど工夫を凝らしてみた。小さいお弁当には小さい具材だ。他の人の分は大皿に盛る。大人ばかりなので普通サイズのままにした。

シウが屋敷を出る前に賄い室を覗くと、メイドたちが自分用のお皿にちまちまと並べ直していた。可愛らしくしてみたり、きちっと並べたり、性格によって盛り方も違う。シウはセンスが悪いという自覚があるので、帰ってきたら教えてもらおうと思った。

実は服装もスサに全部任せている。学校では魔法使いらしくローブを羽織っていれば中は適当でもいい。しかし、王都を歩くならスサの監修が必要だ。シュタイバーンの色を残しながらもラトリシア風に、かつスッキリとした身だしなみ。これが意外と難しい。

スサに頼り切りでは良くないと思いつつ、シウは研究棟へ向かった。

研究棟に来るとホッとする。服装に頓着しない人がいるからだ。もっとも、あまりにひどいと注意される。よれよれのシャツを着ている生徒もいるため、さもありなん。

シウは自分の格好を見て、まだ大丈夫と思いながらも溜息(ためいき)を漏らした。すると「どうしたんだ、シウ」とミルトに気付かれた。

「自分の美的感覚に打ちのめされてるところ」

「唐突だな。あ、そういえば週末は出掛けてたんだって？　リュカが教えてくれた」

「うん、あっちこっちね。リュカ、寂しがってた？」

「寂しいのを我慢してるって感じだったな。でもまあ、最近明るくなってきたし大丈夫だろう。子供らしくなってきたぞ」

続けて、リュカの学習進度を報告してくれる。ミルトによると、最初は教えるのが不安だったようだ。リュカが何も知らない子供だったからだ。今では乾いた砂が水を吸うように覚えが早く、それが嬉しいとミルトは笑う。

「獣人族としての能力も高いんだ。マナー以外にも体術を教えたいが、いいか？」

「リュカにやる気があればね。本人の気持ちが大事だよ」

「分かってる」

護身のために体術を覚えるのはいい。ただ、奴隷商(どれいしょう)に父親が虐待されていたのをリュカは見ている。心の傷に触れる可能性もあるため慎重にしたかった。

「シウは優しいな」

クラフトが話に入ってきた。

第一章

食材集めと料理三昧

「お前みたいな人族は初めて見るよ。ただ、優しいだけじゃない。甘えさせてばかりかと思っていたが、きちんと躾もしているしな」

そう言って、教室の後方で遊んでいるフェレスを見た。シウは苦笑するしかない。

「フェレスに限っては甘やかしていると思う。自覚あるもん。最低限のマナーは覚えさせたけど、それだけだね。でもいいんだ。あの子はあれが自然体で楽なんだし、一生連れ添う相手だから責任は僕が持つよ」

「そこが、すごいんだよ」

ミルトが頬杖をついて「責任、なぁ」と溜息を漏らす。

「どうしたの?」

シウの問いに答えたのはクラフトの方だった。

「ミルトは人に教える立場になって、物事を深く考えるようになったのさ。大人の階段を上っているんだ。シウは気にしなくていい」

突き放したような言い方だけれど、笑顔だ。シウがミルトを見ると顔が赤い。

「どうせ、俺はまだ子供だよ」

「あれ、ミルトってもう二十歳だったよね?」

「シウは時々空気が読めないよな! お前も天然だぞ、フェレスに負けず劣らず!」

ミルトは顔を赤くしたまま席を立った。クラフトがシウの肩をポンと叩く。

「人は本当のことを言われたら、むかっとするもんだ。それが聞きたくない自分の短所なら余計にな。つまり、ミルトは気恥ずかしくて席を立ち、お前は自分自身を恥じていないというわけだ」

シウは「はあ」と首を傾げた。

「俺、お前のそういうところ、好きだぞ。そのままでいろよ」

「うん、分かった」

どうやらクラフトは、シウの「空気が読めない発言」を問題ないとフォローしてくれたようだ。気にしなくていいらしい。そう受け止めて、ミルトを追いかけるのは止めた。

この日の授業は、いよいよ来週末に迫った合宿の準備についてだ。行程はほぼ決まっている。合宿までにはまだ授業があと一日あるが、見直しは何度やっても何か出てくるものだ。しかも、話が脱線しがちな古代遺跡研究科の面々である。その都度気付いた誰かが軌道修正し、話し合いを続けた。

「冒険者ギルドから連絡があったよ。護衛として二人が来てくれるらしい。それでいいかな？」

皆が「ぎりぎりだけど仕方ないか」「そうね」と頷く。

「僕のところで護衛を少し増やすよ。それと、リオラルが父君から護衛を二人付けてもらえるそうだ。あとは――」

フロランの視線がクラフトに向く。彼は、分かっているとばかりに返した。

「俺もミルトの従者だが、護衛として役に立てると思う」

「うん、よろしく頼むね」

　それから、フロランがシウに視線を移した。

「シウも、お願いします」

「うん」

「あ、フェレスもだよ。僕等(ぼくら)と一緒に遺跡潜りしよう」

「ぎにゃ」

「うん？　どうしたのかな。鳴き声が変だよ」

　怪訝(けげん)そうな顔でフェレスを見る。シウは慌てて手を振った。

「なんでもないよ、フロラン。ちょっとした遊びの延長なんだ。気にしないで」

　シウがフェレスを見ると、彼も焦った様子なのが分かった。鼻歌で誤魔化(ごまか)すかのように鳴く。

「に、にゃ、にゃにゃにゃにゃ〜にゃんにゃにゃにゃにゃんにゃんにゃ！」

「問題ないならいいんだけど。健康には気を付けてね」

　というフロランに、シウは「はい」、フェレスは「にゃ」と返事をしたのだった。

午前の授業が終わると魔獣魔物生態研究の教室に行った。ここで昼ご飯にする。

お重の弁当箱には、海苔巻きのおにぎりを幾つも詰めた。おにぎりは天ムスにしたり鮭をほぐして詰めたり。他にも昆布の甘辛煮、出汁をとった後のおかか炒めがある。

米飯が苦手な人のためにとパンも作って持参しているが、シウの「お米を広める運動」は着々と進んでいるようだ。全員がおにぎりを選んだ。クラスメイトたちも昼食用にとパンを買ってきているのに、誰も食べていない。

「だって、お米が美味しいんだもん」

「ねー。おにぎりは慣れたらすっごく美味しいし、ノリもパリパリしてて面白い食感」

「最初は磯臭い気がしたけどね」

「セレーネは魚が苦手だもんねぇ」

「だけど、お魚がこんなに美味しいとはね。わたし、鮭のおにぎりが好きだわ」

「僕は天ムス。海老がぷりぷりしてるよ」

わいわい騒ぐ皆に、シウは説教めいたことを口にした。

「みんな、野菜も食べないと。偏ってるよ」

「はーい」

第一章

食材集めと料理三昧

「サラダが苦手なら、スープやジュースもあるからね」

「シウ、お母さんみたいだよ」

　メルクリオが笑う。彼はステファノの従者だ。試験に合格したため生徒でもある。シーカーでは珍しい庶民だ。セレーネも商家出身で庶民になる。そのため、二人が揃うと庶民ならではの会話がよくある。

「メルクリオのお母さんもそんな感じ？」

「そうそう。最近実家に帰ってないけど、野菜を食べなさいって毎回言われる」

「貴族のお母さんたちは言わないの？」

　シウが皆を見回すと、それぞれが首を横に振った。

「注意するのは乳母（うば）かな。それも小さいうちだけだよ。十歳頃には礼儀作法も完璧にしておかないとダメだしね。フルコースで食事を始めるんだけど、嫌いでも残せない」

「僕もステファノと同じだ」

　とはアロンソで、苦笑しながら続けた。

「でも、学校に入ってから自由に食事をする習慣ができちゃってね。食べたいものだけ食べちゃうんだよ。まあ、寮生活だから夜は自由が利かないけれど」

「それなら、満遍なく食べないとね。はい、野菜スープ」

　シウがカップを手渡すと、アロンソは笑いながら受けとった。

「やっぱりシウはお母さんだ。僕の乳母と同じことを言う。……小さい頃は乳母が本当の母親だと思っていたんだよなぁ」

貴族の家では子育ては乳母が行うのが常だ。そのせいか親子の情が薄くなる場合もあるとか。アロンソの顔がどこか寂しそうに見えるのは、シウの勘違いではないだろう。

水の日は生産の授業があるため、いつもより早い時間に学校へ行く。ミーティンググルームに顔を出すと、生徒全員への連絡が書いてあった。

「朝凪ぎの月の最後の週がまた休み、と。それだけかな」

以前、シウが見逃した情報も休みについてだった。最近は忘れずに個人のロッカーだけでなく、クラスごとのミーティンググルームも確認しているから漏れはない。こうした連絡事項は休講や休暇についてが多いようだ。

事前に休みと分かっていれば何をするにしても調整ができる。特に貴族の子弟は付き合いがあるため休みの情報は大切だ。

付き合いがあるからと休む生徒もいる。シウが学ぶ科目のクラスメイトには皆勤賞が多いけれど、貴族が好む授業では全員揃うことが滅多にないそうだ。もちろん、欠席者には相応の課題や補講が用意されている。シウがアラリコの授業に出席しなくてもいいのは、課題提出だけで良いと許可されたからだ。授業内容や教授によっては代替え方法がない場

合もある。そうした意味でも受ける授業はよく考えなければならない。

シウがミーティングルームを出ようとしたところ、女性の声で呼び止められた。

「ねぇ、あなたシウ＝アクィラよね？」

振り返ると、数度しか見かけたことのない少女が立っていた。

「そうだよ。プルウィアさん」

「わたしの名前、知っていたの？」

「同じクラスだから」

「あまり顔は合わせないけれど？」

「最初に自己紹介したでしょう？　それに忘れようがないもの」

シウがにっこり笑うと、何故かプルウィアがムッとした。その上、睨むように見る。

「そんなにエルフが珍しいってわけ？　どうせあなたも、わたしの見た目に惑わされているのでしょうね」

シウは首を傾げた。その間もプルウィアはぶつぶつと続けている。

「なんでこんなやつに、わたしが伝令みたいな真似をしなきゃいけないの」

そこでまた、キッとシウを睨む。

「ククールスから伝言よ。『野暮用でルシエラへ戻るのが遅れるけど心配しないで。たぶん、護衛の仕事は受けられると思う』ですって。意味、分かる？」

「うん、分かる。伝言ありがとう」

素直にお礼を言ったのに、プルウィアはムッとした顔だ。何故怒っているのかが分からない。シウが何か失礼をしたのだろうか。思い付かない上に、気になることがあってそわそわしてしまう。実は、最初の自己紹介の時から声を掛けてみたかったのだ。

「あの、少しだけいいかな？」

「何よ。あなたもナンパなの？　小さい癖にませてるわね」

「え？　そう、なのかな。えっと、可愛いね。そのウルラ」

「……え？」

プルウィアの肩に止まっているのは梟型希少獣（ふくろうがたきしょうじゅう）のウルラだ。灰がかった白い姿をしている。主のプルウィアと違って、興味津々でシウやフェレスを見ていた。そっと覗くような仕草が可愛い。シウはついつい前のめりに近付いた。

「わぁ、ふわふわだ。色も素敵だし、羽艶（はづや）も良くて可愛がってもらってるんだね」

「ホゥーオゥー」

「ホゥーホゥー」

「そうなんだ、良かったね」

「彼女が好きなんだね」

ウルラが「毎日撫でてもらって幸せ」と教えてくれるものだから、プルウィアをそっちのけで話し込んでしまった。すると、彼女が体ごと向きを変えてシウを見た。

「……うちの子と話したかったの？　ていうか、あなた、希少獣の言葉が分かるの？」

「なんとなくだけどね。この子、プルウィアさんが好きなんだって。『毎日ブラッシングしてもらって気持ちいい、幸せ』って言ってるよ」

教えてあげると、プルウィアは「そ、そうなのね」と頬を赤くした。

「ホゥーオゥーホゥー」

「今度は、何と言ったの？」

「フェレスに乗りたいのかな。『柔らかそうだから足で踏みたい』だって」

「えっ。でも、その、ダメよね。その子、フェーレースだものね」

「プルウィアさんが良ければ別に大丈夫だよ。フェレス、乗せてあげる？」

「にゃ」

どうぞと、自慢げに背を見せる。尻尾（しっぽ）で興味を引くのも忘れない。釣られてウルラが目をくりくりさせた。プルウィアを、期待に満ちた様子で見る。彼女は苦笑し、ウルラを肩から降ろしてフェレスの背にソッと乗せた。

「うちの子、まだ小さいの。失礼なことするかもしれないけど——」

「にゃ。にゃにゃにゃ」

プルウィアが振り返って問うような視線を向けてくる。シウは笑って通訳した。

「子供のすることだから大丈夫、って感じかな」

本当は「小っちゃい子はめちゃめちゃにするけど何してもいーんだよー」と言ったのだ

が、おおむね合っているだろう。フェレスは最近、卵を温めているせいか、母性ならぬ父性に目覚めている。小さいものはすべからく守るべしと認識しているようだ。

「ホゥーホゥー」

「にゃ！」

ウルラが、フェレスの頭から尻尾の根元まで飛び跳ねながら移動する。あまりに楽しそうで、見ているシウまで笑顔になった。フェレスも楽しそうに尻尾で構っている。

「すごく楽しそうね、レウィスったら。いつもは人見知りなのに……」

「レウィスか。生まれた時よっぽど軽かったのかな」

プルウィアが「え？」と驚く。

「軽いって意味だよね？」

「そう、なのかしら。ただなんとなく村で聞きなれた言葉だったから。……ああ、そういえば、そういう意味で使ってたのかしら」

思い出すように遠くを見る。それから苦笑した。

「そっか、古代語だったわね。エルフなのに知らなかったわ」

「魔法学校で習わない？」

「古代語は苦手なの。シーカーだと選択しなくていいから、もう全然よ。忘れちゃった」

苦手な人は多いと聞くが、古代語はハイエルフ語に近いためエルフは知っているものとシウは思っていた。ククールスも知らないと言うし、現実はこんなものだろう。

「あなた、よく勉強してるのね。……ごめんなさい。わたし、態度が悪かったわね」

手を差し出される。その手を取って、シウは「ううん」と首を横に振った。すると、

「時間があるなら少し話さない？」

と誘われた。シウはまたミーティングルームに戻った。


プルウィアはすっかり打ち解けたようで、先ほどまでの固い様子も消えた。ところで、シウには威圧が通じないという特技、悪く言えば「鈍感」なところがある。だから気付かなかったが、プルウィアはシウに対して敵対意識を持っていたようだ。まずはそれについて謝られた。また、何故そうだったのかを話し始めた。

「わたし、戦略指揮科を取っているの。そこでヒルデガルドと知り合ったわけ。今は少し疎遠になっているけど、最初の頃は同じクラスメイトだからって話をしたのよ」

そこで、シウや他の同郷の生徒の話を聞いた。大きく間違っているわけではないが、肝心な部分を隠した――まるで情報操作のような――噂話だったようだ。

「その、あなたが『子供だから礼儀作法に疎く、女性に対して遠慮がない』と」

違うとは言い切れないだけに耳が痛い。ヒルデガルドの話は、魔獣スタンピードの時のことを指しているのだろう。シウが彼女を助けた際、確かに上位貴族の女性に対する態度ではなかったろう。気遣いも足りなかった。

「ヒルデガルドは最初、あなたを庇うような言い方をしていたのよ。だけど女騎士がひど

く罵って……。それを窘めていたのに、そのうち女騎士の意見を肯定してた。それでわたしも、あなたのイメージが悪くなっちゃったの。実は今は、ヒルデガルドと仲が良いわけじゃないのよ。なのに、最初に刷り込まれたイメージが残ってたみたい。ごめんなさい」

　肩を落として再度謝る。シウは大丈夫だよと笑って返した。

「ヒルデガルドさんは正義感の強い人だから。それが行き過ぎて問題を起こすんだけど」

「……そうなのよね。この国の貴族事情なんて知らないけれど、それでもあちこちで問題を起こしてる話は聞くもの。ちょっと付き合いを考えなきゃなって思ってたら、向こうから話しかけてこなくなったわ」

「悪気がないだけに周りも困っちゃうんだよねえ。あ、でも、僕が礼儀作法に疎いのは本当だよ。女性に対してもデリカシーがないみたい」

　どういうことかと首を傾げられ、シウは自分の悪い部分を説明する羽目になった。

「特別扱いをしないというか、女性が思う『恥ずかしさ』に気付かないというか。そりゃあ、貴族の女性からしたら最低だと思う。プルウィアさんも気になったら言ってね。僕、山奥で爺様に育てられたせいか、女性への接し方が雑みたいなんだ」

　気を付けるようになったつもりでも、自信はない。トイレの話も厳禁だと分かっているのに、生理現象なのだから話してもいいじゃないかと心の中では思っている。だからつい、ポロッと零してしまうのだろう。そんなシウを見て、プルウィアは笑った。

「ふふ。しょんぼりした顔してる。大丈夫よ、今のところはないわ。それに、あなたの言う『特別扱いをしない』が、わたしは好きだわ」

「男女平等って考えちゃうんだよね。もちろん男女関係なく、弱っていたら労るけどね」

「いいわね、そういうの。好きだわ」

笑顔だからというのもあるが、最初に会った時と比べて随分柔らかい表情になった。

「わたし、エルフでしょう？　それに、自分で言うのもおかしいけれど、美人だから目立つの。シーカーに入学してからも注目の的よ。次から次へと男性が声を掛けてきて、うんざりしてたの。変な風に『特別扱い』されたのよ。しかも、貴族の男って女を下に見ている人が多いわ。……それを見て、ヒルデガルドは怒ってくれたのよね」

「そうだったんだ」

「ただねぇ。彼女ちょっと行き過ぎてて。だから、もういいわよって止めたの。ああ、それからよ、彼女が話しかけてこなくなったの」

思い出しながら話し、最後にプルウィアはシウを見つめた。

「わたし、あなたがデリカシーがなくてもいいわよ。よろしくね。あ、そうだ、あの変人のククールスと友達なんですって？　それもあって、先入観があったのよ」

「彼、良い人だよ？」

「でも村を出て冒険者をやってるのよ？」

ククールスと同じようなことを言っている。彼も、プルウィアを「お転婆（てんば）だ」と笑顔で話していた。嫌っているわけではなさそうだが――。

「村を出て頑張ってる同士なんだから仲良くしたらいいのに」
「……そこまで言うなら、してあげてもいいけど」
唇を尖(とが)らせ、どこか少女めいた風情だ。この人が、実際は八十歳なのだ。見た目は十六歳。エルフとは不思議な存在である。

プルウィアと話し込んだせいで、いつもより遅い時間に教室へ着いた。生徒は全員揃っている。シウのすぐ後にレグロが来て「珍しいな」と、声を掛けられるほどだ。
授業が始まると、各自自由に作業に没頭する。時折レグロの講義が始まって、生徒は耳だけで聞く。手は動かしたままだ。シウも細かい道具を作り続けた。
この日は乾燥海苔を作るための枠などを中心に、干物を乾燥させる網や箱を作った。それと貝殻を砕く粉砕機だ。ホタテの貝殻には消臭効果があるというから、便利な機械があればいいなと考えてのことだ。粉砕後の大きさはスイッチ一つで変えられる。細かい粉にしてしまえば塗装材にもなるのだ。
シウが熱心に作っていると「相変わらず妙(みょう)なものを作る」とレグロに笑われた。もっとも、先生やクラスメイトだって妙なものを作る。これは彼の褒め言葉だ。

昼は食堂に行き、ディーノたちといつものように雑談を交わす。シウもプルウィアに聞いた話をした。ディーノは「同郷人の悪口か」と、苦い顔だ。

「悪口とは言ってないけどね」

「情報操作だろ？　ろくなことしないな、あの女」

「口が悪いよ、ディーノ」

コルネリオに注意され、ディーノはコホンと咳払いした。そこにクレールが口を挟んだ。

彼はこの話を知っていたそうだ。

「黙っていて申し訳ない。ただ、気分の良い話ではないからね」

クレールの当時の状況は分かっている。ディーノは「いいよ」と手を振った。

「情報操作か。怖いなぁ。……わたしは時折、シウが羨ましくなるよ」

エドガールがぼやいた。彼は第一子の跡継ぎだ。貴族は長子の資質に問題がなければ大抵そのまま跡継ぎとする。問答無用で将来が決められているとも言えた。

ちなみに、第一子が女の子で第二子が男の子の場合は、上の子を先に嫁がせるなどして籍を抜く。その後、第二子を跡継ぎとするそうだ。子供が女の子だけの場合は婿を取る。女性が爵位を継ぐ場合もあるが、それは滅多にないそうだ。体力的に仕事がきついという理由もあるが、貴族の世界が男社会だからだ。

どちらにしても、やりたくない立場に就くのは同じである。

「わたしは、小さい頃は竜騎士になりたかったんだ。だけどラトリシアでは、飛竜も操者もあくまで兵の一部というような扱いでね。そもそも騎士は魔法使いよりも階級が低い。近衛ならともかく、伯爵家の第一子が就く職ではないと乳母や家庭教師に叱られたものだよ」

エドガールの言葉を補うように、ディーノが横から説明を加えた。

「シウ、ラトリシアは飛竜みたいな高価な生き物でも使い捨ての道具扱いにするんだ。魔法使いが一番上なんだってさ。騎獣も、個人の持ち物としてなら前線に連れて行けるらしい。シュタイバーンとは色々違うんだよ」

「詳しいね、ディーノ」

「兵站科出身として、各国の『持ち物』については理解しておかないと」

ディーノは得意そうに、けれど真面目な表情を装った。隠し切れていないところが子供っぽく見えて面白い。シウはエドガールたちと顔を見合わせて笑った。

午後の複数属性術式開発では、自由討論の時間を待ってトリスタンに実験の結果を報告した。以前、重力魔法の術式化について相談した件だ。一応、なんとか形になったと伝えると、トリスタンは術式を見せてほしいと言った。

「先生にならいいかな。これです」

紙に書いた魔術式を見せると、トリスタンは猛然と読み進んだ。

「なるほどなるほど。これがそうか、土属性を重ね掛けして――」

ぶつぶつ呟く(つぶや)トリスタンに、シウは彼が読み進んだ中で止まった部分を指差し、説明を加えた。あくまでもシウの想像だがと注釈を入れ、重力に対する考え方や仕組みについて語る。トリスタンは何度も頷き、それからしきりに首を振った。

「どうしました？」

「とても素晴らしい研究だというのに、君は公開しないのだね？」

「あ、はい」

「……確かに、他の研究者たちの関心を集めすぎてしまうという懸念はある」

問題はまだあると、トリスタンは続けた。

「これはあまりに簡単だ。基礎属性を複数所持している者はそれほど多くないが、いないわけではない。複合技(ふくごうわざ)を使える者もそれなりにいるだろう。彼等がすぐに使用できるとは思わないが、訓練次第では早晩覚え、立派な戦闘能力と成りうる」

つまり、威力がありすぎるのだ。

「うーむ。だが使えるようになるのか？　いやしかし、最低限、土と金と闇さえあればいいわけだから……」

「水を外しても、それなりの圧はかかりますね」

トリスタンは唸った。学者として発表したいという思い、しかしシウが公開しないと決めているため無理強いはできないと、心の中でせめぎ合っているようだ。

「先生、これ、思いつく人は何人かいたと思いますよ」

「うん？」

「ただ、普通に考えて、魔力が足りないんだと思います。僕は節約術が身に付いているから使えましたけど」

計算上はできる。ただし、普通の人が使うとなると厳しい。

「ならば、魔石を使えば良いのではないかね？　魔力増幅専門の魔石もあるからね」

「魔石って案外高いですよ。大量の魔石を使ってまで攻撃魔法を撃つなら、僕はもっと別の攻撃方法を考えます」

トリスタンは「それもそうか」と頷いた。

「大体、僕の実験方法を公表したら怒られますよ。無駄が多いって。僕が冒険者だから魔核を大量に消費するような実験ができるわけで、一般的じゃないですからね」

「そう言われるとそうだね。確かに現実味のない魔術式と言えなくもない。だが、惜しい。無駄と分かっていても実験をとことん突き詰めてやってしまうところなど、学者気質だ。君みたいな子が向いていると思うのだが……。このまま研究室を立ち上げてはどうだろう。将来、教授を目指しても良いのではないかな」

「あ、いいです。お断りします」

「即答するね」

「僕、これでも冒険者なんです……」

それに対して、トリスタンは「ああ、そうだったね」と気のない返事だ。唐突に落ち着いたらしい。そのまま「勿体無い」とぼやきながら他の生徒の様子を見にいった。彼らしくもないが、術式自体に問題はないと分かってホッとしたシウである。

授業が終わると、シウは久しぶりに図書館へ寄った。ゆったりと読書を楽しんでから学校を出る。これがいい気分転換になるのだ。おかげで、試行錯誤していたカレーのレシピが幾つか思い浮かんだ。早速、帰宅後すぐに厨房へと向かう。

前世では誰でも簡単に作れるぐらい、カレーは家庭料理として確立していた。便利なルーも数多く売られており、すでに出来上がっているレトルト商品もあった。そのため、カレーに使うスパイスの配合についてはほとんど分からない。料理番組で観たな、という程度の記憶しかなかった。それでもなんとか記憶の底を掘り起こし、スパイスを集めた。ターメリックは先日ようやく手に入れたし、本来は南の地域でしか手に入らないナツメグも偶然シャイターンの市場で見付けた。これでほぼ、揃ったと言えるだろう。

しかし、分量までは分からない。噂では、南にあるフェデラル国にカレーと思しき食べ物があるそうだ。ただ、詳しい情報がなかった。古い本にそれらしき記述があったのと、シャイターンの市場でチラリと聞いただけだ。

フェデラルに転移して調べてもいいのだが、どの地方にあるのか分からないため調査は難航するだろう。次の長い休暇はまだ先だし、カレーの研究のために学業を放り出すのもどうか。というわけで、ここ数日は暇を作っては試作を繰り返していた。が、なかなか思うような味にならない。

シウが目指すのは、前世の若い頃に食べた喫茶店のカレーだ。働いていた会社の奥さんが皆に作ってくれた家庭のカレーもいい。本格的なカレーは少し苦手だった。辛すぎて口に合わなかったのだ。香辛料も強すぎた。

本来、スパイスは体に良いものが多いという。当時はシウが虚弱すぎたため合わなかったのだろう。唐辛子が多いのも胃に負担を掛ける。今のシウなら大丈夫だ。少々辛くとも美味しくいただけた。

ともあれ、まずは基本のカレーを先に作る。家庭のカレーだ。小麦粉を使うととろりとしたタイプである。基本さえできれば作り替えるのは簡単だろうと思うのだが――。

「うーん、これでもないかー」

料理人たちも一緒になって、ああでもないこうでもないと話し合ったが上手くいかない。厨房は晩餐（ばんさん）の準備があるから、シウの悩みにいつまでも付き合わせられない。途中で断って、一人、スパイスの組み合わせについて考えた。

悩めるシウに転機を与えてくれたのは厨房の雑用係をしていた家僕（かぼく）だった。彼がおそるおそるといった様子で教えてくれたのだ。

「あの、実は俺、父親の仕事の関係でフェデラル国にいたことがあって」

彼は最初、シウが作っているものが分からなかったらしい。しかし途中で「あれ？」と気になり、匂いを嗅いでもしやと思ったそうだ。

「現地ではカリって言ってたような気がします」

「それだ！」

興奮したシウが家僕の手を握ると、びっくりして手を引かれた。思わず「ごめん」と謝ると、家僕まで謝ってくる。

「お、俺みたいなの、触るとダメです。あの、汚れる、だから」

「えっ、なんで？　料理で汚れたの？　浄化する？」

小さくなって話す青年に、シウは心配になって優しく声を掛けた。すると、見かねた料理人の一人が間に入った。

「あー、すみません。そいつ、前のお屋敷で虐待されていたみたいなんです。慣れたと思ってたんですが、まだダメみたいですね。許してやってください」

「許すも何も怒ってないよ。それより急に触ってごめんね」

「いえ、あの、すんませんです。俺、ここに雇ってもらって、もう大丈夫だって、分かってるんだけど。時々、前を思い出して」

俯く青年を、家僕たちのリーダーが慰めた。「ここは安全だし、当たりの屋敷だ。シウ様も優しいぞ」などと言う。聞けば「下っ端が先輩から嫌がらせを受ける」という話はありがちなのだとか。もちろん全ての貴族家がそうだというわけではない。ただ、こんな話が出る程度にはあるのだろう。シウは、そっと青年に語りかけた。

「えーと、話を聞いても大丈夫？　お仕事の邪魔だったら――」

「いえ！　俺で役に立てるなら、あの、俺、いつも、美味しいのをもらってるし」

勇気を振り絞るように話してくれる。その理由も知った。シウが普段から差し入れをしていた「美味しいご飯」への感謝からだ。

貴族の屋敷に滞在するシウは、立場としては書生に近い。けれど、そこで働く家僕からすれば「貴族家に来た客人」だ。つまり貴族に等しいと考える。そんな相手に話し掛けるのは、特に以前の経験を思えば本当に勇気が要っただろう。シウの作った料理、それが彼のトラウマを少しだけ克服してくれた。嬉しくないわけがない。

食べ物は偉大だ。こういう嬉しい思いを積み重ねられるよう、シウは青年と一緒にカレーを作ろうと話し合った。完成したら、彼に一番に食べてもらいたい。

He is wizard, but
social withdrawal?

第二章
礼儀とは

He is wizard, but social withdrawal?
Chapter II

木の日は相変わらず課題だけなので、学校には行かず冒険者ギルドへ顔を出す。受付のある広間にはタウロスがいて、シウを見付けると笑顔で話しかけてきた。

「今日も大変いい日だな！」

「あ、うん」

タウロスはぐふぐふと笑いながら背中を見せた。鞄を背負っている。先日手に入れた鞄が嬉しくて自慢したいのだろう。シウに見せても仕方ないのだが。

「似合ってるね」

「そうだろう！　この形もいいんだ。革も味わいがあってなぁ。洗練されているし」

「洗練されてますか」

「冒険者の仕事を分かっている奴が作っているはずだ。男心をくすぐる仕掛けもある。ポケットの造りを見てみろ、ほら！　嫁は武骨だって言ってたが、そうじゃない」

女性向けには丸みを帯びた形にするなどして、内側に多くのポケットを作る。アリスの鞄もそうだった。冒険者向けの場合は外側にもポケットを作る。すぐ取り出せる位置だ。かといって中身が落ちてもいけない。このあたりは使い方の違いである。ともあれ、タウロスが気に入ってくれたなら、作ったシウも嬉しい。

「で、今日はどうした？　依頼を受けるのか」

「ううん。飛行板の件で来たんだ。訓練場で様子を見てもいいかな」

「おう、いいぞ。俺が行こう」

第二章

礼儀とは

意気揚々とタウロスが先を進む。周囲には微笑(ほほえ)ましく見守る職員たちがいた。これまでの様子が想像できる。シウも彼等(かれら)と同じ気持ちになって、タウロスの後を追った。

訓練場では、クラルが冒険者たちと共に練習に励(はげ)んでいた。クラルに風属性はないが、試作品として冒険者仕様をギルドに貸している。それを使っての練習だ。クラルに冒険者の経験はないが使いこなせていた。元々の運動神経がいいらしい。

皆の訓練風景を眺めていたら、シウとタウロスに気付いた冒険者たちがやってきた。

「おう、シウ。これ、すごいな！」

「この間、試しに森で使ってみたが問題なかった。もう少し練習を積んで、万全にしてから実戦で使うつもりだ」

と、飛行板の感想を教えてくれる。中には、高さ三十メートルを飛ぶ者もいるようだ。三十メートルは恐怖を感じる高さだ。勇気がある。もっとも、飛行板に乗れるなら風属性魔法を持っているはずで、落下時の対策も取れるのだろう。それでも、念のため《落下用安全球材》を購入したというから、彼等は落下の恐怖を理解している。

「飛行板のおかげで上空からの攻撃が容易にできる。もう少し慣れたら、大勢での使い方を考えようと話し合っているところだ」

「やりようによったら魔獣(まじゅう)の群れを追いこめるからな」

彼等はすでに、飛行板を組み込んだ戦い方を編み出しているようだった。シウは突っ込んだ質問をした。

「速度を上げた時、安定してる？　もっと速く飛ばしたいって希望はないかな。それに、冒険者仕様の飛行板だと魔石の使用量が増えるでしょう？　それでも使えるものかな」

収支が合うのかどうか、気になっていた部分だ。それに対して、

「速さは充分だ。もし急ぐなら冒険者仕様を使えばいい。だが、俺たちの戦い方では速さを求めない。今のままで充分だ。むしろ、まだ余力があるんじゃないかな。二級の奴でも全力で飛べないと言っていた。さすがに怖いってさ」

と、返ってくる。上級冒険者が使ったと知ってシウは驚いた。更に別の冒険者が会話に交ざった。

「安定は、なぁ？　だって飛ぶものだろ。多少揺れるのは仕方ない。ある程度の速度が出たら安定するしな。問題は浮上して飛び始める、その瞬間だ」

「それぱかりはどうしようもないだろ？　馬だって最初の出だしは揺れる」

「馬の方が揺れるな！　ははは」

笑う冒険者たちの最後を締めるように、タウロスが口を開いた。

「正直なところ、冒険者仕様の方も早く出してくれって言ってる奴が多い」

「そっか」

「こうやって楽しそうに飛んでいるのを見るとな。男心がくすぐられるのさ」

「俺たちも、できれば冒険者仕様の方を買いたいぐらいだ。自前の魔力を減らさずに乗れ

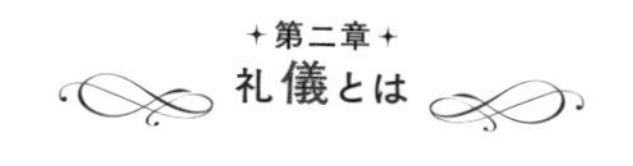

第二章
礼儀とは

るってのがいい。確かに魔石を燃料とするが、想像したよりも少なく済むんだ。他の魔道具と比較したらお得感満載だってのが分かる」

一人の発言に、他の数人が頷いた。そのうちの一人が続ける。

「なにより、魔石を入れ替えたらいい、ってのが簡単だ。まるで古代聖遺物だよ」

「それを参考にしたからね」

魔核や魔石を燃料にするという考え方は古代からある。言うなれば、電池のようなものだ。ただ、現在の一般的な魔道具にはあまり見られない。本体の耐久年数と同等程度の魔核や魔石しか使わないからだ。これは、魔道具の造りが甘いとも言えるし、魔核や魔石の利用をできるだけ抑えた節約だとも言えるだろう。シウは安い電化製品のようなものだと思っている。

もちろん高価な魔道具もあって、それらは燃料として魔石を使うそうだ。その代わり、貴族でもなかなか手の出ない高価な品となる。結果として、貴族が使うような品しか作られていない。冒険者が知らないのも当然だった。だから、魔石を燃料として使うという考え方は古代聖遺物がイメージしやすく、たとえ話に出てきたのだろう。

もっとも最近は、魔核や魔石を燃料として使う魔道具も増えてきた。無駄に長かった魔術式を本来のスッキリした形に書くことで節約している。今後もっと広がるのではないだろうか。

シウは皆の意見を聞き終わると、今度はギルド長との面会を申し込んだ。

突然の面会でも、アドラル本部長はにこやかにシウを迎え入れてくれた。

「やあ、シウ殿。今日は何かな」

「冒険者仕様の飛行板の件で、ちょっとご相談したくて」

アドラルは目を輝かせ前のめりになった。お茶を出してくれたクラルと、案内してくれたタウロスがソファの後ろに回る。

「そろそろ本格的に売り出すのかな？」

「それなんですけど、売るのは止めようかと思っ――」

途中で止まったのは、アドラルの顔がおかしかったからだ。愕然とした様子で口を開けている。シウは慌てて手を振った。

「あ、言葉通りの意味じゃないんです」

「シウ、そりゃあ、どういうことだ」

タウロスが背後から剣呑な様子で口を挟んだ。クラルは息を飲んでいる。シウは急いで説明を始めた。

「個人相手に売るのを止めようと思ったんです」

思わず前のめりになって話すと、アドラルも身を寄せてきた。まるで密談しているかのようだ。内心で笑いそうになるのを堪え、シウは「実は」と続けた。

「訓練場で話を聞きました。思ったよりも使い勝手が良さそうですね」

そうだろうと頷く。アドラルも乗ったことがあるから思い出したのかもしれない。

「しかし、個人で買うにはやっぱり高すぎる。皆は必要経費だなんだと言ってましたが燃料の魔石代だって塵も積もれば山となります。それに何より、飛行板が必要な依頼が常にあるとも思えません。個人で持つには無駄が多い」

「ううむ、そう言われると確かに」

「ですので、ギルドで一括購入してくれませんか？」

「うん？」

「本格的な冒険者仕様の飛行板は、文字通り冒険者に使ってほしい。だったら、これほどの預け場所はないと思います」

アドラルが固まった。首を傾げながら「とは？」と問いかけてくる。

「僕は、冒険者仕様の飛行板を、冒険者ギルドにしか卸さない。それをギルドが貸し出すんです。……低額で」

アドラルが口を開けたままシウを見る。

「騎獣屋と同じ考えです。普通の飛行板を馬だと思ってください。冒険者仕様の飛行板は騎獣です。どうですか？」

皆が「あっ」という顔になった。シウは更に続けた。

「燃料は本人持ち。その都度入れ替えて使います。万が一、本体を持ち逃げしたり勝手に売ったりしたら――」

これに応えたのはタウロスだ。

「規則違反だな。冒険者ギルドの貸し出し品ルールにもある。なるほど、それはいい」

「発信装置も埋め込めます。盗難対策は問題ない。そして、これが一番ですが、管理し易くなります。僕の側のメリットは管理ができること」

「ギルド側は、低額で貸し出すことで最終的には元が取れるな」

タウロスが腕組みして考えを口にする。続けたのはクラルだ。

「あ、それなら未処理案件を減らせるかもしれませんね！」

「そりゃ、いいな。飛行板に乗りたい奴は多い。練習を兼ねて、近場の依頼を下級冒険者に任せてもいい。乗れる奴のレベルによっても依頼を振り分けられる」

二人が話していると、ようやくアドラルが我に返った。

「わたしの心配も減るのではないか？　ルールはあっても悪さをする奴が出てきたらと、心配していたんだ」

依頼の失敗が続くとペナルティが科せられ、やがて身を持ち崩す冒険者もいる。そんな時、飛行板を使って悪事を働くのではないかと気になっていたようだ。

「あー、そうだな。冒険者仕様の方は速いし燃費もいい。それを使って逃げられたら追いかけるのが大変だ。普通の飛行板じゃ無理だろ。騎獣持ちを待ってたら逃げられちまうしな」

タウロスの言葉にアドラルが頷いた。

「となると、紐付きになっている仕組みは有り難い。それにギルドで貸し出しの管理ができるのは思う以上に便利のようだ。シウ殿の提案は願ったり叶ったりではないかね」

アドラルがタウロスに確認すると、彼は大きく頷いた。シウも後押しする。

「ギルドで管理してくれるならメンテナンスも楽です。冒険者の不備による事故を防げますからね。僕から担当の職員に修理方法を教えることも可能です」

アドラルは「それはいい！」と喜んだ。ただ、ここで勝手に決められる内容ではない。管理するにも現場の職員の意見が必要だ。後はこちらで話し合うと言ってくれたので、シウはギルドを後にした。気になっていた案件が片付き、シウの足取りは軽くなった。

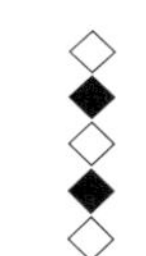

ギルドを出ると真っ直ぐ帰らずに寄り道を選んだ。市場に寄って香辛料や調味料を見て回り、行きつけの食堂で昼を済ませる。おかげで気分が一新できた。

帰宅後はまたスパイスの配合だ。何種類も組み合わせては同時進行でカレーを作る。魔法を使うため時間のかかる作業は省略できるけれど——たとえば飴色になるまで炒めた玉葱はまとめて作って空間庫に保管してあるが——配合に関しては省略できない。何度も繰り返す作業に、覗きに来ていた料理人たちは頭を振っていた。

やがて、夕方頃にようやく「これなら」と思えるものが完成した。早速、カレーを知っている家僕を呼んで食べてもらう。実は彼には離れているよう頼んでいた。ずっと匂いを嗅いでいると何が正しいのか分からなくなる気がしたからだ。

「どうかな、覚えている味？」

目を瞑って味わっていた家僕が「美味しいです」と呟いた。

「前に食べたのとは、違う、けど。こっちの方が、美味しい、です」

そう言われると嬉しい。早速、大鍋でカレーを作った。その匂いに釣られてスサとリュカがやってきた。

「うわぁ、なんだか香ばしい匂いですね」

この匂いのせいで、勉強していたリュカの集中力が途切れたようだ。彼は鼻がいい。ちなみに、フェレスは早い段階でスパイスの匂いを嫌がって部屋に戻っている。

「なんだか食欲が湧いてくるような匂いですね。おやつを食べたところなのに」

スサがお腹をさすって笑う。シウはさもありなんと、理由を語った。

「薬としても使えるスパイスが入ってるからね。食欲増進とか、滋養もあるよ」

「そうなんですか？」

「うん。他にも体を温める食材を入れてるよ。味のアクセントにもなるから生姜やニンニクもね。あとは甘味も入れたくてリンゴを擂り下ろしてみたんだ」

野菜たっぷりの、とろみのある家庭のカレーだ。前世の記憶の味とは少々違うがシウには懐かしい。見た目は茶色いけれど、ブラウンシチューと似たようなものだから大丈夫だろう。とは思いつつも、おそるおそる味見の小皿とパンを用意した。シウはご飯だ。

「あら。辛いけど、美味しい。甘さもあるわ。面白い味！」

「最初は薬っぽい匂いがしたけど、出来上がりを食べてみると全然違うな」

メイドにも料理人たちにも好評だ。それは、一番最初に食べた家僕もで――。

「やっぱり、あの時食べたカリより、ずっと美味しい。俺、俺……」

涙ぐむ家僕に料理人たちが肩を叩く。

「お前のおかげだ。お前がシウ殿に教えてくれたからできた。すごいじゃないか」

家僕は皆にもみくちゃにされて笑顔になった。それからたっぷりお代わりし、満足そうに食べきった。


料理長が「これならいける」と、その日の晩餐にカレーも出してくれた。カスパルはコース料理の間に追加で出てきたのを見て怪訝そうだったが、それでも残さなかった。

「体が熱くなるね。夏には向かないかな。でも後を引く美味しさだ。また食べたい」

と、反応はいい。ダンも「もうちょっと辛くしてもいい」と好感触だ。

使用人たちの意見もおおむね良かった。苦手だと感じる人もいるが、それは仕方ない。人の好みはそれぞれだ。体調に左右される場合もある。

それはそうとして。ほとんどの人から賛同を得たシウは調子に乗った。料理長もだ。

「スパイスの配合」が二人のやる気に火を付けた。しかも、シウがトッピングについて説明すると、料理長が飛び付いてしまった。

「エビフライとカレー？　絶対美味しい組み合わせですな。そうだ、これはどうですか。ジャガイモのフリッター」

「あ、いいね！　ほくほくして美味しいだろうなあ。カツもいいよ。僕は火鶏(ひどり)のカツがいいな。ハンバーグの組み合わせは子供が喜びそうだよ」

「ほほう。でしたらパンではなく、ご飯でしょうな。パンの場合は野菜のトッピングが合いませんか。そうだ、具材に応じてスパイスの配合を変えてみませんか」

「それいいね！　じゃあ――」

言いかけたところで、止まった。スサに見付かったのだ。

「シウ様！　それに料理長も！　いい加減になさいまし。シウ様、子供は早く寝ませんと。遅くまで起きていては大きくなれませんよ！」

と、大きな雷が落ちた。そして襟首(えりくび)を掴むようにシウは部屋に連行されたのだった。


夜中にあれだけ怒られたのに、料理長はずっとスパイスの配合を続けていたようだ。早朝、シウが厨房(ちゆうぼう)を覗くと匂いが充満していた。シウを見付けると「スパイスの配合には無限の可能性がある」と興奮して話し出す。カレー以外の料理も研究したいようだったから、大量にある各種スパイスを提供した。ついでに消臭用の魔道具も渡す。

あとで厨房内にも設置型の魔道具を用意した方がいいだろう。料理長以外の人が、二日(ふつか)

第二章
礼儀とは

酔いみたいな顔で鼻を押さえていた。

念のため、屋敷を出る際に《浄化》を掛けた。シウだけでなくフェレスにもだ。フェレスは賄い室に行く時だけ少し嫌な顔をしたけれど、部屋に逃げ込むほどではなかった。匂いに慣れたのかもしれない。

この日は戦術戦士科の授業があるため、ドーム体育館に行く。その前に忘れないようロッカーとミーティングルームへ寄った。特に連絡事項はなかったが、プルウィアがミーティングルームにいた。手を振るので用があるのだろうと近付けば首を傾げられる。ひょっとするとカレーの匂いがまだ残っているのかと、自分の服を嗅いでみた。

「おはよう、シウ。……何やってるの？」

「いや、臭いのかなと」

「え、臭いの？」

「浄化魔法を掛けたから臭くないと思うんだけど」

「ふうん。面白いことするのね、シウって」

変な子、と呟く。シウが反応する前に、プルウィアが「あ」と声を上げた。

「この間も気になっていたんだけど、あなた女の子なの？」

「は？」

「だって、胸が」

そう言って指差してくる。その場所を見下ろして「ああ」と気付いた。

「胸っていうか、お腹だよね、これ」

チュニックの中に手を突っ込んで袋を取り出した。柔らかい綿入りの袋だ。

「これを入れてるんだよ」

「お守り？」

「卵石（たまごいし）だよ。温めてるんだ。そういえば大きくなってきたね」

「はぁ？」

取り出して見せると、プルウィアは更に目を見開いた。

「に、二個もあるの？」

「うん、そう。シュタイバーンに里帰りしてて、その時に」

「すごいわね。ていうか、早く隠して。そんなもの無造作に見せたらダメじゃない！」

「あ、うん」

急かされるので、慌てて元に戻した。最後にポンと撫（な）でるように叩く。

「レウィスの卵石を見付けた時は奇跡だと思ったのに、まさか二つもあるなんてね」

「フェレスの時は奇跡だったんだけど、この二つは貰（もら）い受けたんだ」

「あら、そうなの？　ラトリシアの貴族みたいに買った、わけじゃないみたいね」

第二章
礼儀とは

途中で台詞（せりふ）を変えたプルウィアは、苦笑して手を振った。

「いいわよ、事情は聞かないわ。何か理由があるんでしょ。それより」

指をちょいちょい振ってシウを呼ぶから、自然と前のめりになる。

「話があったのよ。ね、バルバラやカンデラって子、あなたの同郷じゃない？」

「えーと？」

聞いたような気もするがハッキリしない。似たような名前の人が多くて覚えていられないのだ。たとえば希少獣を連れている人や、もしくは要注意人物だったなら脳内地図に表示されるようピンを付けておくのだが、それも絶対ではなかった。

「女の子だし、知らないか。あなたそういうのダメそうだものね」

シウは頭を掻（か）くしかなかった。プルウィアはクスッと笑って、肩を竦（すく）めた。

「わたし寮住まいなの。さっきの彼女たちも同じ寮よ。それでね、寮内でも、ラトリシア出身者とそれ以外とで派閥（はばつ）があるの。わたしは昔から一人でも平気だから構わないんだけど、彼女たちは肩身が狭いみたい。参っているようなのよね。助けてあげてもいいんだけど、わたしってエルフでしょう？　余計な面倒事になりそうなのよね」

プルウィアは呆（あき）れたような表情で溜息（ためいき）を漏らした。

「男子寮でも問題があったみたいね。今は同郷人同士が結束して頑張ってるらしいわ。でも、女子は人数が少ないから大変なのよ。頼りになる上級生がいれば良かったのでしょうけど、いないみたいね」

「教えてくれて、ありがとう」

「いいわよ。でも残念ね。あなたが女の子だったら、すぐにでも寮に行けたでしょうけど」

「残念ながらこれでも男なのです」

胸を張ると笑われた。

「女装するときは言ってね。手伝うわ」

「しません」

「そっか〜。シウがいたら寮も楽しいと思ったんだけど」

冗談めかしているが本心のようだ。言葉が重い。さっきプルウィアは、一人でも大丈夫だと言った。けれど、そんなわけないのだ。それでも頑張っている彼女に何も言えず、シウはレウィスと遊ばせてもらって一緒の時間を過ごした。

体育館にギリギリの時間で入ると、皆もう揃(そろ)っていた。シルトたちは端に立っている。シウを見て近付いてきたが、その前にレイナルドがやってきて授業が始まった。
「まずはストレッチからだ。体をほぐすぞ！」
シルトたちが見よう見まねで動きだす。シウがレイナルドを見ると、彼もまた気付いて

✦第二章✦
礼儀とは

頷いた。

「お前たちにはまだしっかりと教えていないからな。こっちへ来い。基礎を知らずに動いては逆に危険だ」

レイナルドは教えを請う生徒には熱心に対応する。熱血気味ではあるが、シルトには合うのではないだろうか。シウは少し苦手だ。離れた場所からチラリと眺める。やる気に満ちたレイナルドの指導は、生徒のシルトだけでなく従者二人にも及んでいた。


この日の授業は、盗賊に襲われた際の「騎士」の動きと「冒険者や護衛」の動きの違いについてだ。騎士の場合、守る相手がいるので盗賊を無理に倒さずともいい。それよりも危険を避けて逃げることを優先するようにと教わる。クラリーサの騎士たちは騎士学校を出ているため、何度も頷いていた。

護衛も同じだ。もし冒険者ギルドからの依頼で護衛中ならば、倒せるという大前提ではあるが、討伐(とうばつ)してもいいとレイナルドは言う。

「盗賊相手だと討伐料が入るからな。大事な収入源だ。やってしまえ。ま、冒険者なら自分の力量を理解している者が多い。その場で臨機応変に動けるさ」

どちらにしても「守るべき相手を置いて逃げる」のは許されない。

「ただし、護衛対象者が瀕死(ひんし)の状態に陥り『これ以上はどうしようもない』となったら、一人で助かる道を選んでも構わん」

レイナルドの言葉に生徒たちがざわめいた。その中をダリラが前に出る。

「卑怯なふるまいです！」

他の騎士たちも同じ意見のようだ。ずいと前に出た。

「確かに、仕事を受けておいて護衛対象者を守れないのは最低だ。自分の力量を見極められなかったそいつが悪い。だが、時には想像もできないような『突発的な事態』が起こることもある」

皆を見回し、レイナルドが低い声で語りかけた。

「護衛対象者が傷を負うなりして、もうどうにもならないと判断したなら、護衛は放棄してもいい。命ってのはなぁ、捨てていいもんじゃない。救えるなら、たとえ自分の命一つだろうが救ってやらなきゃならねぇんだよ」

生きて戻って何があったのかを報告する義務だってある。レイナルドは睨むかのように、強い視線で一人一人を見た。厳しい視線ではあるが、それは優しさだ。

「もちろん、戦いもせずに怖気付いて一人で逃げるなんてのはダメだ。敵わない相手だと判断したなら一緒に逃げる道を探せ。それが仕事を受けるのに必要な覚悟だ」

まずは受けるに値する力量が自分にあるのか、見極めるのが大事だ。

「ここには騎士や護衛、従者もいる。その中に本当の意味で覚悟を持っている奴はいるか？　主はそれに値するだけの人間か。そこらへんをよく考えろ。ただ戦うだけじゃダメなんだよ。頭を使え。戦士だろうと関係ない。考えない奴はそこ止まりだ」

第二章
礼儀とは

レイナルドの言葉が重く響いた。生徒たちはいつも以上に真剣な態度で話を聞く。

練習が始まっても、その空気は続いた。シルトたちも文句など一切言わずに役をこなしていた。もっとも、戦士職だと自慢していたシルトに「護衛対象者」役を命じたレイナルドは楽しんでいただろう。シウは呆れて「にやにやしすぎです」と注意した。返ってきたのは「だってさー」の明るい声だった。

「シウだってノリノリじゃないか。罠の作り方がどんどん上達してるぞ」

「新しい糸を手に入れたので、つい」

「凝り性め」

森に見立てた木枠に、盗賊が作ったという設定で糸を通した罠を設置した。これが面白いように引っかかっていく。思わず笑ったが、それは罠が上手く作動したからだ。

「シウが盗賊の頭役だと、いつまでたってもあいつらは達成感を味わえないな」

「どうも」

「よし、じゃあ、次は役を変えるか」

レイナルドは皆を止め、楽しそうに次のパターン練習を言い渡した。

二時限目は各自で鍛錬を行うよう言い渡し、レイナルドはシルトたちに付きっ切りとなった。新しく入った生徒には毎回こうしている。授業の流れを説明し、生徒のレベルがどれぐらいかを把握するのだ。他の生徒は自習だが、相談し合っても構わない。

「シウ、新しい技が完成したんだけど、壁を作ってもらえないかな」

「いいよ。土にする？　木がいい？」

「土壁で」

ヴェネリオに言われて、その場で作り上げる。いつものように体育館の端に置かれた素材を使う。

「自宅の壁のぼりはもう完璧なんだ。よし、行くぞ」

ヴェネリオはクナイを持って数歩後退ると、勢いを付けて走り出した。そのまま土壁にクナイを投げつけ、刺さったところに足を置いて登る。次々とクナイを刺しては足場にし、また握り手を持って縦移動だ。素早い動きであっという間に土壁を登り切る。

「おー、すごい！」

シウが拍手すると、ヴェネリオは口角を上げた。そのままふわっと飛び下りる。二度、クナイに足を置いただけだ。

「風魔法を使った？」

「下りる時はね。登る時は使ってない」

「身体能力、上がったよね」

「これのおかげでね。やりたいことがたくさんできてさ。訓練してたら、いつの間にかレベルも上がってた」

シウはヴェネリオと忍者ごっこをしている。思いついたアイディアは毎回話していた。

ヴェネリオも付き合ってくれて、こうして成果を見せてくれるのだ。

「それに蜘蛛蜂の糸をくれただろ？　クナイに条件付けしておいて、だな。こうすると」

ヴェネリオの手に巻かれていた糸がしゅるんと飛んで行き、クナイの持ち手にある輪っかを潜った。その勢いのまま糸がくるっと巻き付いて、ヴェネリオが糸を引くとクナイが外れた。そして糸に引っ張られるままに戻ってくる。それを上手に受け止めたヴェネリオが「な？」と自慢げにシウを見た。

「すごいね！　影身魔法と無と闇属性のレベルも上がった？」

「そうなんだよ。この糸がまた魔力の通りが良くてさ。思い通りに動くんだ。素材の代金は要らないって言ってたけど、父さんが『蜘蛛蜂の糸は高級だ』って言ってたから、たぶんギルドの口座に振り込んでると思う」

「え、いいよ。試してほしくて押し付けただけだから」

「タダってわけにはいかない。友達なら尚更だろ」

「うーん。でも、自分で取ってきたんだ。相場より安くでいいからね」

友達と言われて照れてしまう。シウは頭を掻いた。

「悪い、たぶんそうなると思う。うちの父さんのことだから、冒険者から直接買い取る価格にしてるよ。商人はやっぱりがめつくないとなー」

という言い方で話を収めてくれた。

その後も忍者の動きについて二人で熱く語り合った。途中、話に入ってきたクラリーサ

が、

「男の子の面白がる内容って全然理解できないわ」

と、心底分からないという表情で溜息を吐いた。しかし、ジェンマだって鞭という妙に怖い武器を持っているではないか。そう思うのだが、女性たちは分からないらしい。反対に、男性陣は隠密行動や暗器について興味があるようだった。若い世代ほど話に乗ってくれる。年上のルイジだけは苦笑していた。

ともあれ、シウは忍者に理解のあるヴェネリオと今後も話し合うつもりだ。


授業が終わると各自バラバラに体育館を出ていくが、この日のシウはシルトに呼び止められた。最近のシウはエドガールと連れ立って食堂へ行くため、彼も立ち止まる。それを見たシルトが、

「お前は呼んでない」

などと言い放つ。エドガールは肩を竦めた。彼の従者はシルトの言い様にムッとしたが口は挟まなかった。

「じゃあ、そこで待っているよ」

エドガールが体育館の出入り口を指差すと、シルトが怪訝そうに返した。

「女みたいだな。待たずに帰ればいいだろう」

今度はさすがに従者のシモーネだけでなく、騎士もムッとしたようだ。一気に険悪なム

ードである。とはいえ、剣に触れるといった敵対行為は示さない。エドガールも問題ないという仕草で手を軽く横に振る。しかし、シルトにはきちんと物申した。

「言葉遣いが悪いと、君自身が程度の低い男だと思われてしまうよ。気を付けた方がいい。聞かれたくない話があるのなら『人払いをしてほしい』とシウに頼むのが筋だ。むろん、命令ではなく『お願い』としてね。わたしは礼儀作法を知らない相手を痛めつける趣味はないから、このまま去るよ。シウ、大丈夫だよね？」

「うん。食堂で待ってて。今日は新作があるよ」

「楽しみだ。じゃあ、お先に」

　手を振って、騎士たちを連れて出ていく。大人の対応だった。ちなみにエドガールは十七歳で、シルトは十八歳である。

　シウは目の前に立つシルトを眺めながら、さてこれは闇討ちだろうか仕返しだろうか、と考えた。全く違う可能性もある。首を傾げていると、少し離れた場所のフェレスが気になった。コイレとクライゼンの周りを楽しげにスキップしているのだ。少々シュールで、おかしい。二人は困惑している。

「にゃ、にゃにゃにゃーんにゃん！」

　遊ぶ？　遊んでやってもいいよ！　と、楽しそうだ。馬鹿にしているようにも見えるが、本獣に悪気はない。コイレたちの尻尾を気にしていたし、もしかすると仲間だと勘違い

✦第二章✦

礼儀とは

した可能性もある。あるいはリュカとも遊んだ経験から、尻尾を持つ人間は遊んでくれる相手だと認識しているか。どちらにしても問題はなさそうだから見なかった振りをする。

シウが余所事を考えていると、シルトがようやく話し掛けてきた。

「この間、俺はお前と戦って負けた」

「そうだね？」

「つまり、お前は俺より強い」

「そう、だろうね？」

「となると、俺はお前の下に付かねばならない」

悔しそうに言われ、シウは思わず半眼になってしまった。

「くそっ、俺が誰かの下に付くなど考えられない！」

「あ、そう」

「王都に出てくる時の約束だったんだ」

「誰と？」

分かるように説明してほしいと思って問い返すも、途中で「いらないか」と慌てて手で制した。が、間に合わなかった。シルトが勢い良く話し始めてしまったのだ。

「長だ！　偉大なるブリッツの族長、俺の父だ。未来の跡取りを王都へやるのは心配だからと引き留められたが、俺は更なる力を手に入れるために修行が必要だと申し上げた。一族には強い長が必要だからな！　親父様は『スエラ領都までならまだしも王都など危険だ』とお止めくださったのだが、その危険こそ俺には必要だった」

その危険って、別の意味だったんじゃないのかな……。シウは内心で呟き、そっとシルトから視線を外した。《感覚転移》でフェレスを見ると、クライゼンの尻尾に狙いを定めているところだった。相手をしてくれない二人にちょっかいをかけようとしている。

「親父様は最後には折れてくれた。その時、俺より強い男が現れたらその門下に入るよう命じた。そこで師匠の力を学び、強くなれと！」

「あ、そう」

「妙な輩だった場合は従う必要はない。その見極めはコイレがすると――」

シルトが振り返る。コイレを見ようとしてだが、その本人はフェレスに尻尾をパシパシされていた。コイレは微動だにしていない。反対にクライゼンの方は焦った様子だ。体に匂いを擦り付ける猫のような付き纏われ方をされ、体が揺らいでいた。

「……コイレは、シウこそが師匠たるに相応しいと言った。まあ、あいつの言うことなど当てにできないが、これは親父様からの命令だからな。守るしかない」

「なんて余計なことを」

「あ？」

「なんでもないよ。ところで、その話に、僕の意見が入る余地はある？」

「意見とは？　それよりも俺を弟子にできるんだ。すごいことだぞ」

想像以上に問題大ありだった。シウは少し考え、にっこり笑った。

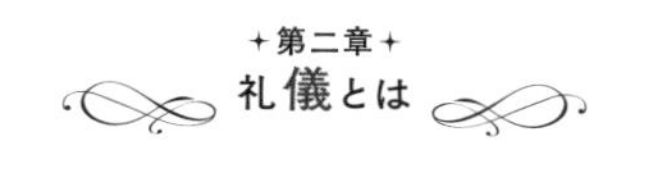

第二章
礼儀とは

「じゃあ、話は課題をクリアしてからね。弟子入りについても考えてみる。それでいいよね？　まさか、師匠になるかもしれない僕に対して、否やはないよね？」

シルトは目をパチパチさせ、首を傾げながら「あ、ああ」と頷いた。シウの勢いに負けた感じだ。けれど、言質は取れた。シウは課題についてコイレにも聞こえるよう告げると、尻尾でクライゼンの顔を叩いていたフェレスを呼び寄せ、急いで体育館を出た。

渡り廊下を走りながら思わず、ぶるっと震える。脳筋タイプの弟子が何度も押し掛けてくる未来を想像し、怖くなったからだ。

食堂の席に着くと、ちょうどエドガールが今日の授業の話をディーノたちにしていた。シウもその流れで先ほどの衝撃を話したら、皆が笑う。クレールまでもが大笑いだ。マナーの完璧な彼が口を開けて笑うのだから、よほどである。

「ひぇぇ、師匠になってほしい相手にそんな言い方しちゃうのか。やばいなぁ」

「ディーノ、口調に気を付けて。って、でもおかしいね。ははは」

コルネリオが話しながら、最後には笑い出す。エドガールも笑いを堪えきれない様子だ。コホンと咳払（せきばら）いをしてから口を開いた。

「課題はどのようなものを出したんだい？」

『礼儀作法の在り方〜初歩編〜』の暗誦を三十回、アラリコ先生の言語学の補講に出る、基礎体力をつけるため学校の敷地限界を毎日二十周するようにと」

「ひぇっ、鬼だ」

「それはどうなんだろう……」

「笑顔で語るところが怖いね」

と、散々だ。シウは慈愛の気持ちで課題を出した。半分ぐらいは嫌味も入っていたが。

「だって、僕を師匠って言っておきながら偉そうだし。他の人に対しても言葉遣いや態度が悪かったでしょ？　誰も教えてくれる人がいなかったんだろうなーと思って」

「シウが教えてやらないの？」

「やらない。真摯に学ぼうって気持ちがないんだもん。人の話をちゃんと聞こうとしないような人に、時間を掛けて矯正してあげる義理はないよ。僕だって忙しいんだ」

「珍しいなぁ。シウは誰にでも優しいのかと思ってた」

「そうだね。わたしたちを助けてくれたからね。偉そうな貴族だっていたのに」

クレールがしみじみと言うが、それとこれとはまた話が別だ。

「命がかかってたもの。事情が違うよ。それに課題の内容は、最低限知っておいてほしいってものばかりだからね。そこ、自分で気付いてほしいなあ」

すると、ディーノが「気付くか？」と首を傾げた。でも本人が気付かずとも大丈夫だ。

「たぶん、コイレが分かってくれると思う。彼がシルトのお目付役だよ」

第二章

礼儀とは

「でも、コイレは犬系獣人族じゃなかったかな。狼系獣人族のシルトが話を聞くとは思えないけれど」

「エドは獣人族の見分けが付くんだね」

「見れば分かると思うよ？　なんというのかな、匂い、気配のようなものかな？」

全く分からないので「え」と口を開けた。シウが知っているのは鑑定したからだ。

「君、他人が怒っているのすら気付かないものね」

気付かないというよりも動じないのかなと、エドガールが笑う。

「レイナルド先生が『威圧が効かないからやりづらい』とぼやいてたよ」

「うん、通じないみたい。そのせいで鈍感だって言われるんだ」

鈍感は当たってるかもねと、今度は皆にも笑われる。

「コイレがお目付け役ならクライゼンはなんだろう？　シルトの腰巾着みたいだよね」

「クライゼンというと黒狼の方だね。護衛なのは分かるけれど、その割には立ち回りが上手くないよねぇ」

シウとエドガールが話していると、ディーノが突っ込んだ。

「お目付役は賢くないと無理だろ。知力が足りない方を護衛にしたんじゃないか？」

クライゼンの知力は平均よりも低かったので、シウは何とも言えなかった。

「つくづく、わたしは幸せ者だ。キケやラミロ、シモーネがいるからね」

キケは騎士でラミロは護衛だ。シモーネともども、主を陰ながら補佐している。

「そうそう。頭の良いお付きがいると本当に助かるよ。厳しい時もあるけどなー」

「ディーノはシーカーに来て、随分とのびのびしてるようだね」

クレールが面白そうに言う。ディーノは肩を竦めて笑った。

「親の目がないと楽なんだよ。それに初年度生って役がないだろ？　気楽なんだよなー。クレールもそのうち、のびのびしたくなるって」

「ディーノ様、我が主を唆さないでください」

クレールの従者エジディオに言われ、ディーノの代わりにコルネリオが謝った。


さて、皆が楽しみにしている昼食に、シウはハンバーガーを提供した。バンズを用意し、好きな具材を自由に挟んでもらう。具材に合わせたタレも数種類作った。副菜にはサラダやポテトフライ、スープがある。

「これが白身魚のフライ。そっちのウスターソースやタルタルソースが合うと思うよ。岩猪と牛の合挽きハンバーグには照り焼きソースやブラウンソースにトマトソースも。卵焼きとチーズ、サラダ菜に玉ねぎもあるから好きな具材を一緒に挟んでみて」

火鶏や岩猪のカツにマグロのカツもある。その数にディーノたちは「おおっ」と目を輝かせた。

まずはシウが試しにハンバーガーを作って見せる。次に、しっかり観察していたコルネリオが作った。詰め込みすぎて分厚いハンバーガーになってしまったのに、作る工程が楽

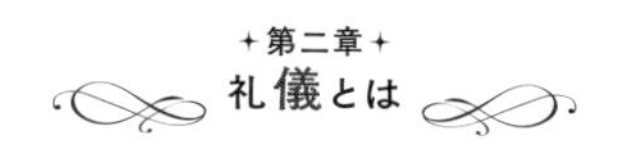

第二章
礼儀とは

しかったらしく満面の笑みだ。それを見た他の従者たちが主の好みを聞きながら作り始めた。

「こうして食べるのも美味しいものだね」

「わたしも初めてです。こんなに美味しいカツなんて」

　主の分を用意した後、騎士や従者も自分用に好みの具材を挟んで食べ始めた。バンズにも種類があるから「これがいい」「あっちはどうだ」と楽しそうに話し合っている。だからかどうか、エドガールが従者の手を借りずに自分で作り始めた。クレールもだ。ディーノはともかく、貴族の二人が自分の手で用意する姿は珍しい。

「ジャガイモを揚げた、これはポテトフライかい？　美味しいね」

「サラダもさっぱりしたドレッシングで食べやすいです」

「んー、これは珈琲(コーヒー)が飲みたいね」

「あ、買ってきます」

　先に食べ終わったエジディオが手を挙げ、走り出した。それを追うようにシモーネも行ってしまう。従者としての仕事をしなければと焦っているのだろう。

「まだ食べているのに」

「お行儀悪いね、シモーネ」

　などと言っているが、クレールもエドガールも優しい笑顔だ。見送る二人の視線の先をシウも何気なく見た。配膳カウンターの前で女子生徒が飲み物を受け取っている。

「あ、そういえば、ディーノ」

「うんぐ?」

頬張りながら返事をするので思わず苦笑したが、さっき思い出したことを報告する。

「プルウィアさんが教えてくれたんだけどね」

「ぷるうぃー?　むぐ」

「返事は食べ終わってからでいいよ。クラスメイトの女の子が、女子寮でもシュタイバーン出身の子が仲間外れにされてるって話してたんだ」

「んぐ。んん、女子寮で?」

クレールの顔が曇る。彼も寮で嫌がらせを受けていた。今は同郷人同士で結束しているため直接的な嫌がらせはないというが、それでも辛い記憶は残っている。それなのに彼の前で口にしてしまった。自分のこういうところがデリカシーに欠けるのだと、シウは反省した。ただ、今更これを謝っても蒸し返すようでダメな気がする。悩んでいると、

「シウ、気にしなくていいよ。今は本当に楽なんだ。あの頃は助けてくれる人の声さえ聞こえなかったけれどね。だから、そんな顔はしなくていいんだ」

と、逆に気遣ってくれた。シウは肩を落とし「ごめんね」と謝った。

「いいんだよ。君が僕を心配してくれていたのは知っている。今だって同郷人だからと気にかけているじゃないか」

「ディーノに報告して丸投げしてるだけなのに」

「それだって大事だ。何も考えていない人間は情報を活用などしない。ましてや情報が届くこともない。その女子生徒は、君にだから伝えようと思ったのだろうね」

「クレール……」

「貴族の問題は本来なら君には全く関係ないのにね。ありがとう」

シウは「ううん」と頭を振った。そして、プルウィアから聞いた話をした。クレールはすぐに、同郷人の女子生徒が誰なのか分かったようだ。さすがロワル魔法学院で生徒会長をしていただけある。

「バルバラさんとカンデラさんなら知っているよ。下位貴族の出だね」

「あの子たちか。男子は上級生にも同郷人がいるから一致団結でまとまったけど、女子は留学者自体が少ないからなぁ」

ディーノも誰のことか分かったようだ。どうすればいいのかと腕を組んで唸(うな)っている。

そこに、シモーネが慌てた様子で戻ってきた。

「エドガール様！」

「どうした？　って、それは」

シモーネの白いシャツが茶色く濡(ぬ)れていた。珈琲を引(ひ)っ被(かぶ)った様相だ。

「店員からカップを受け取ろうとしたら、近くを通った貴族の従者にぶつけられてしまったんです。エジディオまで巻き込まれてしまって……」

シウはすぐに《感覚転移》を使ってエジディオを見た。彼は貴族の従者や護衛らに囲まれているところだった。幸いというとおかしいが、主と思しき貴族の姿は見えない。それなら無礼を働いたと因縁を付けられる心配もないだろう。

シウは立ち上がり、皆には待っていてくれるよう頼んだ。フェレスには「皆を守っててね」と頼む。彼は「にゃ！」と意気揚々、頷いた。


エジディオの足元には壊れた陶器が散らばっていた。床一面に珈琲が零れている。

「これだからマナーのなっていない国の貴族は嫌なのよ」

「あら、違いましてよ。この方はただの従者ですわ」

「そうだとも。農業国の芋臭い貴族の従者だ。食器さえまともに持てないのだからな」

「ろくな魔法技術もない田舎から、よくも最先端のラトリシアへ来たもんだ」

数人が陰険な発言を繰り返す。周囲にいた生徒や従者たちは静かに離れていった。関わり合いになりたくないのだろう。その割には食堂を出ようとしない。興味はあるのだ。それはそれで感じが悪いと、シウは眉を顰めながらエジディオに近付いた。

この従者たちの鑑定は済んでいる。彼等の主と思しき貴族がどこにいるのかも分かっていた。食堂の二階にあるサロンだ。それらしき人々がいた。というのも、手摺りから顔を出してニヤニヤと笑いながら眺めているからだ。

「エジディオ、遅いから迎えに来たよ」

「シウ様――」

✦第二章✦

礼儀とは

「これ、落とされたの？」

「あ、いえ、その」

「僕が片付けるよ。エジディオはもう一度、注文してくれる？」

「は、はい。申し訳ありません」

「エジディオが悪いわけじゃないよ」

シウが笑いかけるとエジディオは強張っていた表情を緩めた。ほんの少し笑ってみせて注文カウンターに素早く向かう。店員はいろいろ察知し、急いで準備を始めてくれたようだ。シウはその間に魔法を使って床を片付ける。

「《消失》《浄化》《修復》《回復》」

声に出したのは無詠唱よりは目立たないと思ったからだ。液体が消え、床は綺麗になって、割れたカップが元に戻った。

陰険な従者たちが唖然として見ている。詠唱が略されているからか、それとも魔法の連続行使に驚いているのか。どちらでもいい。シウは無視して、元通りになったカップをカウンターの奥の職員に渡した。

「修復しました。浄化もしているので問題ないと思います。どうぞ」

「あ、は、はい」

ちょうどエジディオがカップを乗せたトレーを持って戻ってきたため、シウは彼の護衛よろしく隣に立った。そこに、我に返った従者が近付いた。エジディオには結界を張っていたから当たることはない。が、それを知らない彼はビクッと震えた。

「大丈夫。先に珈琲を皆のところに持っていってくれる？」

「ですが」

シウはエジディオの背中をそうっと押した。彼はシウの気持ちを読み取って小さく頭を下げた。サッと身を翻し、綺麗な所作で歩いて行く。それを邪魔しようとしたのだろうが、先ほどの従者たちが結界に阻まれた。首を傾げる彼等にシウは強い視線を向けた。

「弱い者苛めをして楽しいですか？」

「はぁ？」

「カップを落とさせ、珈琲を引っかける。それが貴族に仕える従者のやることでしょうか。どこの『田舎』の貴族に仕えてるのか伺いたいです。こんなに『マナーの悪い』従者や護衛を雇っているなんて『最先端の技術』を教える国の貴族とは思えません」

「はぁっ？　お前！」

「直接お目にかかって教えて差し上げたいですね。『あなたの従者や護衛が足を引っ張ってますよ』と。マナーの完璧な主がこんなことを指示しないでしょうし」

「ぐっ……」

目を吊り上げていた女性や、殴りかかろうとしていた男性が動きを止めた。

「まさか、ラトリシアでは他国の人間に手を出していいと学んでいるわけでもないでしょう？　学校の規則にもありませんし。とはいえ、初年度生に知らされていない秘密のルールがあるのかもしれません。ですから確認してみましょうか。さて、生徒会か担当教授、どなたに聞けばいいのやら」

怒りで震えていた従者たちが視線を逸らす。やがて、渋々口を開いた。

「……さっきのは、たまたまぶつかっただけだ。彼が謝らなかったので、注意していただけのこと」

「そうなんですか」

「礼儀がなってませんでしたの。ですから、親切に教えてあげていただけですわ」

「そうでしたか」

シウは笑いながら人差し指を上に向けた。

「ちなみに、僕は自動書記魔法が使えます」

首を傾げる彼等に、今度は小声で伝えた。

「誓言魔法だってね。術式開発も済んでいるから魔道具にもしている。追跡魔法だってある。――つまり、証拠を集めるのが得意って意味です」

にっこり微笑む。なるべく「悪い顔」になるようニヤリと笑ったが通じただろうか。はたして、意味の分かった者から顔が青くなっていく。全員がシウを見て震えていた。

「さて。名乗るのが遅れました。僕はシウ＝アクィラと申します。庶民ですが、後見人はシュタイバーン国のオスカリウス辺境伯様です。といっても信じられないでしょう。ですが、ヴィンセント殿下にお目に掛かりました際、辺境伯様と共にご挨拶させていただきましたから嘘ではございません。どうぞお調べになってください」

「王子殿下に、だと？」

そんなまさかと声がする。シウは虎の威を借る狐を堂々と続けた。

「王城へ参上しましたのは、僕に褒美を下さるとのお話があったからです。そう言えば、何か欲しいものはないかと聞いて下さったのを思い出しました」

シウが何を言いたいのか気付いた数人が「あっ」と声を上げる。更に一人が「シウ＝アクィラ？」と名前を繰り返した。聞いたことがあるのだろう。

「もしや、グラキエースギガスの時の？　討伐した冒険者の名前じゃないか！」

「殿下から褒賞を賜った奴だ」

「まずいぞ、オスカリウス辺境伯に手を出したと言われてしまう」

口々に言うものだから騒ぎになった。すると、ようやく上階のサロンにいた貴族の一人が口を挟んだ。

「何をやっている！　面倒を起こすな、戻ってこい！」

窘めるのではなく、上手く事を運べなかった従者たちを叱責する言葉だ。彼等は真っ青になって二階に上がっていった。シウを振り返りもしない。遠巻きに見ていた生徒たちも知らんぷりだ。シウは少々大きめの「独り言」を口にした。

「幼稚な嫌がらせなど、礼儀作法云々の前に人としての品性を疑う行為です。次に殿下にお目に掛かった時に伺ってみましょうか？　これがラトリシアの『礼儀』なのかと」

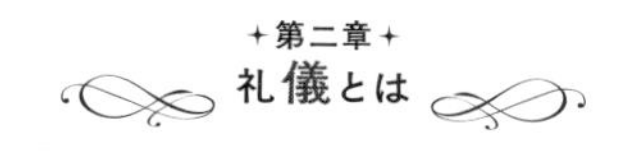

第二章 礼儀とは

騒がしかった空気が一気に凍った。シンと静まる中、今度は小声で続ける。

「こんなくだらない話をしなきゃいけないなんて情けない。だから、殿下には正しい言葉で『暴力を受け、名誉を傷付けられた従者や生徒がいる』と伝えます。事実、そういう話なのだから」

苛立(いらだ)つような騒がしさのあった上階からも気配が消えた。

「軽い気持ちでやったのかもしれないけれど、これは人として許されない行為だ」

そう言うと、シウは静かに席へと戻った。


いつも集まっている端の席も静かなままだ。シウは黙っている皆を見て、苦笑しながら木製のピンチを取り出した。

「嫌がらせがエスカレートする可能性もあるから、これを付けててくれる？　証拠集めのための魔道具なんだ」

術式はその場でこっそり付与したから、嘘ではない。元々このピンチは咄嗟(とっさ)に付与したい時の容れ物として作った。外側部分を先に用意しているようなものだ。術式付与は無詠唱でできるし、シウには自動化という便利な魔法もある。今回も魔法袋から取り出した瞬間にまとめて付与した。自動書記に誓言魔法のセットだ。記録と証明の二本立てである。

そのピンチを受け取ったディーノが、大きな溜息を吐いた。

「はーっ。……寿命が縮んだ」

コルネリオも「びっくりした」と、真面目な顔だ。いつもの剽軽な態度が消えている。

それでもシウを見て、ふっと笑った。

「すごかったね。びっくりしたよ」

「ごめん。皆を巻き込んじゃったかも」

「いや、それはいいんだ」

ディーノが慌てて立ち上がった。その横でクレールが大きく頷く。

「そもそも、喧嘩は売られていた。わたしが巻き込まれて君たちが助けてくれた。そうだろう？」

「シウ、わたしだって同じだよ。正直うんざりしていたんだ。さっきの啖呵は聞いていて気分が良かった」

エドガールだ。彼も地方の出だからと、中央の貴族にヒソヒソされていたという。

「シモーネがこんな目に遭っていながら黙っているしかなかった。僕の代わりに、ありがとう」

シモーネが後ろで頭を下げる。エジディオもだ。が、クレールがそれを止めさせた。

「君もエジディオも悪くない。わたしが原因だ。君たちは巻き込まれただけだよ」

「ですが、わたしが上手く立ち回っていれば」

蒼褪めた顔でエジディオが訴えたけれど、クレールは首を振った。

「彼等は機会を狙っていた。それが今だった。わたしたちにとって幸いだったのは、シウがいたことだ。彼等にとってはそれが誤算だった。戦略指揮的には、わたしたちの勝ちだと思うよ？」

いつものクレールになっていた。ディーノがニヤニヤと見ている。嬉しいのだろう。

深刻な会話になってしまったけれど、しばらくは何も起きないだろうと思っている。今回の騒ぎでシウが目立ったのも一つ。更に、ヴィンセントと繋(つな)がりがあると確実に伝わった。貴族なら、余計な問題に巻き込まれたくないと考えるはずだ。だから大丈夫なのは分かっている。が、それとこれとは別だ。心配性のシウのためにも肌身離さずピンチを持っていてもらいたい。それが伝わったのだろう、皆、大事そうにポケットの中に仕舞っていた。


冷めた珈琲を魔法で温め、話し合い続行だ。本題が途中だった。

「こうなると、バルバラさんとカンデラさんは寮から出た方がいいだろうね」

「屋敷住まいで上位貴族の女子となると、ヒルデガルド嬢だけだからなぁ」

「本末転倒だよねぇ。彼女のせいでこじれてるわけだし」

シュタイバーン組で話す。シウも会話に入った。

「とりあえず、プルウィアさんに連絡役を頼んでみる」

「シウって意外と女子の知り合いが多いよな」

「そうかな？　生徒の比率と同じ割合だと思うけど」

「そういう意味じゃないんだけど。まあ、いっか。シウらしい」

ディーノに笑われてしまった。何故かエドガールたちまで笑っている。

「僕らしいって何がだよー。あっ、そうだ、男子寮の人にも」

同郷人に配った方がいいだろうとピンチを取り出した。

「分かった。今日中に渡すよ。事情も話しておく」

「事情か。そうだ、生徒会長にも報告しておこうっと」

思い出してシウが呟くと、エドガールにまた笑われた。

「全然萎縮しないなぁ。そういうところ、羨ましいよ」

「うーん。萎縮する意味が分かんないんだよね。火竜に追いかけられた時も怖いと思わなかったし」

「はは。改めて聞くとやっぱり君ってどこかおかしいよね。いや、良い意味でだけど」

「おかしいのに良い意味があるの？」

「ははは」

シウたちのテーブルに笑いが起こると、食堂に残っていた生徒たちの空気も変わった。

緊張感が消え、やがて予鈴が鳴る頃にはもういつもの食堂に戻っていた。

授業を受けていたプルウィアを《全方位探索》で見付けると、シウは教室の外から彼女を呼んだ。自由時間なのは覗いていたから分かっている。プルウィアは先生に断って教室から出てきてくれた。

「お願いがあるんだ。後で、バルバラたちをこっそり呼んでほしい」

「いいわよ、それぐらいならやってあげる」

「お礼に今度、ご馳走(ちそう)するね」

「……お礼してくれるというのなら有り難く受けるわ」

ツンと顎をあげたが、シウをチラチラ見ていたので嬉しかったのだろうと思う。子供みたいな様子に、少し笑ってしまったシウだ。


更にもう一人、話をしておきたい人がいる。生徒会長だ。授業が終わるのを教室前で待つことにした。時間があるためフェレスと遊ぶ。持ってこいの遊びだ。シウが布のボールを投げると、喜び勇んでフェレスが取ってくる。もちろんルールは「静かに」。フェレスは鳴きもせず、たったと走った。音は立てない。遊びながらの訓練は成果が出ており、日々成長しているフェレスだ。

途中、休憩のためか、廊下に出てきた生徒がギョッとして教室に戻った。中に報告したらしく、教授と思しき女性が出てくる。女性だけれど格好は男性のものだ。スマートな紳士に見える。

「こんなところで子供が何をしているのだ？　おつかいかな？」

シウとフェレスを見て訝しそうにしたものの、一瞬で笑顔になる。

「おお、可愛い子だ。主とはぐれたのか？」

どうやらシウを従者と勘違いしているらしい。彼女は心配げな口調とは逆に、目尻の下がったなんともしまらない表情でシウを見た。子供が好きで仕方ないといった様子だ。その調子で頭を撫でてくる。シウは困惑し、頭を下げた。

「シウ＝アクィラと申します。初年度生です。生徒会長に用事があり、廊下で待っていました。お騒がせして申し訳ありません」

「なんだ、生徒なのか。子供じゃないのか。そうか。残念だ」

シウが困惑していると、彼女はハッとした。

「君は何歳だ？」

「十三歳です」

パッと笑顔になる。「子供だね！」と嬉しそうだ。

「そうですね。まだ成人してません」

「そうか。よしよし」

また頭を撫でる。彼女の中では子供は問答無用で撫でていいらしい。

「わたしはオルテンシア＝ベロニウス、創造研究を教えている。よろしくな。君を見ていると、わたしの子供たちを思い出してしまったよ。もしかしてシャイターンの出身かね？」

いきなりの早口で呆気に取られ、シウは頷きかけてから首を横に振った。

「あ、いえ、シュタイバーンです」

「そうなのか。だがシャイターンの血も入っているぞ。特にこのへんが」

ついっとシウの鼻筋を撫でた。

「ああ、子供たちに会いたい……」

目の前で大きな溜息を吐くオルテンシアに、シウはやっぱり困ってしまった。

「いや、シーカーで教鞭を執ると決めたのはわたしだ。くよくよしてはいかん。そうだろう、少年」

「はあ」

「どうせ顔を合わせても憎たらしいことしか言わない。まあそれも可愛いのだが。おっと、そうだ。授業中だったな。む、そういえば君は生徒会長に話があったのか。よろしい。その可愛さに免じて許してやろう。ついてこい」

オルテンシアは男装をしているからか、口調まで男性のようだ。キビキビと動く姿も格好良く、シウは呆気に取られたまま手を取られて教室に入った。

生徒たちはグループごとに分かれて話し合っている最中だった。自由討論の時間らしい。シウを見てギョッとしている。目を逸らした生徒もいた。昼の出来事を知っているようだ。

そんな中、オルテンシアが声を張り上げた。

「ティベリオ、お前に客だ！　可愛い客だぞ。どうだ、可愛い子供だ。早く来い。待たせるな。おい、ぼけっとするんじゃない。さっさと来んか」

言葉は悪いが偉そうには聞こえない。オルテンシアの堂々とした態度が、どこか肝っ玉母さんのように思えるからだろうか。見た目が紳士なので違和感はあるけれど。

そして、間違った認識を植え付けられそうになったティベリオは可哀想だった。彼はオルテンシアが言うように「ぼけっと」などしていない。急いで駆け付けてくれた。だというのに、目の前に来るまでの間、いろいろ言われてしまった。

「まったく、来るのが遅い！」

言葉だけなら怒っているかのようだが、オルテンシアは笑顔だ。それにシウに引き合わせるとサッと離れた。話を聞くつもりはないと態度で示す。

「……面白い先生ですね？」

「うん、まあ、そうだね」

「あの、すみません。授業が終わるまで廊下で待っているつもりだったんです」

ティベリオは「構わないよ」と微笑み、シウの背中に手を添えて、廊下へ連れ出した。彼の従者や護衛もそっと出てくる。足音が静かなのは一流の証だ。

シウが「食堂で喧嘩を売られて買った」と簡単に報告すれば、ティベリオは唖然としてから急に笑い出した。そして、詳しく聞きたいというので最初から説明すれば、

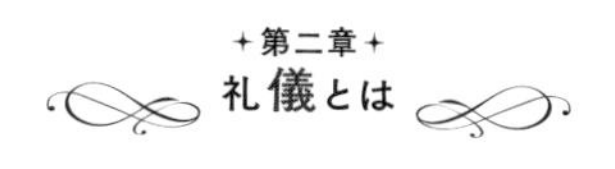

第二章

礼儀とは

「き、君、そんなこと言ったの。なんていうのか、あはは」

笑いが止まらなくなった。だからかどうか、アマリアも教室を出てきた。彼女も同じクラスだ。

「シウ殿、どうかしましたの？」

シウはアマリアにも事情を話した。更に、寮にいる女子生徒のことも。

「二人を保護するのは当然として、どこがいいかと悩んでいるんです。貴族の女性だし、やっぱり街暮らしはダメですよね？」

貴族が庶民のような暮らし方をしていると「貴族らしくない」などと言われてしまう。女性ならば後の結婚にも影響するだろう。アマリアも「ええ」と困り顔で頷いた。

「ヒルデガルドさんは屋敷を借りているそうだけど、彼女に頼むと余計ややこしいことになりそうで。ていうか、彼女に知られないうちに、なんとかしたいんですよね」

しかし、シウは女心が分からない。ディーノたちだって似たようなものだと思っている。そんな悩みとも相談とも言えない愚痴を零すと、アマリアが「まあ」と口元を隠しながら微笑んだ。

「ブラード家には迷惑を掛けたくないし……」

「それこそ止めた方がいい。君の下宿先は確か、カスパル＝ブラードか。爵位は――」

「ティベリオ様、ブラード家は伯爵位でございます」

従者の女性が耳打ちした。他国の貴族の爵位まで把握している。シウが「すごいなあ」

と感心している間に、ティベリオが首を横に振って話を再開した。

「それなら尚更、止めた方がいいだろう。結婚していない男性の家に妙齢の女性を受け入れるなど、外聞が悪すぎる。寮住まいならばお付きの者もいないだろう？」

「差し出がましいようですが、発言をお許しください。保護なされたい生徒は下位貴族の子女と伺いました。でしたら夢を見る可能性もございます。それはお互いに不幸しか生みません。夢を抱かせないようにするのも大事でございます」

言葉を濁しているが、従者の女性が言いたい意味は分かる。うっかりで間違いが起こった場合、責任の取り方は結婚だろう。それで上手くいくなら、親が子供の結婚相手を決める必要はない。貴族の結婚は、派閥だ階級だと政略的な意味もあるが、互いに不幸にならないための事前調整によって成されるものだ。

「教えてくださってありがとうございます」

頭を下げると、従者の女性も丁寧に下げた。

「それにしても困りましたわね。わたくしがお引き受けしても良いのですが」

「アマリア様、それはなりません」

ジルダに言われ、アマリアは頬に手を当てた。

「そうですね。わたくしが手を差し伸べますと、後々問題が生じそうですわ」

「君、ヒルデガルド嬢からライバル扱いされているものね」

「まあ、ティベリオ様」

第二章
礼儀とは

困惑げに眉を寄せる。そんな表情でさえ、洗練されているように見える。シウはアマリアを眺めながら、またぼやいた。

「他にも寮があればいいんだけどな。出身地ごとに分かれていたら少しはマシかも」

「お前たち、面白い話をしているな。わたしが引き取ってやってもいいぞ」

突然の声と共に、シウの背中に抱き着いたのはオルテンシアだった。彼女はシウに抱き着いたまま、その頭の上に顎を乗せて話し始めた。

「我が屋敷に、行儀見習いとして入れてやろう。下位貴族の子女ならば正しい在り方ではないか？　その上、屋敷の主は女のわたしだ。親御殿も安心なさるだろう」

「まあ、オルテンシア先生。よろしいのですか？」

オルテンシアは「むろんだ」と格好良く答えた。顎を乗せたままではあるが。

「ふむ。オルテンシア先生のところであれば大丈夫でしょう。先生はシャイターンの貴族でいらっしゃいますし、行儀見習いという名目も立つ。さすが先生です」

「褒めても何も出んぞ、ティベリオ。それにしてもお前たち、創造研究科で一体何を学んでいるのだ。もう少し頭を使え。頭を」

それを聞いて、ティベリオとアマリアは恥ずかしそうに笑った。

「そのようですね。では、こちらで手筈を整えましょう。シウ、君は女子生徒たちと繋ぎを取れるのだね？」

「はい。クラスメイトに呼び出してくれるよう頼んでいます」

「では、彼女たちの意見を聞いた上で結論を出そう。生徒会室は分かるかい？　今日は生徒会室に詰めているから二人を連れておいで。詳しくはそこで決めよう」

「はい。いろいろとありがとうございました。皆さんも先生も、お骨折りくださってありがとうございます」

頭を下げると、自動的にオルテンシアがシウの背中に乗ってしまった。

「先生、いい加減離れてあげてください。子供が好きなのはよく分かりましたから」

「ふん、子供の一人もおらぬお前に何が分かる」

「拗ねないでください。ほら、授業に戻りますよ」

オルテンシアをシウから引き剝がすと、そのままティベリオが連れていく。意外とぞんざいに扱っていて面白い。アマリアが注意しないことからも、普段から仲が良いのだろう。

シウは教室に入っていく面々に頭を下げた。そろそろ五時限目の授業が終わる頃合いだ。シウはプルウィアを待たせないよう、急ぎ足でミーティングルームに向かった。


終業の鐘の音が鳴ってしばらくすると、ミーティングルームに数人が入ってきた。

「あ、こんにちは」

「シウ君？　良かった、本当だったのね」

一人がホッとしたように漏らした。それを聞いたプルウィアが呆れたような声を出す。

「わたし、嘘はつかないわよ」

ほんのちょっぴり、むくれ顔だ。

「あ、ごめんなさい、わたし……」

「まあ、いいわよ。周り中が敵だらけ、って感じだったものね」

肩を竦め、プルウィアは椅子に座った。シウは確認のために二人の名を口にした。

「バルバラさんとカンデラさん？」

二人が同時に頷く。シウは早速、ここに呼んだ理由を口にした。

「お二人が寮で大変な目に遭ってると聞いたんだ。それで、なんとかならないかと同郷人同士で話し合って、案も出た。話を聞いてくれる？」

二人が顔を見合わせた。「助けてくれるの？」と不安そうだ。シウはしっかり頷いた。

「そのつもりだよ。もちろん、話を聞いてどうするか決めるのは二人だ」

二人は顔を見合わせて頷き合った。そして、よろしくお願いしますと頭を下げる。

プルウィアはもう関係ないとばかりにミーティングルームを出て行こうとした。女子二人が慌ててお礼を言う。

「ありがとう、プルウィアさん！」

プルウィアは振り返らず、ひらひら手を振って歩いていった。

とはいえ、バルバラとカンデラは完全にシウを信じたわけではない。疑心暗鬼なのだろう、そわそわと後ろを付いてくる。それでも彼女たちが行動に移したのは、シウの名前を知っていたからだ。しかも、魔獣スタンピードから生徒を守ったという、良い話の方で覚えていてくれた。おかげで、徐々に緊張が抜けたようだった。

　それに二人の態度が落ち着かなかったのは、他人の名前を使って騙(だま)された経験があるからだという。危険な目にも遭いかけた。無事だったのは慎重に行動していたからだ。

「え、物置に閉じ込められそうになったの？」

「ええ。でもカンデラが気付いて捜しに来てくれたわ」

「わたしたち、二人で助け合っていたの」

　シウが「大変だったね」と労(ねぎら)うと、バルバラが目尻に涙を浮かべた。

　生徒会室に到着すると二人はがちこちに固まった。先ほどとは別の緊張感のようだ。なにしろ中で待っていたのは上位貴族の子息ティベリオである。ましてラトリシアの貴族なら緊張もするだろう。彼女たちはそのラトリシアの貴族に嫌がらせを受けていた。

　もっとも話が進むにつれ、二人は安心したようだった。更に、下宿の道もあると告げれば早合点し「ブラード家でお世話になれるなら！」と元気になった。シウが目を丸くしていたら、ティベリオの女性従者と目が合った。彼女は小さく肩を竦めていた。

　話を進めてくれたのはティベリオだ。遠回しに二人に注意すると「すでに下宿の手配はしている。女性教授の屋敷だよ」と告げた。バルバラとカンデラは慌てて「お願いします！」と答えた。二人にとっても良い話だ。オルテンシアも言っていた通り、行儀見習いとして上位貴族の屋敷に入るのは憧れでもあるらしい。上級のマナーを実践で学べる上に生活費の心配もない。しっかり仕えていれば手当ても出るとか。

二人の引っ越しは週末と決まった。生徒会から手伝いも出すと決まり、二人は感謝して何度もお礼を口にした。オルテンシアへのお礼は生徒会から出すと言ってもらえたが、同郷人一同としても出すつもりだ。しっかり者のクレールがいるから、代表して動いてくれるだろう。二人には気にしないよう、まずは落ち着くのが先決だと説明して話は終わった。

なんだかんだで遅くなり、シウが帰宅したのは夕飯時だった。着替え終わって賄い室に向かったシウだが、カスパルに呼ばれた。主の使う食堂へ通され、シウの分の食事が運ばれる。一緒に食べようと楽しみにしていたリュカに後で謝ろうと考えていたら、ダンが話し始めた。

「シュタイバーンの生徒に揉め事が起こってるんだって？」

「耳が早いね。ヒルデガルドさん絡みで飛び火してるみたいだよ」

「うわ、そうなのか」

仰け反ってうんざりした声を出す。それをロランドに注意され、ダンは背筋を伸ばした。従者として付いているのだから礼儀作法を厳しく言われるのは仕方ない。カスパルが苦笑し「あとで話し合おうか」と言って、不穏な話は終わった。代わりに楽しい話題を提供する。といっても、シウの楽しいは「実験」か「本」か「フェレスとの遊び」だ。それでも笑顔で応じてくれる。晩餐の時間は穏やかに過ぎていった。

いつものように遊戯室（ゆうぎしつ）へ行くと、護衛たちもテーブルに集まった。生徒同士の小さな揉め事が大きな事件に発展する場合もあるので、事情を把握しておきたいのだろう。

シウは女子生徒二人の件だけでなく、食堂で起こった「些細（ささい）な揉め事」についても話した。誰かから聞くよりも当事者のシウが話しておいた方がいい。また、その後のあれこれで勝手に動いた件を謝った。貴族の家に下宿している手前、相談はすべきだ。

「事後報告があるから問題はないよ。それより、君、よくもまあ喧嘩を売れるねぇ」

カスパルが面白そうにシウを見た。

「先に売られたから買ったんだよ」

「おっ、シウでも怒るんだな」

ダンが笑いながら驚く。シウはむうっと唇を突き出した。

「僕だって怒る時は怒るよ」

それを見てダンが大笑いした。カスパルは思案げだ。

「――彼女、困ったね。皆に迷惑ばかり掛けている」

「あー。そうだよね。正義感が過ぎるし、そのせいで迷惑を被っている人もいるのにフォローがない。もうちょっと目配りしてほしいかな」

「状況確認と差配のミスだね。貴族なら当然できて然るべきだ。特に彼女は上位貴族なのだからね。もっとも、彼女が頑張りすぎると余計に問題が起こりそうだ」

カスパルが曲げた人差し指でトントンと顎を叩く。

「今日、ちょうどクレールと会ったところでね。いつもの彼だったよ。ディーノの助けがあったからだろう」

「うん。休み明けに会った時はげっそりしてたもん」

「彼、見栄っ張りだからね。どうも顔を見ないと思っていたけれど、僕に弱ったところを見せたくなかったのだろうね」

にやりと笑った。悪い顔だ。これは後でからかうつもりに違いない。シウは呆れてカスパルを見た。彼は認めたがらないだろうが、クレールとは良いライバルだ。

「男子は人数も多い。固まっていれば問題はないだろうね。元々クレールは人をまとめる力もある。ディーノが補佐につくなら更に心強い」

カスパルがまた顎に指をやり、トントンとリズミカルに叩いた。

「そちらはいいんだ。問題は彼女の方だ。本人の資質に問題があるのなら使える右腕なり、部下なりを付けるべきだ。カサンドラ公爵は一体何を考えているのやら」

「あの、ヒルデガルドさんは結局授爵されなかったんだよね。でも将来的には公爵の後を継ぐ、で合ってる?」

「廃嫡はしていないからね。第一子が後を継ぐのは確定事項だ。といっても、実質的な政治は婿が代わりに行うのが通例でもある。何事にも例外はあるけれどね」

「あのヒルデガルド嬢の相手なんて、見付かるのか」

ダンが小声で茶化すと、護衛たちもコソコソと話し始めた。

「公爵家の婿だぞ。誰だってなりたいんじゃないのか」

「それにあれだけの美女だ。男なら夢を見ると思うがなぁ」

しかし、聞こえていたらしいカスパルが彼等の「夢」を砕いた。

「思い込みの激しい性格で揉め事ばかり起こす妻と一生を過ごす？　屋敷内の差配もままならない。仕事にも口出しするだろう。なにしろ爵位は妻にあるのだからね。それで夫の気が休まるかい？」

皆の気持ちが一気に萎んだ。美人との結婚を一時でも夢見ていたのだから分からないでもない。それにしてもカスパルの言葉には実感が籠もっているようだった。シウが「いやに詳しいね」と茶化せば、ニヤリと返された。

「先日手に入れた古代語の小説に書いてあった。いつの世も同じ悩みを持つらしい」

自信たっぷりに答えるカスパルに、護衛たちが肩を落とした。ダンも呆れている。

「坊ちゃん……」

「とうとう、女遊びに目覚めたのかと思いましたら」

「そんな気配があったら打ち合わせの時に分かるさ」

「そうだよなぁ。坊ちゃん、そっち方面はからっきしだ」

「高級娼館のお供に行ってみたいのにな」

などと、際どい話題も出てくる。ここに未成年のシウがいることを忘れているのではないだろうか。シウが黙っていると、ロランドが気付いた。

「皆さま。坊ちゃまには心優しき女性がいつか現れるでしょう。それまでになさるべきは『お相手の気持ちに寄り添う』お心を育てるのがよろしいのでは？　そのために必要なのは夜の店ではなく社交界です。人付き合いのお勉強をされるのが一番でございます」

ギロリと睨み、ロランドはカスパルに向き直った。

「坊ちゃまはもう少々積極的に、社交界へお出でくださいませ」

「これ以上か？　だが、ラトリシア国の夜会へ出ても女性との出会いなど――」

「人を見る目を養うためでございます。いわば、訓練であり練習の場でもあるのです。しかし、お手付きはなりません。よろしいですね？」

「……分かった」

本家ではないが、さすがブラード家の家令だ。感心していると、今度はシウに飛び火した。

「ところでシウ様。のほほんと聞いておられましたが、子供が耳にしていい話ではございません。聡いシウ様ならば、どのような類いの話題かは理解できたでしょう。もちろん、お年頃ですから興味もおありでしょうが、まだ知るべき時ではありません」

分かりますね、と強い視線で見つめられ、シウは小さく頷いた。そして「もう遅うございます」と遊戯室から追い出されてしまう。それでもシウはまだいい。残った面々はきっと説教されるだろう。子供の前であんな話をしたのだから。

He is wizard, but
social withdrawal?

第三章
将来への不安

He is wizard, but social withdrawal?
Chapter III

土の日は冒険者ギルドで薬草採取の依頼を受けた。のんびりと山中を歩き、春の兆しを感じる。雪が解け、泥で歩きづらいところもあるが空気が気持ちいい。春といってもまだまだ蕾は固いが、この蕾が薬の素材になる。一瞬の間しか取れない貴重な蕾を、シウはせっせと集めた。もちろん、まばらに残すのは忘れない。

他にも春にしか取れない素材を集めて回る。フェレスも山を多いに楽しんだようだ。

ギルドに戻ったのは夕方で、続々と帰ってくる冒険者たちに交ざり受付を済ませた。ついでに「来週末は学校の行事で来られない」と報告する。急用など滅多にないだろうが、これも冒険者の習いだ。それにシウの実力はギルド公認で「実質五級相当」と言われている。中級冒険者として相応の行いが課せられるというわけだ。

納品や依頼料の受け取り以外に、ギルド長と冒険者仕様の飛行板についても打ち合わせたため、少々時間がかかってしまった。フェレスが待ちくたびれているだろうと、シウが急いで表に出ると——。

「よし、もう一度おさらいだ」

「にゃ」

「新しい子分には、自分が一番の子分だと知らしめる。そのためには力を示す必要があるんだ。分かるな?」

「にゃ」

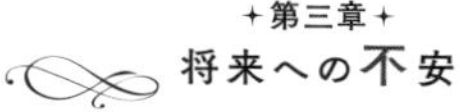

第三章
将来への不安

またも冒険者たちに囲まれていた。アイドル猫のフェレスは、ここの冒険者に可愛がられている。おかげで表に繋いでいても誰かが見ていてくれるのだが、そのせいで妙な話を吹き込まれていた。どうやら今日も親分子分の話らしい。

「力を示すには筋肉が大事だ。こうやるんだぞ」

「おい、フェレスは毛がもふもふした騎獣だ。筋肉なんぞ見えるわけがない」

「大体、筋肉が力を示すってのもおかしな話じゃねえか」

「なんだと？　また邪魔するのか」

「待て待て。それより、フェレスの子分なら騎獣じゃねぇか？　力も何もその前に、騎獣を二頭も持つのは難しいだろ。どんだけ金がかかるって話だ」

「ほー。騎獣ってな、それほど金がかかるのか？」

「獣舎付きの宿ってのは、べらぼうに高いらしい。だからって外壁近くの騎獣屋に預けるのも不安なんだと。騎獣持ちの奴がぼやいてたのさ。そいつ、早々に出ていったぜ」

へぇー、と何人かが驚いている。外から来た騎獣持ちの冒険者が居着かないのは、そうした理由もあるようだ。シウは「なるほど」と頷きながら口を挟む。

「獣舎付きの宿にこの間泊まったんだけど、ロカ金貨で二枚だったよ。食事なしね」

皆が「うおっ」と驚いて振り返った。視線が下になるのは、シウが小さいせいだ。

「よう、シウか。相変わらず気配のねえ奴だなぁ」

「ていうか、金貨二枚かよ。すげぇな。やっぱり俺たちに騎獣は無理だ」

「どのみち、この国じゃ持てないだろ」

「他国へ行って探してみるか？　余所で登録したものなら持てるじゃないか」

「バカだなー。卵石ってな、滅多に落ちてないから、売ってる奴も高いんじゃないか」

言った本人を含め、その場の冒険者たちが肩を落とした。フェレスに抱き着いている者もいて、皆、癒やしを求めているようだ。

「猫や犬を飼えばいいのに」

「そうだよな〜。飼おうかな〜」

「家にひとりぼっちで置いておくのか？　俺は可哀想だから嫌だ」

「希少獣は連れ歩けるからなぁ。強いし、それも魅力なんだよ」

「貴族は家に隠し持ってるけどなー」

との台詞で、また暗い雰囲気になった。シウは慌てて提案した。

「フェレスと一緒に晩ご飯食べに行く？」

「行く！」

全員から同じ台詞が返ってきた。

居酒屋では順番を決めてフェレスに餌を与える、恒例の癒やしタイムが始まった。それを眺めながら、シウは残った人に軽く注意した。

「フェレスにあんまり変なこと教えないでね」

第三章

将来への不安

「いやー、悪い悪い！　でもちゃんと話が通じてたんだな！」

「通じるよ。この間から子分だなんだって変な話ばっかりしてたんだから」

「ははは。いや、でもさ。あんなに可愛い騎獣がいるんだ。つい可愛がりたくなるんだよ。しかも『にゃーにゃー』返してくれるもんだからよ」

「気持ちは分かるけどね。でも希少獣は賢いよ。フェレスも人の話は分かってるからね。全部僕に筒抜けだと思った方がいいよ」

「マジかよ。やべぇな、気を付けよう」

「おい、マルコ、お前娼館の話してなかったか？」

「子供に聞かせる話じゃねぇだろ」

「いや、だってよう、フェレスだってお年頃かと思ったんだ」

不毛な言い合いに呆れるが、まずは訂正だ。シウは独身冒険者たちに釘を刺した。

「騎獣に正確な発情時期はないよ。騎獣は飛べるようになったら『成獣』と言うけれど、それとは別らしいんだ。諸説あるけど、発情までに四～五年はかかるみたいだね。だから今のフェレスはまだ子供で、そんな話は早いの。分かった？」

分かったーと答えたくせに、彼等はまた下ネタを始めた。お酒も入り、男ばかりの集まりだ。まして独身とあっては、そんな話になるのも分からないではない。現在のシウはまだ子供だけれど、前世では長く大人だった。だから彼等の話題が特別おかしいとは感じていない。ただ、前世でもシウは自分の性事情について人に話した経験はない。

だから、いい大人たちがああだこうだと話すそれには交ざれなかった。静かに彼等の話を耳にしていると、ふと、視線を感じた。まだ若い冒険者二人が餌やりを終えて戻ってきたようだ。

「なぁ、シウって幾つだった？」

「秋に十四歳になるけど」

「おおー。じゃ、そろそろ男になってもいいんじゃねぇか」

「俺が連れていってやろうか？」

二人はロッカとルスツといい、今いる冒険者の中では若い部類に入る。だから自分たちより年下の冒険者に先輩風を吹かしたいようだ。内容はろくでもないが。

「娼館の話なら止めておく。僕はいいよ」

「遠慮するなって！　俺たちも先輩に連れていってもらったんだ」

「興味ないからいいんだって」

断っていると「先輩」冒険者の一人が話に入ってきた。下ネタ好きだが、本当に悪気はないようだ。なんでだ、どうしてだと肩を組む。シウが笑って断ると、

「え、まさか、お貴族様だからか？」

と慌てた。他の冒険者も一瞬ギョッとしたが、いやいやと頭を振った。

「一時噂になってたなー。どっかの伯爵のご落胤だって。でも違うんだろ？」

「違うよ。僕は孤児だし、育ててくれたのも元冒険者で樵をしてたもの」

第三章
将来への不安

「おっと、じゃあ、好きな奴がいるとか？」

「うひゃあ。純愛だ！　同じ学校の子か？　甘酸っぱいなぁ」

「俺たちには無縁の話だぜ。冒険者やると女っ気なくなるよな」

何人かが、そちらに話が逸れて会話を始めたが、マルコはシウを離さなかった。

「で、本当のところはどうなんだ？　好きな子がいるのか？」

「いません」

「えー。甘酸っぱい話が聞きたい！」

「しません」

「まさか恋の経験もないとか？」

ぶふっと笑われ、シウは半眼になった。別に怒る話でもない。それにシウだって恋の経験ぐらいある。――いや、シウとしてはない、かもしれない。

でも前世で好きだった女性はいた。一人だけ、それも幼い頃の話だったけれど。

「……」

自分では平然としているつもりだったが、どうやらそうではなかったらしい。シウの周囲にいた冒険者たちがぶるっと震えて、いつの間にか離れていった。

　昨夜のあれこれを思い出すと妙な気分になる。シウは朝ご飯を作りながら首を振った。朝に考える内容ではない。考えまいと思うが、やはり思い浮かんでしまう。

　シウは人よりも成長が遅い。そのせいだろうが体はまだまだ子供だ。皆は悪いことを聞いたと思ってかシンとしていたけれど、そこは気にしていない。確かに、この世界の人は成長が早めだ。十二歳頃には体もしっかりして、お酒を飲みだす者もいるぐらいだ。こちらでは体さえ育っていればお酒を飲んでもいい。年齢制限はなく、全て親や本人の責任である。そうしたわけで、成長の度合いが違うのだから一概に何歳で大人とは言えない。そう説明してようやく、皆は納得した。ただ「シウってやっぱり、ドワーフか妖精族(ノーム)なのか？」と言い出す者もいて、別の騒ぎになったのだが――。

　どちらにせよ、シウは好きでもない相手とどうにかなろうとは思わない。恋はできたらいいし、ゆっくりだっていい。時間はある。

　第一、今は毎日が楽しい。フェレスもいて卵石だってある。勉強も読書もやりたいことがいっぱいだ。友人もいる。これ以上、何が必要だろう。今はこれでいい。

「シウ、どうしたのー」

　料理しながら笑っていたらしく、リュカがシウを見上げて首を傾(かし)げた。

「面白いの？」

シウの手元を覗き込む。何か面白いものがあるのかと思案しているリュカが可愛かった。

シウは肘でリュカを突いた。リュカはパッと笑顔になった。

「思い出し笑いだよ。昨日、冒険者たちと食べに行ってたからね」

「冒険者！　みんな優しいよね！」

「そうだね。リュカも可愛がられたでしょ」

冒険者には子供好きが多い。皆、純粋で一生懸命に生きている。言葉遣いが悪いせいで遠巻きにされるが、良い人が多かった。冒険者の結婚率が低いのは勿体無い話だ。彼等はきっと良い父親になれるだろうに。

「あのね、高い高いしてくれるんだよ。ヒソヒソもしないんだ」

リュカの出自についても差別しない。そういうところをもっと見てもらえたらいい。シウは目を細め、リュカに「一緒に作ろっか」と声を掛けた。リュカは「作る！」と張り切って答え、笑顔で手伝ってくれた。


ふと、考える。シウの成長がこのまま遅いとして、その場合どういう人生を歩むのだろうか。

本を読み漁ったが答えはない。ハイエルフの血を引く人間とはどんな生き方をしてきたのか。ハイエルフの情報が少ないのだ。ハイエルフ自体の情報が少ないのだ。まして、別の種族との間に生まれた人たちは迫害を受けている。隠れて暮らす彼等について、知る者はほとんどいない。

エルフであるククールスならどうかと一瞬考えた。しかし、エルフにとってハイエルフとは上位の存在だ。無理がある。

誰かに相談したい。ただ聞いてもらうだけでもいい。そこで浮かんだのは懐かしい顔だった。そう言えば今年に入って一度も会っていない。そう思うと、シウは急に会いたくなった。ガルエラドに。

思い立ったら即行動だ。シウは通信魔法で連絡を取った。聞けば、時間はあるという。ロランドには泊まりがけで出ると告げ、リュカには帰宅後たくさん遊ぶ約束をした。

仕事も何も考えず、シウはフェレスを連れてガルエラドに会いに行った。


ガルエラドがいたのはフェデラルとロキの国境にあるフゲレ砂漠だ。転移ができたのはいいけれど、計測していた魔力量の数値が異常値のように見える。それだけ遠くへ来たというわけだ。

まずは砂漠を眼下に眺め、次に《全方位探索》を強化してガルエラドを捜す。ピンを付けているから、あっという間に見付かった。シウはフェレスに乗ったまま、ガルエラドの前に《転移》した。

「……っ！　シウか」

さすがのガルエラドも驚いたようだ。一瞬固まってから力を抜く。彼は動じない人だと

◆第三章◆

将来への不安

思っていたからシウは笑った。そのシウを見て、ガルエラドが何故(なぜ)か両手を広げる。このポーズは知っていた。小さい頃、爺様がシウにやってくれたからだ。あの時は恥ずかしくて飛び込めなかった。今ならできる。

「ガル！」

はたして、思った通りに抱き締められた。泣きそうなほど懐かしい。まるで爺様に甘えているような、そんな気持ちになった。爺様に、こんな風に甘えたことなどない。頭を撫(な)でられても照れ臭くてもじもじしていた。もっと素直に甘えれば良かったと、今更ながらに思う。

シウの気持ちが伝わったのか、ガルエラドは黙ってシウを抱き締めてくれた。たどたどしい手付きながらも、時折頭を撫でてくれる。彼らしくない仕草にシウは笑った。

そこでようやく、ガルエラドが話し始めた。

「久しぶりだ。どうした」

淡々と話すが、シウが心配だと伝わってくる。その声、瞳が語っていた。

「お前が理由なく会いに来るとは思えない」

「うん。相談したいことがあったんだ。けど、顔を見たらホッとした」

「そうか」

相槌(あいづち)を打つと、ガルエラドは視線を後ろにやった。シウが振り返ると、フェレスがうろうろしている。困った様子でシウを見て、またその場でぐるぐる回る。

第三章

将来への不安

「フェレス、ごめんね。おいで」

「にゃーん」

駆け寄ってきたフェレスはぶつけるように体を擦りつけた。それを受け止めながら、シウは自分より遥かに背の高い男を見上げた。

「アウルはいないの？」

「安全な場所に置いてきた。この砂漠を連れ歩くには、あの子は弱すぎる」

「大丈夫？」

「心配だが仕方あるまい。できるだけ早く戻るつもりだ」

「僕に手伝えることがあるかな」

「……いつも、シウには助けてもらってばかりだ。我には返せるものがなく、心苦しいのだが」

「そんなのはいいよ。それに、角を触らせてもらったし」

そう言うと、ふっと笑われた。ほんの少し頬が緩んだ程度だ。それでもシウにはちゃんと伝わった。

ガルエラドが今やっているのは、砂漠竜の暴走を抑えるという作業だ。大繁殖期の影響で暴れているという。繁殖自体は問題ない。生き物なのだから当然だ。問題は影響力が大きすぎるところだ。それを小さくするのがガルエラドの役目だった。

「フゲレ砂漠は広い。そう大きな影響は出ないだろう。だが、オアシスに住む獣人族もいる。砂漠は環境が厳しく、ひとたび竜に暴れられると生命にも関わるのだ」

「それで誰も住んでいない場所へ誘導しているの？」

「そうだ。竜人族だからこそ竜を操れる。もっとも、我の力はまだ弱いが」

砂漠を見渡し、小さな溜息(ためいき)だ。しかしすぐ、気持ちを切り替える。ガルエラドは優しい瞳でシウを見た。

「竜を探す前に話を聞こうか。落ち着いて話すというなら、アウルのところに戻ってからでもいいが」

「移動しながらでいいよ。それより仕事の邪魔してごめんね」

「いや、構わぬ。なかなか捗(はかど)らないので煮詰まっていた。ちょうど良い、というとシウに悪いがな」

それで？　と水を向けられる。シウは何度か頭の中で推敲(すいこう)し、ガルエラドに今の悩みを相談した。といっても、いきなりシウの生まれについて説明するのもおかしい。まずは自分が孤児だった話から始めた。そして最後に、父親が先祖返りと呼ばれるハイエルフかもしれないと締(し)め括(くく)った。途中、寿命について悩んでいるとは伝えた。漠然とした不安があるとも。だからだろう、シウは俯(うつむ)いていたようだ。

ハッとして顔を上げると、厳しい表情のガルエラドがいた。

「……それを、誰かに話したか？」

「ううん。出自について教えてくれたエルフの冒険者しか知らない」

「そうか」

岩場を見付けて座ると、ガルエラドは両手を組んで視線を遠い場所に向けた。そうして黙っていたが、やがてガルエラドは重い口を開いた。低い声だった。

「これも運命か」

深い溜息を吐いて続ける。

「アウル、アウレアがハイエルフだというのは、知っているな？」

シウは「うん」と頷いた。以前、鑑定したので知っている。アウルの本当の名前がアウレアだというのはもちろん、通称を使わざるを得ない事情があるのも分かっていた。

「あの子もまた、ハイエルフの血を引く一族の出身者だ」

「え、人族と交わった、という意味の？」

「そうだ。人族と交われば当然その子供は純血種ではない。だが、ごく稀に純血種と同等の先祖返りが生まれる。狭い共同体で暮らしていれば血は濃くなっていく。そのせいか、共同体には先祖返りの割合が多いようだ。アウレアの両親もそうだった」

二人は隠れ里に住んでいた。ところが、どうしても里を出る必要があった。アウレアの両親は一族の中でも力のある戦士だったそうだ。だから、二人が代表者として選ばれた。

彼等の里と協力関係にあったのがガルエラドの出身である竜人族の里だった。外に出る彼等の護衛役として協力していたそうだ。ガルエラドも同行したらしい。その道中で、夫婦は子供を宿していると知った。アウレアは旅の途中で生まれたそうだ。

「弱っているところを襲われた。どこかで見られていたのか。約定を果たして疲れ切った皆の前に、アポストルスの者どもが……」

悔しそうに拳を握る。それを見て、シウはアウレアの両親がどうして亡くなったのかを知った。

「アポストルスって、古代帝国の崩壊を乗り越えたハイエルフのうちの一部だよね？」

「そうだ。元々、狂信的な一派だったと言われている。王族の中でもとりわけハイエルフ至上主義者ばかりが集まった一族だ。彼等の考えについていけなかった者が袂を分かち、今の隠れ里を作った」

「……アウルのご両親は殺されたんだね」

「そうだ。生き残ったのは数名のみ。我はアウレアを託され、その後の任務から外された。今では竜の管理者としてのうのうと生きる始末だ」

彼の言葉には任務を遂行できなかった悔しさと、アウレアの両親を守れなかったという無念さがあった。シウは悔しさの残るガルエラドの拳に、そっと触れた。他に何もできなかったし、慰める言葉の一つも持っていなかった。

アウレアは二代続けての先祖返りとして生まれたようだ。しかも、純血種を上回る能力を秘めているとか。先祖返りの両親から生まれた事実も知られており、執拗に狙われている。ガルエラドはアウレアを抱えて逃げるしかなかった。里にもほとんど戻れないようだ。そこがバレてしまったら、芋づる式にハイエルフの隠れ里を知られてしまうからだ。

ガルエラドは逃げ回る日々を送り、竜人族の協力者に助けられながら暮らしていた。

「あの子が肉を食べられないのは、目の前で両親を殺されたからだろう。赤子であったが、あれらは聡い一族だ。記憶にあるのかもしれん」

「そうだったんだ」

菜食の理由がようやく分かった。アウレアは強烈なトラウマを植え付けられたのだ。シウがしんみりしていると、ガルエラドがバッと顔を上げた。

「お前も、そうだったな……」

「僕は生まれてすぐだから記憶にはないよ。でも、そうだね、アウルと僕は似てるね」

似たような境遇だと知って、ふっと視点が変わった気がした。今まで客観的に見ていた過去が、自分の視点になって染み込んできたのだ。

シウは、あそこで生まれて拾われた。アウレアもまた、生まれて、助けられた。

シウがガルエラドに感じる強い郷愁は、そこにある。

アウレアもきっと、ガルエラドを大事に思うだろう。シウがそうだったように。

気持ちを切り替え、シウはガルエラドに疑問をぶつけた。

「不思議なんだけど、何故アウレアのお母さんは里から出たんだろう。いくら強い戦士とはいえ、妊娠していたなら外してもらえたんじゃないかな」

ガルエラドは口ごもった。視線を彷徨わせた後、小さく答える。

「ハイエルフの一族は子が生まれ難い。人族と交わって多少改善されたが、それでも普通の人族と比べると極端に少ないようだ。それに寿命が長いせいか、大らかだ。つまり、出産に関して頭から抜け落ちている者が多い」

「それって、もしかして……」

ガルエラドは更に言い辛そうに教えてくれた。

「細身の者が多くてな。見た目で妊娠してるかどうかが判明しない。本人自体が体の変化をきちんと把握していなければ、周りが気付くのは無理だ」

「あ、なるほど」

月の物が止まっているのに本人が気付かなければ、どうしようもない。確かに大らかだ。

シウはハイエルフの意外な一面を知って内心で笑った。

「しかも、アウレアを生んだ者は男らしい男で、悪く言えば大雑把であった」

第三章

将来への不安

「男っぽい人だったんだ？」

「いや、男、だ」

「は？」

「正確には両性具有というのか。ハイエルフには性未分化だったか、そうした者が高い確率で生まれるらしい。アウレアの両親二人もそうだった」

すごい情報が飛び込んできた。シウはびっくりしたまま固まってしまった。それなのにガルエラドは淡々と続けている。

「アウレアも当初は曖昧(あいまい)だったが、最近は男性化に近付いているようだ」

「……アウル、男の子だったのっ？」

一番の驚きだ。シウはアウレアをずっと女の子だと思っていた。

「まだ確定ではない。稀に変わることもあるそうだ。よく分からんが」

本当によく分からない仕組みだ。そんなこともあるのかと不思議に思ったところで、ハッとした。自分でも分かるぐらい血の気が引いていく。

「ぼ、僕も？　僕も将来、女の子になったりするのっ？」

ガルエラドの服を摑んで揺さぶると、深刻そうだったガルエラドが笑った。

「ははは、シウでもそのような顔をするのだな」

「いや、ちょっと、笑いごとじゃない」

アイデンティティの崩壊に繋がる、とても大事なことだ。誰かを差別する気持ちはない。

そうではなく、自分が自分であるための根源についてひっくり返されたのだ。

「ハイエルフに限っては、だ。先祖返りや純血種に多い形だと聞く。シウは違う。種族名も人間になっているのではないか？」

「あ、うん。人間になってる」

「ならば、ハイエルフの血を引く、ただの人間だ。まず問題ない。ただし、普通の人間と違って寿命は長いだろう」

「……やっぱり、寿命は長くなるんだね」

「ハイエルフほどではない。それで安心しろとは言えないが」

よしよしと頭を撫でられる。

「成長に関しては、ただ単に遅いだけだろう。隠れ里のハイエルフや我等竜人族も、若いうちは人族と同じ成長の仕方だ。竜人族の場合、戦士として長く生きるためにだろうが、一番良い活動期から成長がゆるやかになる。エルフ族はそれよりも若い年齢で長く過ごすようだ。成長が止まり始めるのは大体二十歳頃と言われている。その後はゆっくりと進む」

「知らなかった」

「エルフも口にしないだろう。大昔とはいえ、エルフ狩りに遭った記憶は忘れられないはずだ。彼等は今も人族に心を許していない」

エルフ族は帝国時代より以前にも大変な目に遭い、帝国滅亡後もまた辛い時期が続いた。

第三章
将来への不安

支配者のいなくなった世界は混沌とし、長い間、エルフや獣人族は不遇の時代を過ごしたのだ。エルフに至っては今も不遇といえるだろう。

ガルエラドたちには口伝によって伝えられているそうだ。

「でも、少し安心したかな。まだもう少しは学校にいられそう」

「ハイエルフの血を引いているという事実を隠していれば、人族の中でも暮らせるだろう。二十歳を超えれば考える必要はあるが」

その時にシウがどっち寄りに育っているのか分からないけれど、

「冒険者として生きるつもりだから、定住はしないかな。住む場所も三つあるんだ」

そう返すと、ガルエラドが小さく笑った。

「でも、将来を考えたら今のうちから何らかの偽装をしていた方がいいかもね」

「……一度、我が里へ来てみるか？　そこから隠れ里に案内も可能だが」

有り難い申し出だが――。

「いいよ。追っ手に見付かっても嫌だし」

「お前の転移なら問題ないだろう。といって、シウの秘密が漏れるのも面倒事か」

「そこはまあ、なんとかなるよ。それより、時々は戻ってるの？」

「竜人族の里になら二度ほどか。ハイエルフとも一度会って話をしたが、アウレアを引き取るかどうかで揉めていると聞いた」

「だから、放浪したままなんだね」

「仕方あるまい。アウレアには我の仕事に付き合わせて申し訳ないとも思うが、これも運命と、受け止めてもらうしかない」

遠くを見て、ガルエラドは言う。

「アウレアは幼い頃から世界を見ている。自然と己の力を理解するだろう。運命を受け止められるはずだ。いずれ、純血種として役目を果たす時がくる。その時に何かを諦めたり後悔したりしないよう、幼い時期から世界を知るのは良いことだ。きっと、この経験を糧にできるだろうと思う。我自身も、この生き方が必要であったと思うのだ」

今の生き様を受け入れている男の顔は偉大に見えた。内から輝いているようだ。

「……僕にできることがあったら言ってね。僕も二人の人生に関わった一人なんだから」

「ああ。もしもの時は頼らせてもらおう」

まずは自分で成す。そんな強い意志を感じる。けれど頑(かたく)なでもない。

爺様と同じだ。爺様もまた、心の強い人だった。信念を持って生きていた。シウも、そんな人間になりたい。心の強い人間に。

近況報告を終えるとシウたちは移動を始めた。
砂漠竜は早々に見付かった。一度見付けてしまえば、あとは簡単だ。シウの《全方位探

索》強化版で辺り一帯の砂漠竜を探し出せる。おかげで午後はサクサクとガルエラドの仕事が進んだ。

ガルエラドのやり方はこうだ。最初に一頭を使役し、乗りながら残りの群れを威嚇して誘導する。竜人族の秘術なのかどうかは不明だが、猛獣使いのようで面白い。

シウはフェレスに乗って上空から手伝った。竜の苦手な薬剤を撒くのだ。広範囲にばら撒いて包囲網を作る。作戦は上手くいったが、ガルエラドからは「臭い」と泣き言が飛び出た。以前作った地底竜のフェロモン入り匂い袋よりはマシなのに。しかし、ガルエラドいわく「どちらも同じぐらい臭い」のだそうだ。

夕方になると砂漠の中にあるオアシスへ向かった。オアシスに住むのは蜥蜴人だ。ラケルタ族とも呼ぶらしい。彼等は竜人族と同じく、見た目は人そのものだ。角はない。また、人族のような耳もなかった。その場所には閉じた穴があって、それが耳の器官を果たしている。そして、蜥蜴人と呼ばれる所以かもしれないが、よく似た尾があった。一説によると、蜥蜴人は呪いによって姿を変えられた人族の末裔だとか。竜人族が「ドラゴンと人の間にできた子孫」という伝説とは違う。

そのせいかどうか、蜥蜴人は人族から長く虐げられた歴史がある。

「ガルエラド様、そ、その方は人ではありませんか？」

竜人族はその強さを恐れられ、虐げられたという経験はないようだった。体格も良いため、誰も彼等を捕らえようとはしなかったのだろう。反対に、蜥蜴人は線が細い。今、シウの目の前で震える村人たちも人族と同じか、それよりも弱々しかった。

「この者は大丈夫だ。信頼できる。粗相のないようにな」

「……はっ。ガルエラド様が仰るのでしたら」

シウに対する態度とは全く違う。憧れのような、強い者への畏れも感じられる。

「もしかして、ガルって偉いの？」

気になって聞いてみると、苦笑された。

「我など若造よ。偉くなどない。ただ、ラケルタにとって竜人族とは、雲の上の存在に思えるらしい。そうだな、エルフとハイエルフの関係に近いのかもしれぬ」

「ああ、そういう」

脳裏に浮かんだのは竜と蜥蜴の姿だ。シウは全く別物だと思うが、同じ枠に入ると考えている可能性もある。確かに似ていると言えないこともない。

「あれらは竜人族を裏切れんのだ。我等もまた過去の約定により、事があれば守る。そうした関係もあって、アウルを安心して預けられるのだ」

「そうだったんだね」

歩いているうちに煉瓦造りの建物に到着した。中に入ってみれば、想像した以上に頑丈な造りだ。ガルエラドは一つの部屋に入り、巧妙に隠されている魔法陣の前に立った。そこで呪文を唱え、床板をずらす。呪文は鍵の役割らしい。鍵を解除すると床板を動かせる。

下には階段があった。

「隠れ家の一つだ。さあ、入ってくれ」

永遠に続くかのような深い階段を十分ほどかけて下りていくと、壮大な景色が現れた。

地下遺跡だった。


砂漠のオアシスの真下に未発見の地下遺跡がある。未発見のはずだ。少なくとも、シウの脳内書庫にあるシーカー魔法学院大図書館の複写本には載っていない。猛烈に検索を始めたが、何度やっても検索結果はゼロだ。

「すごいね……。天井がドームになってる。その上に土や砂が乗ったんだ。支柱は、特殊な石みたい。少ないけど木々もあるね」

「ここは古代遺跡としての旨味(うまみ)はない。地方都市の一部のようでな。だが、我等にすれば隠れるのにちょうどいい」

「逃げ道も確保しやすそうだしね。探索はもう済んでるの？」

「かつての同胞がな。換金できそうな素材は当時の村人たちが持ち出している。こんな砂漠の直中で生き残れたのはそのおかげだ。だから見付かっても痛手にはならないが、隠れ家として使えなくなるので秘密にしている」

「もちろん、誰にも言わないよ」

「助かる」

階段を下りては曲がり、細い通路を進んで、ようやく立ち止まった。集合住宅の一つになるらしい。ガルエラドが合図を口にすると中から女性が顔を出す。

「ガルエラド様。おかえりなさいませ」

四十代に見える蜥蜴人の女性で、アウレアの面倒を見てくれていたようだ。ガルエラドが彼女を労うと笑顔を見せたが、シウに気付くとすぐに表情を消した。気になっているだろうに、特に何を言うでもなく部屋を出ていく。誰何するのは失礼だと思っているのかもしれない。

「あ、シウ！　フェレもー」

物音に気付いて奥の部屋からアウレアが出てきた。舌足らずだった赤ちゃん語から随分と成長している。久しぶりだから当然だ。そう分かっていてもアウレアの成長速度にシウは驚いた。しかも、変わらず輝くような可愛さだった。将来はさぞや美しく成長するだろう。

「僕を覚えててくれたの？　最近会ってなかったから忘れられたかと思ってた」

「アウル、おぼえてる！」

駆け寄ってきてギュッと抱き着き、シウの腰に手を回して見上げてくる。

「シウだもん！」

「そっか、ありがとね」

「えへへ」

第三章

将来への不安

「にゃぁん」

「あ、フェレー。ふさふさ。きゃあっ」

フェレスが尻尾を振って、アウレアの顔や体をぽふぽふ叩く。纏わり付く尻尾にアウレアは楽しそうだ。シウの腰から手を離し、今度はフェレスに抱き着いた。

「フェレスは人気者だね。どこに行っても可愛がられてるよ」

「確かにフェーレースは猫のようで可愛いが、この個体は特に愛嬌があるようだ」

個体という言い方がおかしくて笑うと、ガルエラドはシウを見下ろして言った。

「主に似たのだろう。お前も愛嬌がある」

「そう？」

「ああ。大人のような振る舞いを見せるのに、時折、無邪気で子供らしいことをする。騎獣は主に似るというから当たっているのではないか？」

「そうかな？」

きっと褒められたのだろう。あるいはフェレスに嫉妬していると思われ、慰められたのかもしれないが。どちらにしても気恥ずかしい。シウは照れ臭くなって頭を掻いた。

夕食はシウが腕によりを掛けて作った。たくさんの料理を見て、アウレアは飛び上がるほど喜んでくれた。

ガルエラドに聞くと、砂漠は食材に乏しく、日々の料理に困っていたそうだ。しかも、蜥蜴人がたんぱく質として重宝している昆虫を、アウレアは食べられなかった。見た目が怖かったらしい。そのため、以前シウが渡した魔法袋の中の料理を少しずつ大事に食べていた。

「可哀想……」

「う、む。そう、だな。分かってはいるのだが」

「責めているわけじゃない。仕入れが大変なのも分かるからね。それに調理って、慣れとか関係なく、できない人はどうしたってできないんだって」

ガルエラドは言葉もなく落ち込んだ。彼にも苦手はある。完璧な人間などいない。

「また、魔法袋の中に詰め込んでおくから。ね？」

「いつも、すまぬ」

「いいよ。料理は趣味の一つなんだ。僕も楽しんでやってるから」

ちょうど思い浮かんだ案もある。シウは早速、夕飯後にそれを作り始めた。

「何をする気だ？」

「んー。自動供給用に、アイテムボックスの接着って言えばいいのかな。こちらから操作ができるようにしておこうかと」

意味が分からないと首を傾げられる。シウも自分で何を言っているのか分からなかったが、まだ事例のない魔法だから説明しづらい。

「ちょっと待ってね。もう少しで考えがまとまるから。えーと、これだと穴がないよね。

イメージだけでも、しっかりと、定着して――」

魔法袋の試作品を二つ取り出して中を繋ぐ。ただ繋いで共有するのなら、すぐにできる。シウが何度も試したのは、それぞれの空間を保持しつつも中身が移動できるかだ。

「できた！　これで一から二へ移動が可能になった。反対も、よし、できる！」

ガルエラドの表情が崩れ「何を一体……」と呟く姿が面白い。シウは笑顔で答えた。

「これから、定期的にアウル用の料理を入れておくね。逆も可能だよ。そっちの魔法袋から、たとえば隠しておきたいものがあったら念じて入れて。僕の普段使ってる魔法袋に移動するから。ガルの魔法袋に使用者権限は付けていたけど、失ったらお終いだったんだ。でもこれなら中身を回収できるし、位置も把握できる。気にせずなくしてね！」

何故なくすことを前提で話したのかは自分でも不明だが、シウはにこにこ笑って完成した魔法袋を掲げた。物づくりの後は大抵達成感でおかしくなる。その延長だろう。

ガルエラドはといえば「そうか」と一言口にして、あとは黙っていた。

ところで、空間庫にはシウ自身の手でしかアクセスできない。それは分かっていたが、魔法袋を通してなら繋げられると思っていた。しかし、シウの魔法袋からでさえも繋げられない。繋げられないが、魔法袋の中から空間庫に入れようと念じれば入れられる。逆も然り。どうやら空間庫は、シウが思うよりずっと特別な固有魔法らしい。シウにだけ特化したギフトだった。

ともあれ実験は終わったのだから、肝心の料理を詰め込んでいく。繋がって共有できるとはいえ、万が一を想定して溜め込んでおきたい。

「料理の腕も上がってきたんだ。まだ幾つもレシピを考えているから、作ったら入れておくね。あ、ちゃんとガルの分も用意するから」

「それは助かるが……」

「お礼なら要らないよ？」

「そうだったな。ありがたく、いただいておく」

「うん」

シウが作業している間、アウレアとフェレスは転げまわって遊んでいた。食後なのに元気だ。そろそろ眠くなるのではないだろうか。シウはふたりを気にかけつつ、せっせと料理を詰めた。


翌朝、シウはアウレアにあることを提案した。

「おさかな？」

「そうだよ。水の中を泳いでいる生き物のこと」

「……もりのどうぶつと、ちがう？」

「違うよ」

嘘（うそ）はつきたくない。騙（だま）す真似（まね）も。だから、シウは空間庫に入れてあった、捌（さば）く前の魚を見せた。動かない魚を見て、アウレアは黙り込んだ。

+第三章+

将来への不安

「人は何かを食べて生きているんだ。何か、っていうのは命。僕たちは他の命の上に生きている。どんな生き物だって同じ、変わらないんだよ。そうやって生きていく」

「……葉っぱも？」

「葉っぱも水を飲んでいるね。土がないと育たない植物が多いかな。その土に栄養を与えているのが生き物だ。命が循環して、世界は生きていく」

　循環が何かを説明する。円を描いて説明すると、アウレアは幼いながらも必死で考え、なんとなくでも理解したようだ。虫や動物、人間に植物、それぞれの絵を指差す。

「いきもの」

「生き物の命は廻(まわ)っていくんだ。次の命のために。だから僕は、食事の時に『いただきます』って言うんだよ。あなたの命を頂きます、ってね」

　心の中で念じていたことを、アウレアに教えた。

「食べ終わったら『ごちそうさまでした』。あなたの命をちゃんといただきました、って。作ってくれた人への感謝を込めて祈る、と言う人もいるけどね」

「シウの、おいしいご飯、アウルもありがとう、よ」

　優しい気持ちが嬉(うれ)しくてシウが頭を撫でると、アウレアはぽつぽつと話し始めた。

「……あのね、おにくは、へんなあじ。うーんと小さいときに、びしゃっとしたの。それがいやー。おさかなは、わかんない」

「食べてみる？　ダメでもいいんだ。でも、食べられるなら体には良いからね」

「からだ！　アウル、ガルみたいになれる？」

「うーん、それはどうかな。分かんないや。でも、強くはなれるね」

振り返ってガルエラドを見ると、その体型を見て苦笑した。シウにも無理そうだ。

「アウル、おさかな、たべる」

小さな拳を作って、ふんっと力を入れる。アウレアの勇気に、シウは涙が出そうになった。アウレアにとっては難しい挑戦だ。なのに、ガルエラドに憧れて頑張ろうとする。

シウは、自分の頬をパシッと叩き、その場で調理を始めた。アウレアも見ているが、目の前で魚を捌いていく。食べやすいように骨を取り、片栗粉（かたくりこ）を付けて揚げた。下味もついたそれは唐揚げと同じだ。更に、多くの子供が好きであろうエビフライも作った。

出来上がった料理を、アウレアはそうっと口に入れた。咀嚼（そしゃく）するうちに笑みが浮かぶ。

「アウル、大丈夫？」

「おいしー」

「変な味はしない？　気分はどうかな」

「おいしーの。えっとね、アウル、ありがとうしなきゃ。い、いた――」

「いただきます、だね」

「いのち、いただく、ます！」

たどたどしく言うと、次の皿へフォークを伸ばす。アウレアの新しい一歩だ。

その様子を見ていたガルエラドが、ぽつりと零（こぼ）した。

「やはり、覚えていたのだな」

シウが促すように見ると、ガルエラドは子供に聞こえないよう小声で続けた。

「あそこには混沌しかなかった。魔獣も入り乱れ、ただ助かるためだけに皆が戦った。その血を、浴びたのだ。あの子は、目の前の惨劇と共にその味まで覚えてしまった。だから、血の味がする獣を食べられなかったのかと――」

ガルエラドが大きな手で顔を覆った。彼が料理を苦手としているのは知っている。しかも、竜人族は肉があればそれでいいという肉食タイプだ。シウの想像だが、彼の調理はかなりワイルドだったろう。ろくな血抜きもしなかったのではないか。そのせいで余計にアウレアは肉がダメになった。それに気付いて、落ち込んでいるのだ。


その日はアウレアやガルエラドのため、思い付いた品をどんどん魔法袋に詰め込む作業に費やした。ただ詰め込むだけではない。説明も必要だからガルエラドも一緒だ。

居心地良く過ごせるよう作ったシウ特製のテントに四阿セット。結界の魔道具など、使い捨ての品は百単位で入れる。防御結界のピンチもだ。ポーション類も種類別にして、取り出しやすいよう木枠を作って仕舞った。

アウレアには別に小さいポシェットを渡した。その中にも通信魔道具やポーションを入れる。ポシェットも魔法袋で、ガルエラドの持つ魔法袋とも繋がっていた。更に、アウレアには火竜の革でできた足環をプレゼントした。防御結界の術式を付与している。万が一、アウレアがはぐれても生き残れるよう万全を期す。何かあればシウがすぐさま捜し出すつもりでいるが、その助けを呼ぶための道具や待っている間に必要な品を詰め込んだ。

「まるで我が子にするような大仰ぶりだ」

呆れているのではない。ガルエラドは温かい目でシウを見ている。よくやってくれたと褒めているかのようだ。

「そうかも。子供は好きだし、アウルが子供でもいいね」

「……いずれ、我が子もできよう」

「そうだといいけど。どうかな。期待はしないでおく」

前世でも結婚はしなかった。今生がどうなるのかは分からない。諦めているのではなく、ただ想像が付かないだけだ。ガルエラドはシウの成長が遅いという悩みを聞いていたから慰めてくれたのだろう。彼自身は人族よりも成長が早い竜人族そのままで、成長に関する悩みはなかったようだ。だから慰めの言葉もたどたどしい。けれど、聞いてくれる友人がいる、それがどれほど心強いか。シウは笑って大丈夫だと返した。


その日の夕方、シウはオアシスを出た。ガルエラドとアウレアに見送られ、上空高くまで進む。二人が見えない位置まで来たところで《転移》した。

乾いた空気が、途端に湿度の高い世界へと切り替わる。

「うわぁ、むわっとしてるね。帰ってきたな～」

「あっちは砂漠だったのにね。ここはまだ端っこに雪が残ってるよ」

「にゃ」

「……転移って便利だけど、ちょっと体に悪いかも。ビックリするよね？」

「にゃにゃ」

「なんでもない。じゃあ、帰ろっか」

「にゃ？」

いつものフェレスが、シウには嬉しかった。

「にゃぅ」

第四章
小さくて可愛い

He is wizard, but social withdrawal?
Chapter Ⅳ

月が変わり、風光る月となった。最初の週の火の日だ。

シウはいつものように研究棟へと向かった。古代遺跡研究の教室ではクラスメイトが集まって、週末に迫った遺跡潜りの合宿について盛り上がっている。いつもは遅刻してくるアルベリクも、時間前だというのにもう来ていた。

「先生、今日は早いんですね」

「あぅ、シウまで嫌味を言う……」

「先生がいつも遅刻するからだ。合宿の時は遅刻しないでくださいよ」

ミルトが注意した。一番乗りで教室へ入る彼は、先生の遅刻が許せない。

「分かってるよ～。それより、本当にみんな土の日の授業は届け出を提出しているんだろうね？　後で他の先生から怒られるの、僕なんだからね」

「もちろんです、先生」

フロランが代表して答える。微笑む姿は若き貴族紳士といった風情だが、この教室で一番の変人だ。シウはこっそり「研究に没頭しているところがカスパルに似ているかも」と思っている。

「あー、教授戻ってきてくれないかな～」

「また言ってる。講師から昇格したのだから喜んでくださいよ」

「責任を負いたくないんだもの」

「研究だけしたいんですよね？　分かってます。でも、研究室が閉鎖になるかもしれないから受けたんでしょう？　もうちょっと頑張ってください」

「フロランの笑顔が目に沁みるよ」

「ありがとうございます」

先生と呼ばれているが、先生にしてはアルベリクは若い。彼は院に進学して研究生となり同時に講師を始めた。ところが、教授が遺跡調査から帰ってこなくなり、講師の経験が浅いまま教授に持ち上がってしまった。そのせいか、いまだに研究生のような気持ちでいるらしい。

生徒たちも親しく付き合っており、誰が先生か分からない時がある。もちろん授業では様々な知識を与えてくれるから、アルベリクが先生なのは間違いない。

が、この日は「アルベリク先生」の活躍はなかった。合宿の話題で盛り上がり、授業内容などないに等しかったからだ。

午後は魔獣魔物生態研究だ。マニアックな知識を披露してくれるバルトロメの授業を聞き、五時限目は自由討論となる、はずだった。

ところで、専門科や研究科の授業は大抵二時限続きになっている。後半の二限目に授業の内容を復習したり話し合ったりすることが多い。生徒同士のディスカッションで学習練度を深める。授業が遅れている場合はその限りでない。また、事情があって一時限しか取得できない生徒は一限目に出席し、二限目分は課題を提出するなどして調整する。

飛び級も可能で、試験を受けて合格したら選択科目の変更も可能だ。ちょうどこの時期が一番、生徒の入れ替わりが多いらしい。

普段なら、マイナー扱いの魔獣魔物生態研究科には誰も入って来ない。ところが今回は違った。珍しく生徒が増えたと、クラスメイトは大興奮だ。もっとも、前半の講義は真面目に授業を受ける。私語はない。しかし、自由討論の時間になったらそれも終わりだ。先生が生徒たちの紹介を始めると討論も何もない。大騒ぎになる。

その中、シウは新しく入った生徒、プルウィアと挨拶し合った。

「プルウィアさん、ここに来たんだね」

「ええ。魔獣魔物生態研究ってどうかと思ったけど、希少獣持ちの子が多いと聞いたから。あ、わたしのことは呼び捨てでいいわよ。わたしもシウって呼んでるもの」

「そう？　じゃあそうするね。あ、他の人も希少獣持ちなんだ」

クラスメイトとの挨拶が終わった新入り生徒がシウのところにも来た。プルウィアを含めて全部で四人、それぞれに希少獣を連れている。ルイスは梟型で、ウェンディが亀型、キヌアが小鳥型だ。キヌアが自分の希少獣を腕に乗せ、

「ルスキニアのケリだ。見た目は地味だけど綺麗な声で鳴くんだ」

と言えば、ケリがピュィーッと可愛く鳴いた。

「通信ぐらいにしか使えないけどさ。可愛いからそれでもいいんだ」

言葉の裏に悔しさが見えた。誰かに悪く言われた経験があるのかもしれない。シウが何

か言おうとすると、その横でルイスがプルウィアに話し掛けた。

「僕のウルラはアノンって名前なんだ。君の子は？」

「レウィスよ」

突き放すようなツンとした喋(しゃべ)り方だった。ルイスは機嫌を損ねたのかと、困惑顔だ。シウは「プルウィア」と、彼女の名を呼んだ。振り返ったプルウィアの表情は硬い。

「もうちょっと喋ったらいいのに。ルイス、プルウィアは優しい子だよ」

「ちょっ、シウ！」

慌(あわ)てるプルウィアを手で制し、シウは「本当だよ」とルイスに笑いかけた。

「えーと、君は」

「僕はシウ＝アクィラです。えーと、フェレス、おーい」

「にゃ！」

教室の後ろで希少獣たちと遊んでいたフェレスが飛んできた。シウにピタリと張り付くと、興味津々(きょうみしんしん)でルイスたちを見ている。ルイスたちというよりも、希少獣を。

「こっちがフェレス。よろしくね」

「わぁ、可愛い！」

ウェンディが目を輝かせた。他の二人も顔を綻ばせる。

「騎獣(きじゅう)がいるって聞いてたけど、この子なんだね。可愛いなぁ」

「騎獣はほとんどが獣舎に預けられているし、厳重に警護されてて見学できないんだ」

「ねー。だから、こんな間近で見られるなんて思わなかったわ。それに綺麗な毛並み！」

三人に褒められ、フェレスは髭をぴくぴく、尻尾も機嫌よく動かしている。

「にゃ。にゃにゃ。にゃにゃにゃ」

「褒められて嬉しいみたい。ふーん、そうなんだ。あ、その子たちを乗せてあげるって」

「え？」

「気に入った子を乗せる癖があるんだ。君たち、フェレスと遊んでくれる？」

小さな希少獣たちに声を掛けると、それぞれが主を見つめる。期待に満ちた視線に、飼い主たちは顔を見合わせ、そっとフェレスの背中に乗せた。

「にゃ。にゃにゃにゃにゃ」

「遊ぶのはいいけど変なことを教えちゃダメだよ。子分ごっこも禁止だからね」

「にゃ……」

「みんなと仲良くね？」

「に」

はぁい、と渋々了承し、フェレスは小さな子たちを乗せて教室後方へ戻った。そこで待っているのは希少獣の友達だ。彼等には彼等だけの世界があり「にゃあ」だの「キー」だのと早速話を始めている。同じ教室後方にいる従者たちが微笑ましそうに眺めていた。

「す、すごいね」

「こんな光景、そうそう拝めないわ」

「本当に。この科目、取って良かったかも」

三人三様に話す。見ていたクラスメイトたちがやってきて、挨拶代わりの「自分の子」自慢が始まった。この授業の生徒はこれが挨拶でもある。シウも交ざって話していると、プルウィアが数歩下がったところで少し不満そうな顔をしていた。

「おいでよ。レウィスの話を教えて」

シウが促すと、輪の中に入ってきた。希少獣の話は仲良くなるのに向いている。特に魔獣魔物生態研究科ではそうだ。ここにいる者たちは結局、獣の話が好きなのだ。

最後まで授業にならなかった五時限目だが、バルトロメは咎めなかった。

とはいえ、途中入科の生徒は遅れを取り戻すために多くの課題を渡される。自由討論の時間も必死になって勉強しないと追い付けないそうだ。来週から大変になるが、四人はその事実をまだ知らなかった。


帰宅したシウは、先日少しだけ挑戦してみた蕎麦作りを再開した。あれでは全然ダメだと、実験気分で小分けに作っていく。碾き方や水の種類など、組み合わせを変えるとレシピは無限だ。その中からシウ好みの味を見付ける。

蕎麦は前世のシウが好きだった料理だ。当時は食が細く、外食で選べる数少ないメニューだった。あの味を思い出すせいか「これでもいいか」とはならない。満足いくまで実験するつもりだ。

「また新しい料理に挑戦しているんですね」

「うん。パスタもいいけど今度は蕎麦をね。体に良い食材なんだ」

「ほほう、そんなものが」

「この間、出したお茶が蕎麦の実で淹れたものだよ」

「苦味と甘味が両立した不思議なお茶だったね。匂いが何とも言えず香ばしかった」

ならば出来上がりも楽しみだと、シウの手元を見る。料理長は晩餐の準備で忙しいはずだが、今日は指示を出したまま何もしていない。

「作らないんですか？」

「今日は副料理長に任せているんだ。試験だよ。最後に味の確認はするけれどね」

シウが振り返ると、全員脇目も振らず調理に取り組んでいる。シウは端にある自分専用の調理場にいたため気付かなかったが、厨房は空気が張り詰めていた。しかも試験と聞いて緊張が高まったらしい。何故かシウまでドキドキしてしまった。

そして、蕎麦作りはまだまだ奥深いということが分かったのだった。

生産の教室に入るとシウが一番乗りだった。アマリアは来ていない。ちょっと嬉しくなって、シウは早速作業を始めた。

第四章
小さくて可愛い

これほど早い時間に来たのは、飛行板に取り付ける付属品をどうしようかと考えていたからだ。いざという時のために、もう少し速く飛べるようにならないだろうか。更に、安定して飛び続けるための持ち手を作ろうと考えた。飛行板に寝転んだ形で飛ぶと、空気抵抗もなく速く飛べそうだ。ただ、飛行板の大きさを変える必要があるし、立ったり寝転んだりという動作は不安定さに繋がる。そこで思いついたのが、ウェイクボードだ。引っ張ってもらう、という感覚なら操作がしやすくなるかもしれない。蜘蛛蜂の超強力糸の使い道にも合いそうだ。

早速、図面を引いて作っていく。引っ張られてるのだから前方に支点となるものが欲しい。紐を通し、風の抵抗をなくすための結界も張りたい。あれもこれもと、思い付くアイディアを組み込んでいった。

集中していたら、いつの間にか授業が始まっていた。誰も話しかけてこなかったのか、あるいはシウが返事をしていないのか。まあいいかと、また作業に戻る。

しばらくして顔を上げるとレグロがニヤニヤとシウを見ていた。

「いつもながら素晴らしい集中力だな」

「あ、先生。おはようございます」

「おう。もうすぐ昼だけどな」

「あれ、もうそんな時間なんだ」

シウは健康体なので疲れていないが、なんとなく癖で首を回して凝りを解す。

「今度は何だ？」

「飛行板の付属品を。やっぱり、もうちょっと速く飛べたらと思って」

「ほう？」

「魔獣や何かに追われた時の、避難用です。普段使いじゃないから付属品になりますね」

レグロが手に取って眺める。

「なるほど。これなら安定性は増すかもな」

「寝転ぶタイプよりは材料も少ないんですよね。ただ、嵩張っちゃうのがなあ」

「ま、いいんじゃねぇか。しっかし、次から次へとよく思いつくもんだ」

「もっと作りたいものはあるんです。技術が追い付かないだけで」

たとえば簡単に転移ができる仕組みを作ってみたい。しかし、簡単に転移できると知られたら国家間の問題に発展する。作るより前にルール作りで時間を取られそうだ。

「悩め悩め。そうやって、成長していくんだ」

そういう意味の悩みではないが、シウは「はーい」と賢く返事し、作業に戻った。

複数属性術式開発にも新しい仲間が増えた。二年目の生徒が多いが中には初年度生もいる。簡単な挨拶の後、授業が始まった。

この授業は新入り生徒のために課題を出すのではなく、トリスタンの研究室にいる院生が講師役となって教える。それも大事な勉強のうちだそうだ。彼等の中から講師になる者もいて、そこから進めば教授という道もある。二限目は自由時間になって、トリスタンは新入り生徒に付いた。逆に、元からの生徒は院生たちと研究の話をする。

シウは許可をもらい、午前中に作った付属品の魔術式を最終チェックしていた。

「あの子、すごい術式を書いてない？」

「古代語のようだけど、複雑すぎて読めないな」

「ねえ、君。それ、見せてもらえないかい」

「あ、先輩方、この状態のシウに話しかけても無駄です。聞こえてないです」

「そ、そうなんだ」

いや聞こえている。聞こえているけれど、ちょうどいいところで、シウは無言のまま術式を書き直した。何百通りもあるチェックの最中は余所事(よそごと)をしたくない。そして、それが終わるとトリスタンのところに走っていった。

「先生、実験を」

挨拶も何もすっ飛ばし、用件のみを伝える。先生も分かったもので、にこりと笑って頷(うなず)いた。

「ああ、好きにしなさい」

「はい！　じゃあまた後で報告書を提出します！」

言いながら教室を出ていく。フェレスも慣れたものでささっと付いてきた。

あとで聞いたが、この時教室では、新入りの生徒たちがぽかんとしてシウを見ていたようだ。更に、トリスタンが「あの子はあれでいいんだ。君たちには指導が必要だが、あの子には要らないんだよ」と言っていたらしい。

ちなみに、実験のためにグラウンドの使用申請を出したら、職員が見張りとして付いてきた。シウが妙なことをしないようにだ。そのため実験がやりづらくて困った。職員が何度も「危ない！」だとか「もう止めて下りてきなさい」と叫ぶのだ。結局、途中で実験を中止した。前回、置物の岩を壊してしまったシウが悪い。信用を取り戻すのは容易ではないようだ。

諦めて、その日は早々と屋敷へ帰ったのだった。

帰宅後、シウはカスパルにお使いを頼まれた。
「彼等とは同じ派閥ではないけれど、同郷人がお世話になっているからね。お礼の品というと大袈裟だが、教授への付け届けとしてなら時期的にも問題ない。本来なら僕自身が行くべきだが、今回は君の方が向いているだろうから、頼むね」
学校に慣れた頃合いなので個人的な付け届けとしては、ちょうどいいらしい。もちろん引き受けた。行き先はオルテンシアの屋敷だ。すでにバルバラとカンデラの二人がお世話になっているはずだ。

「先方に連絡してから行った方がいいかな？」

「この程度なら問題ない。まあ、それもあって、君にお願いするんだけどね」

「あ、そっか。カスパルだと先触れがいるのか」

「そうさ。その点、貴族は不便だとも言える」

「便利な場合もあるんだ？　あー、先触れがあれば理由が分かるから心構えができる？」

「その通り。今回は深い意味などない、ただの付け届けだ。ああ、馬車で行くようにね」

はーい、と返事をしてローブを着直した。魔法学校の生徒なら、これで許される。

馬車も用意されており、シウは乗るだけでいい。従者にはリコがついてくれた。御者と別に家僕もいる。

「こちらがお品になります。秘書か家令に、このようにしてお渡しください」

リコに作法を教わりながら馬車は進んだ。


オルテンシアの屋敷もまた学校近くの区画にあった。馬車で向かうより歩いた方がよほど早い。もちろん馬車で行くのが正解なのは分かっている。

フェレスは馬車の中で待機させ、シウはリコに言われた通り一人で訪いを告げた。

シウがある程度の地位に就いていたら、家僕としてリコを連れていけた。実際は庶民だ。そもそも客観的に見れば、シウ自身がブラード家の家僕のようなものである。本来なら貴族家の主に目通りを願うのは難しい。もっとも、相手はシーカー魔法学院の教授であり、シウはそこに通う生徒だ。問題ない。

他の貴族家ではまず門の中に入れてもらえないだろう。繋がりがあれば入れてもらえるが、その場合はまず下級執事に目通りを願う。

と、そんなあれこれを考えていたら、応対に出てきた家令が従僕に命じた。

「奥様に、可愛いお子様がいらしたとお伝えしなさい」

冗談かどうか分からない台詞(せりふ)だ。シウが内心でびっくりしていると、家令がにこやかに中へ案内してくれる。てっきり玄関すぐの広間にて受け渡しが終わると思っていたシウはまたもびっくりした。戸惑っていると聞き覚えのある声が降ってきた。

「おや、君は確か」

戻ってきたばかりなのか、オルテンシアは外出着のまま階段を下りてくる。

「お忙しいところ突然お邪魔して申し訳ありません」

頭を下げ、もう一度顔を上げるとオルテンシアがもう目の前に来ていた。

「シウ＝アクィラです。先日は大変お世話になりました。僕が下宿している先のブラード家より、先生にお礼を――」

「ああ、そういった堅苦しいのは要らぬぞ。さあ、入りなさい。そのようなところで寒いだろう。気が利かぬことだ。ナダル、早く客間へお通ししろ」

「はい。申し訳ございません。ささ、どうぞ、坊ちゃま」

「あ、いえ、えっと」

✦第四章✦

小さくて可愛い

「馬車の方々にはわたくしからお声掛けしておきます。さ、どうぞ我が主のため、お楽になさってください」

流れるように客間へ案内された。普通の対応ではない。が、オルテンシアらしいとも思ってしまった。彼女はどうやら相当「変わっている」ようだ。

今度は簡単な挨拶にし、シウはカスパルからの付け届けをオルテンシアに差し出した。彼女は興味がなさそうに一瞥したあと、家令にそのまま渡した。

「お前の下宿先の主は、そつがない」

「ええと」

「まあ、貴族とはそうであるべきか。それより、今日は猫は連れてきておらぬのか」

「……フェレスなら、留守番です」

どこでとは言わなかった。なんとなく嫌な予感がした。連れてきたら揉みくちゃにしそうだ。オルテンシアはシウの言葉に落胆したが、気を取り直したのか笑顔になった。

「前にも思ったが、お前はシャイターン人の血を引いていないか？　可愛い顔をしている。モテるだろう？」

オルテンシアの「可愛い」は意味合いが違って聞こえる。どうもおかしい。それに、シウが返事に窮しているというのに、そのまま勢い良く喋り続けた。

「このちんまりとした鼻が良い。この国では理解され難いが、どうしてだろうな。わたしは小さい鼻が好きだ。我が子たちは純粋なシャイターン人の割に鼻が高くなってしまってな。性格も憎たらしいのだ。小さい頃は可愛かったが、今ではわたしより大きい。お前は背も小さくて良い。よし、抱っこしてやろう。ここへ来い。おひざへ座ろうか」

　シウは逃げた。オルテンシアが、

「待て、逃げるな。待たんか」

　と声を上げるけれど、関係ない。マナーもどうだっていい。家令がお茶を持ってきてくれるまで、シウとオルテンシアは客間を走り回った。


　奥様は悪い人ではないのです。そう言って、家令が主の代わりに謝ってくれた。

「国に残してきたお子様方と会えておりませんから、お寂しいのです。どうかお許しください」

　怒るに怒れない事情を聞かされ、シウは謝罪を受けた。オルテンシアへの人物評は「変人」から「変態」になっていたけれど。

　そうこうしていると、バルバラとカンデラが学校から戻ってきた。補講があって遅くなったようだ。二人には従者が付けられている。ベロニウス家が付けてくれたらしい。オルテンシアがやるとは思えないので家令の差配だろう。

「まあ、シウ君」

「来てくれたの？」

第四章

小さくて可愛い

「心配だったので様子見がてら。どうですか」

カスパルの名を出すと勘違いする可能性もあるため、シウは故意に隠した。二人は疑っていない様子で「そうなのね」と頷く。顔色も良くなって、笑顔も見える。

「とても良くしていただいてるわ。ナダルさんにもメイド長にも教わることが多いの。大変だけれど、寮と比べたら天と地ほどの差があるわ」

「本当にね。久しぶりにぐっすり眠れるのよ。こんな幸せはないわ」

「交替で寝なくていいものね」

笑顔で話すが、内容は怖い。女子寮はそんなに大変だったのかとゾッとする。

今は安心できるようで、この屋敷で楽に過ごせているのならいい。一瞬、さっきのシウみたいに追い掛け回されているのではと心配になったが、それもなさそうだ。

オルテンシアは家令のナダルに「はしゃぎすぎです」と叱られ、ぶすっとソファに座っていた。シウがナダルを見ると、彼は正確にシウの視線の意味に気付いたようだ。大丈夫と言わんばかりに笑顔で頷く。そして小声で、こう言った。

「奥様は『シャイターン風の子供』がお好きなのです。奥様のお子様たちも赤子の頃は大層小さかったですから、執拗に可愛がっておいででした……」

「そう、そうなのだ。あれらの小さい時は本当に愛くるしかった。それがまさか、大人になるにつれあのようになるとはなぁ」

「奥様」

「性格がまたきついのだ。母に対して反抗的でな。それもまた可愛いのだが」

「そのようにおからかいになられるから反発されるのでございます。シウ様にも、お見苦しい姿をお見せになって……。嫌われてしまいますよ。ご自重くださいませ」

「うむ。努力しよう」

オルテンシアは本当にただの子供好きらしい。しかも「ちんまり」したものが好きだという。自分好みのちんまりを見付けると興奮するらしい。シウは一瞬でもモテたのかなと考えた自分をおかしく思った。愛玩動物的な可愛いは、別物だ。溜息を吐いて、オルテンシアの子供の話を聞いた。

その後、晩餐に誘われたシウだったが「どうしても抜けられない用事がある」と嘘をついて断った。名残惜しそうなオルテンシアには社交辞令で、

「また学校で」

と挨拶する。

「ふむ。ならば、次からわたしの授業に出席してもいいのだぞ」

と言い出したので、聞こえないフリをして屋敷を後にした。マナーとしては間違っているだろうが。

シウは帰りの馬車でリコに失敗談として全てを語った。「でも理由がある」のだと訴え説明したら、慰められた。

帰宅後、ブラード家の使用人一同にリコから申し渡しがあった。ベロニウス家への季節

の付け届けに子供は行かせない、と。一緒に聞いていたシウはどんな顔をすればいいのか分からず、笑って誤魔化したのだった。

◇◆◇◆◇

木の日は採取の依頼を受けた。慣れた作業なので早々に終わる。空いた時間はフェレスと遊んだり実験をしたりして過ごし、昼にはギルドに戻った。

精算を済ませると、訓練場で飛行板の練習をしている冒険者たちに試作品のチェックを頼んだ。ギルド長との話し合いも進み、いよいよ来週から本格的に納品する予定だ。納品が遅くなったのは、付属品扱いの安全対策グッズも使ってほしいからだ。業者の生産状況に合わせた。

安全具の《落下用安全球材》は、飛行板のみならず騎獣持ちや飛竜乗りから期待されている。国からも注文が入っているようだ。そのせいで増産にまで時間がかかってしまった。現在フル稼働で工場が動いている。シュタイバーンからも特許書類閲覧申請が来ており、そのうち向こうでも売り出されるだろう。今ある安全具より遥かに耐久性が良く、安全性も高い。価格もできるだけ抑えてもらった。シウが業者選定の時点で規約に盛り込んだからだが、おかげで良いものができたと自負している。

午後は《転移》し、アウレアに会いに行った。前回から日が開いてないが、蕎麦をどうしても勧めたかったのだ。

というのも、ブラード家で蕎麦を披露したところ、もそっとした食感が合わないと言われてしまったからだ。さっぱりしすぎる味付けも良くなかった。元々、チーズやクリームに慣れた人たちだ。いきなりヘルシーな料理は難しかった。

それでも半数には好まれた。これもシウのお米を広げたい運動のおかげだ。醤油系の味に慣れてもらっていたのも結果に繋がった。

できれば仲間を増やしたいシウは、アウレアに目を付けたというわけだ。

ガルエラドとアウレアはどちらも昼食はまだだったようで、突然現れたシウに驚きながらも、用意した食事を見て喜んでくれた。

「この、海老天というのが美味い」

ガルエラドはボリュームのある大きな海老の天ぷらを気に入った。大きいのに、彼が食べると二口だ。いや、もしシウがいなければ一口で食べていたかもしれない。それぐらい勢い良く海老天を食べる。皿に盛った天ぷらが次から次へと消えていった。

蕎麦自体は可もなく不可もなくといった様子だ。ガルエラドは旅慣れており、麺類への抵抗はない。蕎麦も北の地域で食べた経験があるそうだ。その時は小さな団子状になっていたとか。

そもそも肉食系のガルエラドに蕎麦を勧めても「まあ、食べられる」となるのは自明の理だった。つるつるっとした喉越しのいい麺だとか、つやつやのふっくらもちもちご飯の良さは伝わらない。今後シウは、ガルエラドには肉の味についてだけ聞くと決めた。

アウレアは違う。味わって食べてくれたし、とても喜んでくれた。海老天も、とろろも好きだと言う。たくさん食べられない幼児のため、小さいお皿に幾つも分けて出したのも良かったようだ。どれも完食していた。

「シウー。アウルはね、この、だいこんおろしのが好き。えびてんも、おいしいの」

とろろはねばーっとしたのがいいと、ツウなことを言う。シウはホッとした。

「またアイテムボックスに入れておくからね。あったかいのも冷たいのもあるよ。上に乗せる具もいっぱいだからね」

「ありがと！」

食べ足りないガルエラドには、肉巻きおにぎりを渡した。

シウの用事はそれだけだったので、驚くガルエラドたちに手を振って《転移》する。

次に向かったのはスタン爺さんのところだ。シウの思惑通り、スタン爺さんも喜んで食べてくれた。昔、旅の途中でそばがきを食べたことがあるそうだ。その時はいまいちだと思ったそうだが、今回の麺は美味しいと言ってくれる。こちらもアウレアと同じく完食だ。

顔を出したエミナにも渡したが、彼女の感想は聞けなかった。ちょうど夕方頃で、屋敷の夕飯に間に合うよう戻りたかったからだ。

けれど、すぐに通信魔法で答えが届いた。

「（合格だよ～。ドミトルも美味しいって！　今度作り方教えてね！）」

相変わらず元気いっぱいだ。シウは「蕎麦打ちには修業が必要です」と冗談めかして答えた。すると、

「（望むところよ！）」

と、またも元気な答えだ。シウはとりあえず出来上がった麺を送った。蕎麦粉も一緒に入れておく。送ったのは、先ほど転移でお邪魔した際に細工した、スタン爺さんの魔法袋にだ。スタン爺さんは呆れ顔で「やれ、またおかしな魔法を」とぼやいていた。

金の日は朝から少しだけ憂鬱だった。雨雪でどんよりとしている。ラトリシアは雪の多い国だが、春にも降るとは思っていなかった。シウが空を見上げていると、廊下で一緒になったエドガールが笑った。
「春の雪は珍しいよね。王都はなかなか季節が変わらないんだ。元々、この近辺は雪がよく降る地域なのだって」
「ソランダリ領は違うの？」
「ここまでしつこくはないかな。その代わり、降り出すと大雪になるんだ。山に囲まれて

いるせいだろうね」

「大変だね」

「だから、冬は魔法使いが活躍する。雪払いの依頼だとかね。そうそう、この国が『魔道具の開発に力を入れているのは雪のせいだ』って言われてるのを知ってる？」

「冬にやることがないから？」

　まさかねとシウが笑って答えると、エドガールが目を丸くした。

「そうかもしれないね。わたしが聞いたのは『除雪のような単純作業を厭った魔法使いが楽をするために魔道具を作った』というものだ。現場に行きたがらない魔法使いは多いからね。でも本当はもっと簡単な話だったのかもしれない」

　暇だから開発した、という話の方が嬉しいらしい。エドガールは笑顔になった。


　ドーム体育館に入ると全員が揃っていた。シウのもう一つの憂鬱も待ち構えている。シルトだ。彼は尻尾をピンと伸ばして近付いてきた。逃げようと思ったところで、レイナルドが来て授業が始まった。

　この日は乱取りからだ。体術なので武器は使用不可となる。いつもは男女分かれた上でだれかれなしに始めるのだが、今回はクラリーサに呼ばれた。

「わたくしの相手をしていただけないかしら」

「えーと、いいの？」

シウがジェンマやイゾッタに問いかけると、二人は渋々といった様子で頷いた。

ダリラは笑顔だった。彼女は賛成らしい。ずいっと前に出た。

「ジェンマは『たとえシウ殿でも男性であることに変わりはない』と言ったが、どう見ても小さな子供だ。クラリーサ様を他の殿方にお任せはできませんが、シウ殿なら大丈夫でしょう。男性らしくありませんからね！」

悪気がないと分かっていても、シウはちょっと落ち込んでしまう。その場に座り込み、隣にいたフェレスを撫でる。何か察したのか、フェレスがシウの髪を舐めて慰めてくれた。

「ダリラ、男の子に向かってその言い草はないだろう」

「ルイジ殿。あなたも仰ったではありませんか。同じ面々とばかり訓練していては上達を望めないと。小さくともシウ殿はお強いですし、ちょうど良い相手なのではございませんか」

「いや、そういう意味じゃなくてだな」

「ルイジ殿、ダリラ様に男性の繊細な気持ちを説明しても分かってもらえませんよ……」

騎士や護衛同士でごにょごにょと話している。彼等の中でダリラはそういう人らしい。

そんな中、シウがフェレスに舐められたまま座っていると、クラリーサもその場に屈んだ。シウの顔を覗き込む。

「ダリラが何か、失礼を申したのですね」

シウは「いいえ」と返し、立ち上がった。落ち込んだというより力が抜けただけだと自分

第四章 小さくて可愛い

に言い聞かせる。そしてクラリーサに手を差し伸べた。

「さあ、お相手になります。始めましょう」

「ええ、ですが」

「確かに、女性同士の訓練だけでは限界がありますよね。襲ってくるのが女性とも限らないし」

「ええ、そう、そうなのです」

「ただ、僕はクラリーサさんよりも背が低いです。悪漢役になれるかな？」

これに答えたのはダリラだった。

「子供の暗殺者もいるそうだ。ぜひ、お願いしたい！」

その場にいたクラリーサの従者や護衛たちは顔を見合わせ、シウに頭を下げた。

粗相しないか見張っているジェンマとイゾッタは気にせず、シウはクラリーサの相手を務めた。

「手首を摑まれた時、先生はこうやって外すと言ってたけど、女性だと難しいでしょう。だからこうして、体の構造を利用して外す方法もあるんだ。そう、手首側に引いて」

「あ、あら？」

「一瞬で勢いを付けて引かないとダメだよ。大人の男が相手なんだもの。人を襲うような人間の力はもっと強いよ？」

体の構造について学ぶのも大事だ。シウは、レイナルドが教えてくれた体術のうち、女性が使えそうなものを選んで練習に取り入れた。更に、爺様に教わった「非力な女性が一瞬の隙を突いて逃げる」方法も。

爺様は自己流だから誰も知らないと言っていたけれど、シウはそのほとんどに覚えがあった。前世で、入院中に読んだ本の中にあったのだ。共有スペースの図書室には風変わりな本も多かった。若い頃に護身術を学んだ経験があって、興味深く読み耽(ふけ)ったものだ。

シーカー魔法学院に入学してからも本を読み漁(あさ)ったせいで、体術関係はおろか生き物の構造についての知識も得た。構造が分かっていると、体術は飛躍的に上達する。爺様然り、レイナルドもそうだ。

柔(じゅう)よく剛を制すという考え方を、体感として知っている武術家もいた。

もっとも、シウは魔法使いである。彼等のように体で戦うことはそうない。

「そうだ、目潰しや喉仏の摑(つか)み手なんかも躊躇(ためら)いなく使うようにね」

「ええ？」

「習ってない？」

「シウ殿、それはいくらなんでも卑怯(ひきょう)ではありませんか」

ダリラが顔を顰(しか)める。シウは半眼になった。

「卑怯だって言ったら相手は止めてくれるの？　僕は玉蹴りだって覚えるべきだと思ってるけど」

第四章

小さくて可愛い

ダリラが首を傾げた。「それは一体どんな？」と呟く。

「ダリラ、耳を塞げ。シウ殿、それはまずい、ダメです」

ルイジが慌てて間に入った。そして、小声でシウに説教を始めた。

「女性相手に何を言うんですか。いけません。大体そんな恐ろしい技を――」

「え、玉蹴りが？」

「そうですよ！　同じ男として分かるでしょう？　絶対にダメだ」

何故そこまで大反対するのかと思えば、次の台詞で判明した。

「ダリラが面白がって試したらどうするんですか」

「あー。そだね」

シウは何もされてないのに、きゅっと縮み上がった。ぞわぞわと震える。

「……でも、有効な手段なんだけどなー」

「ダメです」

「じゃあ、ジェンマたちに教えて、こっそりクラリーサさんに伝えるというのは？　万が一が起こった時の最後の手段として」

「万が一があれば、貴族の女性は自害を選びます」

自害する勇気があるのなら反撃したらいいとも思うが、考えは人それぞれだ。反撃したばかりに余計ひどい目に遭う可能性もある。シウの考えを押し付けてはいけない。かといって、ひとたび戦乱などの争い事に巻き込まれると、より悲惨な目に遭うのは女性だ。それに憤りを感じる人もいるだろう。特に、高潔な貴族であれば立ち向かうはずだ。

「クラリーサさんは最後まで戦う人じゃないかな」

「ああ、そうかもしれません。そうでしょうね」

「だったら、教えられることは教えてあげた方がいいんじゃないでしょうか。それをどう使うかは彼女が決めればいい」

知らないよりも知っていた方がいい。特に身を守る知識ならば。

シウとルイジがこそこそしていると、痺れを切らしたジェンマとイゾッタが来てしまった。クラリーサを放っておくなと注意しにきた二人に、シウは耳打ちした。誤魔化しても仕方ないのでハッキリと口にする。

「暴漢に襲われた時の対処方法、知ってます?」

「……自害の作法ならば」

「そうではなく。相手が一人か二人なら、逃げ切れる可能性はあるよね?」

二人の目がきらんと光った。

「卑怯なやり方だと感じるかもしれない。貴族らしい方法じゃないとも。でも、知っておいた方がいい。使うかどうかは状況に応じて判断すればいいのだから」

「わたくしたちが先に、学びとうございます」

シウは二人を体育館の端に誘導した。その間、クラリーサには「腕や肩を掴まれた時の対処法」をダリラと続けてもらった。女性騎士として鍛えているダリラだから、良い練習

第四章

小さくて可愛い

相手になるだろう。

シウは最初に、ジェンマとイゾッタにこう言った。

「下心も悪意も何もない。まっさらな状態で聞いてほしい」

二人は頷いた。説明の途中、何度か顔色が変わったけれど最後まで真面目に話を聞いてくれた。そして、真剣な顔でシウに復習と称して確認する。

「目潰しと喉仏の掴み手、それから、た、玉蹴り、ですわね？」

「はい。どれも一撃必殺のつもりで思い切りよくやらないとダメです。相手は自分よりも遙かに強いと思ってください。相手の命がどうなるかなんて考えなくてもいい。自分の指が骨折しようが、生きていればこそです。助かるために行動するんです」

実際にやってみせ、何故そこを狙うのかを説明する。人体の中には急所が幾つかあるが、中でも喉仏の横を突く方法は初心者でもできる。ただし、身長差などによる位置のずれがあると難しい。そこで勧めるのが目潰し＋玉蹴りだ。

「ここを蹴られて無事で済む男は滅多(めった)にいません。鎧(よろい)にも必ず覆いがついてるでしょう」

「では、それを判断した上で蹴るということですね？」

「はい。つまり、覆いを外した瞬間が狙い目です。あとは練習あるのみ。あ、だからって生きている相手にやったらダメですよ」

「えっ？」

「それぐらい威力が高い方法です。最悪の場合、ショックで死ぬかもしれません」

大袈裟に言っておけば試そうとはしないだろう。二人は驚いて口に手をやった。唖然としたままの二人に、シウは練習用の人形を作るようにと提案した。

「土人形なら繰り返し使えるんじゃないかな。あ、それと、直前まで弱々しい貴族の女性を演じた方がいいですね。まさか蹴るなんて思わないだろうから」

相手を油断させるのも立派な戦法だ。更に縄ぬけの方法も伝授した。また、無理に縛られると脱臼する場合もある。その治し方も説明した。最後に――。

「自分の舌なんて、そう簡単に噛み切れるものじゃない。その勇気は、生きる方に懸けてほしい。厳しい道が待っているかもしれないけど」

手助けしてくれる人は必ずいるだろうから。シウも、目の前で困っている人がいたなら手を差し伸べるだろう。ましてや友人だったなら、共に戦うはずだ。

ジェンマとイゾッタはシウを見て頷いた。自分たちも同じだと決意を新たにする。

「せっかく戦術戦士科で学んでるんだから、戦って勝とう」

「はい！」

こうして、シウ発案の特訓が始まった。

ジェンマとイゾッタにみっちり教えているうちに授業は終わった。謎の連帯感からシウたち三人が高揚しているところに、クラリーサがやってきた。ふと、思い付いて聞いてみた。

「クラリーサさん、ご兄弟はいないの？」

　すると、兄が四人いると返ってきた。ならば提案できる。

「お兄さんに暴漢役をやってもらったらどうかな。可愛い妹のためだもん。それぐらいの時間は作ってくれるでしょう？」

「兄様たちはどうかしら。わたくしがお転婆すぎると、お小言ばかりなの」

「だったら『練習相手をクラスの男子にお願いした』って言ってみるとか。焦るんじゃないかなあ。あとは『乱取りが上手くないから単位が取れない』なんてどうだろう」

「まあ！　それなら大丈夫かもしれませんわ」

　クラリーサの目が輝いた。後ろでルイジが「あちゃー」と頭を抱えている。反対に、ジェンマもイゾッタもやる気満々だ。クラリーサに「いいですね！」と応援している。

「ルイジ、早速この手を使うわ。ふふふ。これで兄様との再戦を果たせるわね」

　兄弟との間に何かあるらしい。シウには関係ないから、そこで別れた。

　ちなみに、シルトたちは授業の間も終わってからもレイナルドに捕まったままだ。おかげでシウは「師匠をやれ」と言われなくて済んだ。彼等が捕まっている間に、シウはとっとと食堂に逃げた。

席に着いてから、エドガールに何をしていたのかと聞かれたシウは正直に話した。すると、大層叱られてしまった。ディーノもクレールも怒っている。

「女性相手に、た、玉蹴りだと？」

「なんて破廉恥な……」

「クレール、エドも、そうじゃないだろ。問題は別にある。いいか、シウ。それが広まったらどうなる？　いい雰囲気になった相手に興味本位で蹴られるかもしれないんだぞ」

「ディーノ、言葉遣いが悪いよ。さて、シウ。君はまたとんでもないことをしたね」

コルネリオにまで言われてしまう。シウは少し、肩を落とした。

「でも、人体研究している人なら当然知っている話だよ」

「貴族の女性は知らないんだよ～」

「知ってた方がいいよ」

大きな溜息を吐かれてしまった。

「君が子供だから許されたんだよ？　本当に恐ろしいことをするね」

「分かった。まだ子供だって言っておく。嘘じゃないからいいよね」

「シウ、君って子は……」

第四章

小さくて可愛い

「それはそうと、今日も新作メニューがあるんだけど、食べる？」

　シウの下手な話題転換は食べ盛りの青年たちに通じた。「仕方ないなぁ」と苦笑でシウを見ていたのに、次々出てくる料理に釘付けとなった。

「これ、蕎麦っていう食べ物なんだ。さっぱりした味で胃腸にも優しいよ。こっちは、うどん。それから野菜のお浸しとサラダ、根菜の煮物に茶わん蒸し」

　メインとなる蕎麦やうどんは、先にお試しで味見用を食べてもらった。結果、六割がうどんを選んだ。残りが蕎麦である。パンも用意していたが出番はなかった。

「じゃあ、ランチセットにしちゃうねー。うどんは熱い分しか用意してないけど、蕎麦は熱いのと冷たいのと両方あるよ。足りなかったら炊き込みご飯も用意してるからね。具材は麺の上に天ぷらを置いてどうぞ」

　天ぷらは好みの具材を選べるよう、大皿に盛った。従者や護衛も近くのテーブルで摂るため、テーブルごとに置いていく。

「ええとねー、海老と白身魚、火鶏、レンコンとサツマイモ、大葉に茸のかき揚げ、他にもいっぱいあるからね」

「相変わらず自重しないな」

　そう言いつつもディーノは笑顔だ。真っ先にうどんのセットを取っていた。上に乗せる具材は海老や白身魚だけ。野菜を一切取らないので、コルネリオが問答無用で大葉や茸のかき揚げを入れていた。他の人もそれぞれ好きなように取っていく。

それを、別のグループの生徒が遠巻きに見ているのもいつものことだった。

給仕も終わってシウがさあ食べようとなったところで、食堂を担当している職員が近付いてきた。何故か辺りを窺いながらそろそろとやってくる。

「あのー」

職員は自分でもおかしいと思うのか、照れ笑いで頭を掻いている。

「お食事中にすみません。お話を聞いていただけないでしょうか。あ、そのままで。どうぞどうぞ、続けてください」

そう言うのならと、シウは遠慮なく天ぷらを口にした。サクッという音が気持ちいい。それを羨ましそうに見つめられる。じっとりした視線に根負けし、シウは職員にも勧めた。

「良かったら、ご一緒にどうですか？」

「い、いいんですかっ？　ぜひ！」

綺麗なお皿に天ぷらを盛り、フォークとつゆを渡す。職員はそうっと一口食べ、その後は掻き込むように食べた。ゆっくり食べているシウとは正反対である。唖然としていたら、先に食べ終わったディーノが職員のため、保温用のおひつからご飯を器によそってあげた。従者のエジディオやシモーネもだ。シウがやっていたように蕎麦を用意してあげている。

――うどんは余らなかったが蕎麦は余っていたのだ。

「ああ、これも美味しいです～」

良かったねと笑顔で頷くと、職員は出された全てを飲み込むように食べきった。

「この煮物とやらはシャイターンの調味料で味付けを？　とても美味しい！　実は前から大変気になっていたんです。でも、声を掛けづらくてですね」

職員は、まだ食べているシウに向かって頭を下げた。

「ぜひ、このレシピを採用させていただきたいのですが！」

「はあ」

「美味しそうな匂いがして我慢できないと、以前から生徒たちに頼まれていたんです。お願いします！　もちろん使用料はお支払いしますから」

レシピの使用に関してはロワルでも前例がある。職員はあの時と同じ話をしているのだろう。シウは少し考えてから答えた。

「先に、商人ギルドと話をしてもらえますか？　後々問題が起こらないよう、ギルドを通して進めた方がいいです。三者が納得できたら契約しましょう。僕の方はそれで問題ないです。調理方法もお教えできます」

「いいんですか？　ありがとうございます！」

両手の拳(こぶし)を突き上げガッツポーズだ。ふと、気配に気付いて振り向けば、食堂のカウンターから厨房で働く人たちが身を乗り出している。わーわーと楽しそうに騒いでいた。

シウが苦笑していたら、職員が席を立った。

「では、早速ギルドへ行ってまいります！」

「えっ。あ、じゃあ、僕も午後に寄ろうと思っていたので一緒に行きませんか」

輝く笑顔が返ってきた。

「良かったなぁ、シウの許可がもらえて」

ディーノが職員の男性に声を掛ける。まるで知っていたかのようだ。

「わたしたちも助かるよ。シウがいない昼ご飯は味気なかったんだ」

「そうだったの？　食堂も美味しいって言ってたのに」

「それなりに、ね。シウのお弁当ほどじゃないよ。それに食堂でいただけるのなら、シウの負担も減るだろう？」

クレールが柔らかく笑う。

「負担に思ったことはないよ？」

「まあ、そう言うだろうね。ただ、やはり負担ではないかと感じるのだよ」

「そうそう。とにかく、良かったんだよ。これで、他のクラスメイトに恨めしい顔で見られなくて済む。皆は美味しい食事が毎日食べられる。万々歳だ」

ディーノは相談を受けていたらしい。なのに一言もシウに言わなかった。言えば、シウが「呼んでおいでよ」と、気軽に引き受けると考えたからだ。一人二人ならいいが、次々集まれば負担になる。それらを想像し、ディーノは自分のところで話を止めた。

シウは板挟みになっていたディーノに全く気付けなかった。申し訳ない気持ちと、自分の普段のやりようを少し反省したシウである。

第四章

小さくて可愛い

食堂担当の職員はフラハと名乗った。挨拶を終えると、共に商人ギルドまで向かう。馬車を出すと言われたがそれは断った。フェレスの運動も兼ね、普段から歩いている。そう言うと、フラハも徒歩を選んだ。

道中はほとんどフラハが話していた。シウの料理がとても美味しかったこと、生徒たちから何度も「交渉してくれ」と詰め寄られたことなど。話は学校側の教育方針にまで及んだ。食育という言葉こそ出なかったが、食による生徒への援助が可能なのではないかと考えているようだった。

商人ギルドに着くと、シウは攫われるようにシェイラの部屋へと連れていかれた。フラハも一緒だというのに彼等の態度にはブレがない。

フラハに一言断り、先に新しい技術に関する資料を渡した。現在進行中の案件の報告を受け、ようやく権利担当の部屋に向かう。何故かシェイラも付いてきた。

「わたし、シウ担当なのよ」

と、権利担当のアケイラに言う。アケイラは苦笑いで同席を許した。

レシピ登録は、ロワルの商人ギルドでの前例もあることから問題なく進んだ。契約は後日になる。それでも、ギルドから出たフラハの顔は晴れ晴れとしていた。

He is wizard, but
social withdrawal?

第五章
古代遺跡の調査合宿

He is wizard, but social withdrawal?
Chapter V

土の日の夜も明けきらぬ早朝に、古代遺跡研究の生徒が集まった。場所は学院の寮側にある出入り口だ。長旅用の馬車も三台止まっている。ちなみに今回は、馬ではなく地竜が引いている。その場合は地竜車という言い方もするが、一般的には箱形の乗り物に対して馬車と呼んだ。

さて、護衛として冒険者ギルドから来てくれたのは、ガスパロとククールスの二人だった。他は、アルベリクの護衛が五人、フロランがいつもより数を増やして五人、更にリオラルが三人を連れてきてくれた。貴族が多いため護衛が多くなるのは当然だ。

その場では人数確認など最低限の顔合わせをし、時間が勿体無い(もったいな)いと馬車に乗る。乗った途端に出発だ。

本来なら女子と男子は別に乗る予定だったが、挨拶もそこそこに出発となったため、一つの馬車に全員が乗った。ここで打ち合わせまで済ませてしまう。護衛のうち六人は馬に乗っているし、残りは御者(ぎょしゃ)の隣や別の馬車にいる。とはいえ、広い馬車の中はぎゅうぎゅうだった。だから、当たり前のように乗り込んできたフェレスに、シウはお願いした。

「フェレス、外に出ていてくれる?」

「にゃー」

「じゃあ、馬車の屋根に乗って見張りをする仕事はどうかな?」

「にゃ!」

即、飛んで出ていってしまった。

第五章

古代遺跡の調査合宿

「相変わらず、フェレスの扱い方が上手(うま)いな」

ククールスの言葉に、生徒全員が笑った。

「手のひらの上で踊らされていますよねぇ」

アラバが普段より高めの声だ。女子はククールスが現れてから頬(ほほ)を染めたままだった。男子のリオラルでもそうなのだから、ククールスの美貌(びぼう)は確かなのだろう。ただ、フロランもミルトもいつも通りで特に気にしていない。そういう人もいる。特にフロランは変人だ。そのフロランが、

「シウが上手なんじゃなくて、フェレスがちょっとアレなんじゃないのかな」

などと、天井を見て言う。ミルトも笑って「そうだよな」と続けた。

「まあまあ。おかげで少し楽になったよ。さあ、改めて自己紹介と、詳しい日程について打ち合わせを始めようか」

アルベリクが皆の雑談を止め、今回の目的や行程をガスパロとククールスに説明した。

「目的は分かった。行程もまあ、少々の手直しでいいだろう。あとは指名の理由だが、おかげで納得したよ。『グラキエースギガスについて聞きたかった』だな。分かった」

ガスパロがククールスを見て頷(うなず)いた。ククールスも頷き返し、口を開く。

「討伐(とうばつ)の話をするのはいい。休憩中や遺跡潜りの最中なら時間もあるからな。でもまあ、先に遺跡潜りのおさらいをしようぜ。往路の移動中ぐらいは真面目(まじめ)にやるのがいいだろ」

「俺も賛成だ。おう、そうだ、今回の合宿とやらのリーダーは先生がやるのか？」

「あ、はい。一応」

「一応～？　不安な返事だな。まあいいや。で、何か事が起こった時に、次の指揮を誰に任せる？　俺たちでも構わんが、そっちの方がいいだろ？」

「あ、じゃあ、シウに。というか、全面的にシウでお願いします」

「えっ」

「妥当だな。よし、決まりだ。大事なことだから外の護衛にも伝えておいてくれよ」

シウが「えーっ」と声を上げるのに、誰も相手にしてくれない。そのまま、次の話題へと移った。そう、移動中の注意点についてだ。休憩場所はもちろん、何かあった際の優先順位（女子を守るといった当たり前の事実）について念を押される。護衛への指示系統もまとめられた。真面目にやると言った通り、ククールスもガスパロも口調は悪いが真剣な様子で生徒たちに語る。

仕方なく、シウは黙って皆と同じように話を聞いた。

行程表を作ったのはフロランだ。時間を掛けて練った甲斐があり、手直しはほとんどない。ガスパロは「時間に余裕を持たせている」のが良いと褒めていた。
フロランは今回の合宿で個人的な持ち出しが多い。シウは心配になるが、生徒が資金提供するのは意外とあるようだ。誰も気にしていなかった。アルベリクなど、フロランに限らず、うちのクラスの生徒って
「学校からも合宿の費用は出るんだけどね。フロランに限らず、うちのクラスの生徒って

第五章

古代遺跡の調査合宿

凝り性が多いから足りないんだよ。今回は最新魔道具を揃えてくれて本当に助かるな～」

と、無邪気に喜ぶ。更に、いそいそと何かを取り出してきた。

「もちろん、僕も持ってきてるよ。ほら！」

拡大鏡にピンセット、ブラシも各種揃っている。見るからに高価だ。無駄に豪華な箱に入っていた。それを見たフロランが目を見開く。

嫌な予感がしたら案の定、二人は道具の話に夢中となった。

打ち合わせは一旦ここで終わり、他の面々は勝手気儘に気楽な会話を始めたのだった。

これから向かうのは最近発見されたばかりの若い遺跡だ。エルシア大河を渡ってすぐの場所にある。ドレヴェス領から見ると西の端だ。近くにはインセクトゥムという有名な迷宮があり、そのおかげで周辺の街が発展した。今回の拠点になるのも、その街の一つラウトだ。王都にも近く、街道沿いであることから冒険者が多く集まる宿場となっていた。

この周辺の森には人が多く入っている。それなのに今回の遺跡が今まで発見されなかったのは、岩盤に覆われていたからだ。入り口は小さなただの洞窟にしか見えず、獣の住処と思われていたのだろう。そもそも、洞窟を見付けて中へ入ろうと思う人間がいなかった。なにしろ近くには大型のインセクトゥム迷宮がある。冒険者なら森に行くより迷宮へ潜る。その方が儲かるからだ。そして普通の人は、洞窟を見付けても入ろうとはしない。どんな魔獣が潜んでいるかも分からないのだ。

フロランとの会話に飽きたアルベリクが話すそれに、シウは首を傾げた。

「じゃあ、最初に洞窟に入ったのは誰ですか？」

「うちの師匠だよ。というか、前の教授だね」

「突然いなくなった前の先生？」

「そう。いなくなったっていうか、仕事放棄だよね。全然帰ってこないんだから」

アルベリクが溜息を吐いた。

「今はどこに潜ってるんだっけ。フロラン、君のところに連絡は来たかい？」

「夏にアイスベルクへ行くとだけ。予算はレヴェーン家持ちで、ついてくるかって連絡が実家の方に来てましたね」

「えー、じゃあ、どこだろ。とにかく、あちこちうろついてるよ」

誰も突っ込まない。前の教授がフロランに金を出せと言っているようなものだが、それはいいのだろうか。シウは自分がおかしいのかと悩みかけ、頭を振った。遺跡発掘にはお金がかかるという。出資者を募ったつもりなのかもしれない。

「そんな感じの人だから、これはと思ったら躊躇いなく入っていっちゃうんだよね。今頃どこかで死んでるかもね」

「冒険者のランクが三級あると仰っていたので大丈夫でしょう。それよりも、先生、この道具ですが」

死んでいるかもしれないという話を、それよりもと言ってしまうフロランが怖い。シウがまた悩み始めると、ククールスが隣に座った。女子二人が残念そうに見送っている。

「遺跡研究者ってのは変人が多いよなー」

「冒険者三級だと、遺跡に潜るのも大丈夫？」

「まあな。ビルゴットの爺さんの話だろ、あの人、遺跡潜りをしたいってだけで冒険者ギルドに登録して腕を上げたらしいからな。ソロも得意で、アイテムボックス持ちだ。それなら数ヶ月潜るのも可能だろ」

「へえ」

「ってか、それより、久しぶり」

「あ、そうだったね。元気だった？　プルウィアから伝言聞いたけど、忙しかったんだね」

「おうよ。里に帰ったりしていたせいでな」

「そうなんだね」

「また、二人きりの時に話そうぜ。それより、お前はどうよ」

シウは学校での話や、里帰りで楽しかったと近況を報告した。ほとんど、食べ物の話になったのは当たり障りがないからだ。皆に聞こえるところで、オスカリウス辺境伯領で起こった魔獣スタンピードの話題は出せなかった。

エルシア大河を大型の渡船で渡り、最初の目的地であるラウト街へ着いたのは昼過ぎのことだ。道中の休憩は二度だけだった。一度目は大河の手前で朝食ついでに、二度目は船に乗った時がそうだ。女子がいる旅としては厳しいが、文句は出なかった。聞けば毎回こんな感じらしい。遺跡潜りの方がもっと大変だから、これぐらい平気だと笑っていた。

　ラウト街に着くと、予約していた宿で三度目の休憩を取る。宿は商人向けの中堅どころで、騎獣(きじゅう)も受け入れ可能だった。

　フロランによると、宿は高すぎても安すぎてもダメらしい。安宿がダメな理由はシウにも分かる。なにしろフロランたちは貴族だ。雑魚寝(ざこね)や狭いベッドは慣れないだろう。では、高級宿がダメなのは――。宿の方から「遺跡関係の人は汚すから」という理由で敬遠されるかららしい。シウは教室横の倉庫がひどい有り様なのを思い出し、無言で頷いた。

　遅い昼食を摂(と)ると、馬車を二台にして現地に向かった。場所の確認と周辺の探索のためだ。実際に宿に泊まるのは女子だけで、残りは現地で野営する。お守り役の護衛や冒険者二人はこれからが大変だ。

　到着すると、すぐさま冒険者二人が周辺の探索を始めた。フェレスもだ。ずっと馬車の上だったので気分転換にいいかと、近くの探索を任せた。

　護衛は残った。何もせずにいるのも暇だと感じたのか、野営の手伝いを始めようとする。シウはそれを断って、指差した。

「皆さんは、あのうろちょろしている人たちを見張っておいてください」

◆第五章◆

古代遺跡の調査合宿

「え？　うわっ、なにを！」

慌(あわ)てて護衛対象者のところに走っていく。大変だなあと見送って、シウは野営地作りだ。テントを張りやすい場所を選んで整地し、馬車に積んでいた荷物をどんどん降ろして作業する。テントの組み立てはリオラルやミルトたちも手伝ってくれ、早く終わった。

見ていたアラバが羨(うらや)ましそうだ。

「シウが整地してくれたおかげで楽そうね。これなら、わたしたちも泊まりたかったわ」

「仕方ないさ。女子二人を野営させられないからね」

リオラルが返す。アラバとトルカは宿に戻る予定だ。昼の間だけ遺跡に入る。二人の護衛はアルベリクが付けてくれた。街との往復は護衛と一緒だ。

「そうね。父に許してもらえただけでも良かったと思わなきゃ。去年の合宿で怪我(けが)をしちゃったから今回もすごく止められたのよね」

「放任主義のわたしの親でさえ怒ったもの。官吏(かんり)試験に合格したら許してくれたけど」

「それ、嘘(うそ)吐いたやつでしょ？　魔法省の官吏になるって」

「合格は本当よ。ただ、入省しないだけ。わたし、絶対に遺跡捜索団に入るんだから」

遺跡捜索団は冒険者の中でもマニアックな団体のことだ。女子二人は冒険者以上にディープなその集団に入りたいらしい。そして、どこの団がいいのか議論を始めてしまった。

男子は気にせず、黙々と野営の準備を続けた。

遅くならないうちに、女子二人と護衛たちは馬車で街に戻った。彼等と御者は宿に泊まる。馬車は一台残した。万が一の保険だ。

「そういえば、ここまで馬車が入れて良かったね」

「ビルゴット教授が道を通したんだって。発掘品を乗せたかったみたい」

「豪快な人だね」

リオラルと話していると、護衛たちが主を連れて戻ってきた。シウは、勝手に一足早く遺跡へ入ろうとしたアルベリクとフロランを見て半眼になった。

「勝手に動き回らないよう、縄を付けておきます？」

とは、護衛に向けてだ。彼等はシウの言葉が理解できなかったようで目を丸くした。

「言うことを聞かないのなら、せめて夜の間だけでも動きを止めましょうか」

それを聞いたアルベリクとフロランは、急いで謝罪の言葉を口にした。

「ごめんなさい、勝手なことはもうしないから！」

「悪かった。抜け駆けはしないと誓おう」

シウは二人をジッと見つめながら、返した。

「もう二人には印をつけているから、どこへ逃げてもすぐに捕まえに行けるよ。でもそれとこれとは別だからね。団体行動を乱すと、どうなるか分からないからね？」

「ううう……」

「仕方ない。分かったよ」

第五章

古代遺跡の調査合宿

あまり分かっていないような二人の返事に、シウは仕方ないと諦めた。ところが、索敵から戻って事情を知ったガスパロが二人を一喝してくれた。
「勝手な行動はするな！　お前一人の、いや二人か、その勝手な行動で隊が全滅するってことも有り得るんだ。小さな遺跡かどうかなんてのは関係ない。いつどこで何が起こってもいいように俺たちは警戒している。それを邪魔するなら、たとえ雇い主といえども容赦はせんぞ。護衛もよく聞け。金をくれるからと何でも聞いてちゃいかん。命あっての物種だ。危険ってのは、こっちのレベルに応じて来るわけじゃないんだぞ。分かったな！」
　その横で、ククールスが緊張感のない顔をしているから、そこまで深刻な雰囲気にはならなかった。叱られた二人だけがしゅんと肩を落としていた。

　夕食は宿で用意してもらった軽食で済ませ、それぞれテントに入って早々に休む。シウはミルトと同じテントだ。他にクラフトとリオラルがいる。もちろんフェレスもだ。

「お前、やっぱり本物の冒険者やってるんだな」

「本物の、って。どうして」

「あのガスパロって冒険者と同じことを言ってただろ。テントの設置も素早かったし、さすが冒険者だよな」

「ミルトたちだって森で暮らしていたなら、同じじゃないかな？」

「そりゃそうだけど、冒険者ともまた違うんだよな。まあ、あの二人は勝手が過ぎたから、叱られて良かった」

「反省してるといいけどな」

　クラフトがぼそっと言って、皆一斉に溜息だ。

「まあまあ、早く寝なよ。リオラルも船を漕いでる」

　寝袋に入ったリオラルはもう落ちそうだ。ミルトとクラフトも寝袋の中で体勢を変え、目を瞑った。小さい明かりだけにしたら、二人もすぐに眠りに就いた。

　シウにはまだ早い時間だ。まだ甘え足りないフェレスのためにも、シウは彼をクッションにして寄り添った。そして本を読む。寝る前の至福の時間だ。

　夜が明け、シウが朝食の用意をしていると護衛が先に起きてきた。
　ガスパロとククールスは夜番をしていたため今は寝ている。彼等はこの合宿の間、細切れの休憩しか取れない。冒険者が二人しかいないせいだ。周辺の警戒は魔獣に慣れた彼等に任せるしかない。が、できるだけこまめに休んでもらうつもりだ。
　護衛の面々も冒険者と同等の働きができるのならいいが、シウが何気なく聞いてみたところ「貴人の護衛」の経験しかないようだった。当然、山中での野営経験もほぼないと見ていいだろう。比較的安全な森とはいえ、少々不安だ。護衛と冒険者のそれぞれを補う形で動くしかない。後ほどガスパロたちに提案するとして、まずは護衛たちに話してみた。彼等も自覚はあるらしく、冒険者主導で進めてほしいと語った。

そのうちに生徒も匂いに釣られて起きてきた。

「うっわ、美味そう」

「はい、ちょうどできたところだよ。護衛の人たちもどうぞ。交替でね」

食材は宿に頼んで仕入れてもらい、馬車に積んでいたものだ。

「シウが来てくれて良かったなぁ。前回の合宿なんて堅焼パンと塩漬け肉のスープだけだったんだ。あれはひどかった……」

リオラルが遠くを見る。よほど悲惨だったのか、少し涙目だ。

「遺跡に潜るともっと辛いよね。火も使えないから硬いパンと硬い肉だけ。チーズがもそもそして美味しくないんだ。僕はチーズが美味しくないって初めて知ったね」

生徒と同化しているアルベリクも悲しそうだ。それでも遺跡へ潜るのだから、中毒になるほど楽しいのだろう。

皆でわいわいと騒いで食べていると女子がやってきた。合流して朝のミーティングが始まる前に、シウはガスパロとククールスを起こす。一人は野営地で待機し、一人が遺跡に入る算段だ。護衛も連絡要員として一人だけ野営地に残した。御者も中に入らないから、計四人が残る。それ以外が遺跡調査に向かった。

まず最初にククールスが入り、斥候役を務める。その後に護衛が続き、アルベリクや生徒たちと順に進んだ。それぞれの前後に護衛が入って最後尾をシウと護衛の一人が続く。それからフェレスだ。先に行かせるとどんどん進みそうなので、殿を任せた。

遺跡は洞窟の奥にある。途中までは硬い岩の洞窟が続き、やがて岩と岩がぶつかりあってできた隙間が現れた。人の手によって削られた岩の穴を抜けると、そこに大きな空間が見える。見下ろすと壁に張り付くように仮設階段が取り付けられていた。安全ロープもあちこちに張られている。

「先に行って様子を見てくる。君らはゆっくり階段を下りてきな」

ククールスは飛行板に乗って旋回しながら下りていった。時折、明かりを灯す。そのおかげで空間内の様子が分かった。

「小さな街のようだね。あれは教会かな」

アルベリクが呟いた。建造物だとは分かるが上下左右が滅茶苦茶で、どういう建物なのか判別が難しい。アルベリクが見付けたのは泥のこびり付いたステンドグラスのようだった。形が、古代の教会のものと似ている。

下に着いたククールスが声を張り上げた。

「安定しているが、水が出ている。気を付けて！」

壁となる岩盤にも固定魔法がかけられている。遺跡を発見したビルゴットが最低限の保護を担ってくれたらしい。めぼしいものは運び出されているそうだが、遺跡の勉強にちょ

うどいい大きさだ。シウは未だ見ぬ教授に興味を持った。

一番下の、岩や瓦礫で埋め尽くされた場所に全員が下り立つ。すでに周辺の索敵を終えたククールスが、生徒一人一人に護衛を付けて移動するよう指示した。

「大がかりな固定魔法が掛かっているから安全だと思うが、絶対に一人では行動するな。護衛は大変だろうが、首に縄を付けるつもりでな。付きっ切りで頼むぞ」

「はい」

「じゃあ、今から解禁だ」

その合図で、全員が意気揚々と四方八方に散った。手にはナイフ、ではなく小さなツルハシだ。刷毛も握られている。皆やる気満々だった。

あっという間に散らばったクラスメイトを眺めつつ、シウはククールスに近付いた。

「シウは調査しないのか？」

「うーん、まあ、適当にするよ」

ククールスの索敵ではないが、すでに《全方位探索》で空間の形は記憶している。あとは気になる個所を重点的に鑑定したらいいだろう。

「がつがつしてないな。遺跡研究科なんだろ？」

「初年度生が入れる専門科目って少ないんだ」

「……うん？　つまり、適当に入ったのか。あれ、だけどさ、新入生ってのは受講数が多くて大変なんじゃないのか？　好きでもない授業なら取らなきゃいいのによ。空いた分、時間ができて楽だろうに」

「そうしたら時間割がスカスカになっちゃうよ。これ以上空いたら困る」

そこで、お互いに顔を見合わせた。話が噛み合っていない気がする。

「僕、最低必須科目は飛び級したんだ。それで専門科を受けるしかなくて、なのに提示された中には受けたくないものがある。初年度生が受けられない講義もあってね」

残った授業を選ぶしかなかった。もちろん、遺跡研究を面白いとも思ったが。

「プルウィアが聞いたら怒るんじゃないか」

「もう、知ってると思う。今、同じ専門科目を取ってるし」

「へぇ、そうなのか。じゃあアイツ、最低でも一つは飛び級したんだな」

はははと笑ってから、シウの頭に手を置いた。

「シウの方がすごいな。学校の上にまだ学校があって、通うだけでもスゲーのに、そこでまた自分から勉強するんだもんな。俺には全く訳が分からないよ」

勉強嫌いの台詞にシウは笑った。ククールスも笑う。ニヤリとした笑みだ。

「でも、俺もちょっとは勉強してきたんだぞ」

「うん？」

耳を貸せ、とちょいちょい呼ぶので、遺跡の壁際に移動した。

遺跡内部を見張りながら、ククールスは小声になった。念のため声が漏れないようにしているが、秘密の話は誰だって小声になるものだ。

「村に戻って、長老にそれとなく話を聞いた。古い時代の本も見てみたんだが、古代語だからさっぱりだ。代わりに、複写魔法の魔道具を使って適当に写してきた。要るか？」

「いいの？」

「魔道具が高かったから、買い取ってくれると助かるけどな」

「それはもちろん。依頼料も払うよ」

「そっちはいいや。うーん、詫び料のうちだ」

ククールスのせいではないのに、シウの両親が亡くなった件で罪悪感があるようだ。きっと受けた方が彼も楽になるのだろう。

「じゃあ、実費だけね。ありがとう」

「おう。それでな、ちらっと小耳に挟んだんだが、ハイエルフからまた命令が下りてるみたいだった。俺にも声が掛かりそうだったから慌てて逃げてきた」

「大丈夫？」

いいんだよ、と手を振った。今回の里帰りで気になっていた両親との話し合いも済ませた。おかげで気持ちに区切りが付いたという。また、ハイエルフに従って奴隷のように生きる気はないと言い切った。その時のククールスの目はいつになく真剣で、シウは彼がもう故郷に戻るつもりはないのだと悟った。

✦第五章✦
古代遺跡の調査合宿

サンクトゥスシルワという名の深い森にはエルフたちが住んでいる。その森の、もっとも奥にハイエルフは住んでいた。周辺をエルフ一族が囲むように住んでいるのは、王族となるハイエルフを守るためだ。

一番の側近とも言えるエルフがウーヌス族である。人族でいうところの上位貴族にあたる。彼等は滅多に他の集落へは行かないそうだ。だから、ククールスが故郷のノウェム村で耳にしたのも、すべて伝聞ということになる。

「ウーヌスの長からの命令で、また狩人の里へ行く人材が必要なんだと。何を依頼するのか分からないが、ろくなことはない。だからって一緒に行くのはなぁ」

「行かない方がいいよ。それより、今度やっぱり狩人の里へ行ってみようかな」

「は？　いや、連れていくのは構わないけどさ」

「あ、ううん。案内してもらわなくても行けるんだ。ただ、狩人の里自体が、もしそっちのハイエルフ側だったらちょっと困るかなと思っただけ」

「ひょっとして、連絡ついたのか？」

うん、と頷く。先日、シウが爺様の家に戻った時のことを思い出した。

「この間ちょっと寄ったら、置いてあったものがなくなってたんだ。代わりにメモが残ってて『来ていいよ』だって。歓迎してくれるみたい」

「そうなのか」

ホッとしたらしく、ククールスは壁にもたれた。

「ククールスも一緒に行く？」

「そうだな。万が一を考えたら、俺がいた方がいいだろうしな」

「そこまで深刻じゃないと思うけど。まあ、でも、ククールスが一緒だと楽しいだろうね」

護衛の依頼でも出そうかなと笑って言えば、いらねーよと返ってくる。シウはにんまりと笑みを深くした。

「要らないの？　今年のメープルも良い出来なんだけど」

「マジか。いる。欲しい。絶対くれ」

頼むと手を握られた。シウは声を上げて笑った。そして、王都に戻ったら渡すと告げた。ククールスはその場で小躍りだ。それほど好きなら、今日のおやつはメープル菓子にしよう。シウはいたずらを仕掛ける心持ちになって、ふふふと笑いを堪えた。

昼食は遺跡内で摂ると最初から決めていた。野営地まで往復するのが大変だからだ。そのため、食べやすいようにハンバーガーやサンドイッチにして用意していた。遺跡内でこんなに美味しいものが食べられるなんてと、皆に感謝されたシウだ。
午後からはシウも気になる個所を《鑑定》して回った。面白いのがフェレスだ。彼も皆

✦第五章✦
古代遺跡の調査合宿

に感化され、探検家になりきっている。ふんふん匂いを嗅いでは、ここ掘れにゃんにゃんと騒いでいた。

皆も遺跡探索に余念がない。休憩時間になっても誰も戻ってこないのがその証拠だ。しかし、シウが鉄板でパンケーキを焼き始めると一人二人と戻ってきた。

中には全く動く気配すら見せない二人もいたが。残念ながら、その二人には強力な護衛がついている。引きずられて戻ってきたアルベリクとフロランは、強制的に休憩させられた。もっとも、アルベリクの方はパンケーキを見て子供みたいに喜んだ。

「こんなところで焼きたてのお菓子が食べられるなんて！」

次に子供みたいだったのがククールスだ。シウがメープルと生クリームを大量に掛けてあげると、女子が引くぐらい喜んでいた。

生徒たちは休憩後また探索に戻った。シウはククールスに後を任せて一足早く野営地に戻る。夕食の準備のためだ。先に、留守番をしていたガスパロたちにおやつを渡し、フェレスを自由にさせてから下拵え(したごしら)えに取り掛かる。

肉は、暇を持て余したガスパロによって狩られた獲物を使う。下処理を済ませ、調理を始める前に《結界》を張った。匂いの強いメニュー、カレーを作るからだ。試行錯誤(しこうさくご)の末に編み出された、シウ好みのカレーである。

シウが大鍋でカレーを作り始めると、ガスパロや護衛たちがそわそわし始めた。

「何を作ってるんだ？」

「いい匂いですが、それは……」

「カレーです。スパイスを使って作る、色の違うシチューのようなものですね」

ご飯は土鍋で炊く。パンは空間庫から種を取り出して窯で焼いた。

窯は魔道具で作りだしたものだ。需要はなくても商人ギルドで特許を取っている。ガスパロはシウが魔法で竈を作れると知っているし、詮索しないのも分かっていた。でも彼のような人ばかりではない。それに初見の人から「魔法で何でも作れるのはすごい」と言われ「もしかして魔力量が多い？」に繋がり、そのたびに「節約していて――」を始めるのは毎回だと大変だ。だから、なんでもかんでも魔道具化してギルドに特許申請している。

「カレーの味が受け付けない人もいるだろうから、普通のシチューも作ってます。そうだ、タラの芽のような、山菜を採ってきてもらってもいいですか？」

「よしきた。サラダだな！」

ガスパロが走っていってしまった。最後まで聞いてなかった気がするが、シウは苦笑で見送った。見ていた御者たちも慌てて追いかける。持ってこないと食べられない、などと思ったのだろうか。シウは後ろから「転ばないように気を付けて」と声を掛けた。

料理がほぼ出来上がった頃にアラバとトルカが戻ってきた。

「わっ、いい匂い！」

「二人はもう宿に帰る時間？」

シウが問うと、二人は護衛を振り返った。

「まだ大丈夫だと思うんだけど、どうかしら？」

護衛たちは暫く考え、少しならと答えた。匂いに負けたようだ。

「夕飯には早いかもしれないけど、先に食べていく？」

「わーい！　食べる食べる」

ガスパロの採ってきてくれた山菜は湯がいたところだったので、すぐにサラダにした。

女子二人と、彼女たちを送っていく御者や護衛に先に出す。彼等がサラダを食べている間に、準備していた兎の肉をカツにして揚げた。そして真打ち登場である。

「カレーを味見して食べられそうならどうぞ。ご飯と合うけど、パンでもいいよ。好きな方を選んでね」

味見の小皿を出すと、ご飯とカレーの組み合わせを選ぶ人がほとんどだった。米を知らない人もいたが、どうせなら挑戦したいと選んだらしい。パンを選んだ人は「焼きたてのパンが大好きだから」だそうだ。喜んでもらえて、シウも頑張って焼いた甲斐がある。

カレーにカツという最強の組み合わせもあって、評判は上々だった。

彼等が完食した頃、次々と他のメンバーが戻ってきた。匂いも充満しており、何より先に食べている人が美味しいと騒いでいる。となれば、後はもう戦場だ。

シウは次々とカツを揚げ、ガスパロに手伝ってもらいながら料理を提供した。

食事を済ませると女子たちは急いで宿に帰った。後片付けは護衛がしてくれるので、シウたちは今日の成果について話し合う。成果といっても持ち帰れるようなものがあったわけではない。探索して調べた知識が生徒たちにとっては成果になる。

たとえば古代語で書かれた壁の落書き。教会の内部の様子や壊れた家屋の中。人々の暮らしが見え隠れし、皆の想像力を掻き立てた。

話の途中で、懐かしい名前も出てきた。パーセヴァルクだ。以前、シウがデルフ国に行った時に知り合った。出会った時は古書を売っていたが、彼はこの世界では有名な冒険者だった。

「パーセヴァルク殿はビルゴット教授と何度も潜ってるんだよ。遺跡専門の冒険者だね。古書に関しての目利きでは彼の右に出る者がないと言われてる」

「そんなに有名なんだ。あ、もしかして前の教授もすごい人？」

「そりゃ、すごいよ。でないと、シーカーの教授になんてなれない」

フロランの言葉に「なるほど」と頷けば、アルベリクが割り込んだ。

「僕みたいに『教授が失踪したから』って理由で『仕方ないからアイツを教授にしとこう』になるのとは全然違うよ～」

自虐気味に笑う。シウが返事に困っているうちにフロランが返した。

「先生、自分で言ってて虚しくない？　それより、明日の話をしよう」

と、話題を変えてしまった。狙った場所があるらしく「あの部屋の下を掘りたい」と鼻息が荒い。アルベリクはしょんぼり肩を落とした。フロランに釘(くぎ)を刺したのはリオラルだ。

「気を付けてくれよ。固定化は万全じゃない。いつ崩落が起きるか分からないんだから」

「分かっているとも。リオラルは心配性だ」

「フロランが呑気(のんき)なんだろ」

　最後を締めたのはミルトだった。

第五章

古代遺跡の調査合宿

　翌朝も、シウはいつものように朝食の準備だ。同時に昼食の用意も済ませる。シウにとっては慣れた作業だが、護衛たちは申し訳なさそうだった。それでも美味しいが勝つらしく、お礼と共に片付けを率先してやってくれた。

　この日はガスパロが地下遺跡に同行し、ククールスが野営地を守る。

　シウも昨日と違って、じっくりと遺跡を見て回った。見かける古代文字は特に目新しくない。知っている文字ばかりだ。ところが《探知》を狭い範囲で丁寧に仕掛けていくと、下にまだ埋まっている部分があると分かった。

　罠(わな)もなく、魔法が使われている気配もないため、どんどん《探知》を続ける。学校の大図書館地下にある禁書庫へ仕掛けるよりもずっと簡単だ。するすると入っていくから、あっという間に地下の地図が脳内に出来上がった。

　その地図を眺めて考え込んでいると、民家の床に穴が開いた。脳内地図を見ていたからだが、シウが全方位探索や感覚転移の魔法を使うまでもなく犯人が誰か分かった。

「(フロラン、一人で入ったらダメだよ)」

通信魔法で即連絡したら「わあ」と驚く声が上がる。返事は大声だった。

「シウ！　今の、なんだいっ？」

「(通信魔法だよ)掘るのはいいけど下りるのはダメだからね」

通信魔法を途中で止めたのは民家に着いたからだ。そして、そんなシウに気付いてミルトが走ってきた。

「また勝手に進んでいるのか？　フロラン、危険だろう！」

「……まだ穴を開けただけなのに」

拗ねているフロランになおも説教を続けながら、ミルトは一旦戻ろうと広いスペースに引きずっていった。そこで対策会議だ。結果、アルベリクの後押しもあって下りると決まった。最初に入るのはガスパロだ。

魔獣や罠がないか探索しながら慎重に下りていく。シウも後に続いた。

民家の下には空洞があった。そこから進もうとしたが、建物一つ分で行き止まりとなる。かなり大きな岩が邪魔をしていた。

建物は商家のようだった。風化してボロボロになった書類や本が散らばっている。書き付けをサッと見ただけだが、帳簿の一部らしい。シウは簡易の保存魔法を掛け、アルベリクに渡した。保存は難易度の高い複合技になるが、本来の固有スキルと比べると「簡易保存」程度にしか使えない。それでも使わないよりはマシだ。アルベリクは大事そうに書類

第五章

古代遺跡の調査合宿

を仕舞った。

他にも朽ち果てかけた商品の残骸もある。生徒たちは熱心に見て回り、持って帰れるものがないかと吟味していた。

実は、この下にも埋もれている街がある。大きな岩の先に広めの空間があって、潰された家々と思しき残骸が視えた。周囲を岩に囲まれた空間が点在している。

その更に奥、通路のような細長い空間を進むと大きな岩盤が壁となって現れる。分厚く硬い岩盤だ。それが境になっていた。地下迷宮との境だ。

シウが先ほど考え込んでいたのはこれを視ていたからだった。

この遺跡の下に地下迷宮インセクトゥムがある。といっても、迷宮の一番端にある、誰も辿り着かないような迷路の果てになるようだが。

だからといって安全とは言えない。万が一繋がったら、この遺跡も迷宮の一部になるだろう。そうなると、迷宮の入り口が増えてしまう。つまり、恵みを与える安全な森が消えるということだ。

シウは皆をガスパロに任せ、一人だけ上階に戻った。人目はないが、教会跡の小部屋に入ってから《転移》する。見付けた空間は潰れた建物と地下水で半分が埋まっていた。地下水が遺跡の内部の土を流したのだろう。おかげで空間が生まれ、遺跡も発見された。

そのままだと水が溜まっていたのだろうが、どこかに穴が開いて流れが変わった。

ならば、また別の穴が開いて迷宮と繋がる可能性もある。やはり危険だと感じ、シウは魔法を使って岩盤の強化を行った。迷宮近くの岩盤は特に念入りにした。また、空間があれば何かの衝撃で崩れ落ちる可能性がある。隙間のある場所にも《固定》を掛けて強化した。これで少々のことなら問題ない。ホッとして元の場所に《転移》で戻った。

午後半ばに探索を切り上げ、全員が地上に上がった。おやつを食べながら遺跡について語り合う。各自の探索結果を元に、ここがどういう街だったのかを推論するのだ。

夕方には発つため、おやつを食べ終わると片付けながらの勉強会だ。

「シウの意見は？」

片付けなんて関係ないとばかりに、教会内部で見付けたガラクタを手にしたアルベリクが問いかける。シウはてきぱきと手を動かしながら、答えた。

「……この街は、地面ごと隆起して巻き上げられたのではないかと思います。そして土に埋もれた。岩を見ると魔獣が闇雲に動かしたような跡ではない。別の場所から岩が飛んできたとも考え難い。だから、おかしいとは思うんですけど、文字通り地面ごとひっくり返されたと考えました。その上に灰が積もり、更に土が乗っていた」

話すことで考えが纏(まと)まっていく気がする。シウはブツブツと呟くように続けた。

「まず最初に事が起こった。ひっくり返された街は壊滅状態だ。大半の人は逃げたでしょう。戻って復興するのは無理だった。その後、火山が爆発したのか森が燃えたのか。灰が降った。土にも埋もれた。長い年月を経て森が生まれたのでしょうね。水を蓄え始めた。

ところが地下水の流れが変わって浸水し、土や灰といった脆い部分が流れていった。だから空間が生まれ、こうして発見に繋がったのだと思います」

「そ、そうか」

「街の年代はかなり古いと思います。オーガスタ帝国の初期かもしれない。だとすると、帝国の滅亡とは関係ないのか……。別の問題で滅びた街ではないでしょうか」

「帝国の初期か。僕は滅亡頃かと思ったんだけど、シウはどうしてそう思ったの？」

「岩盤や使われていた煉瓦を鑑定しました。煉瓦には帝国全盛期の頃には必ず使われていた魔石の粉が一切入っていなかった。ガラスの精錬技術も違う。あとは個人的に感じたのが、文字の洗練具合です。全然違いますね」

「文字の洗練具合？」

「はい。帝国は年代ごとで文字の書き方に特徴があるんです。初期は実用的で読みやすいけれど、美しくない。少しずつ洗練されていき、中期からは芸術的な文字になります。地方の街でも契約書のサインに必要だから、誰でも書けます。最低限の読み書きができるよう徹底して教えられていた時代ですから、筆耕家じゃなくても書けるんですよ。当時の筆耕家は装飾文字を中心に描いていたそうです」

「う、うん」

「古代語に関する本を読み漁ったので年代は判別できます。鑑定しながら鍛えましたし。あ、でも大昔の本屋さんに大詐欺師がいれば別ですけど。疑うとキリがないですね」

「そうだよね」

「だけど、そもそも地面ごとひっくり返るような天変地異ってなんでしょう」

「うん、なんだろうね？」

「魔獣かな。当時は大型魔獣が多かったそうですし。あるいは魔法かも。どんな魔法か分からないけれど、玉子焼きのようにくるくるとひっくり返すなんて、有り得ないなあ」

「うん。僕も今、有り得ないなぁって思っているところだよ」

笑いながらシウの肩を叩き、アルベリクは離れていった。

シウは首を傾げ、止まっていた手を動かした。テントを綺麗に畳んで馬車に乗せ、最後に竈や窯を潰して整地し直す。魔獣避けの薬玉も回収だ。

「よし、完了」

「相変わらず綺麗に整地するよな。便利な魔法だ」

「便利とかって以前の問題だけどな、ククールスよ。まあいいか。とっとと撤収するぞ。皆、馬車に乗ってくれよ」

ガスパロの合図で馬車に乗り、一路ラウト街を目指した。

さすがに疲れたのか、宿に入った途端に皆だれてしまった。お風呂でまったりしたり、広間のソファを占領したり。寝転びながら戦利品を眺め、酒を飲む不精者もいた。その不精者が、

「さあ、明日も早いよ。暗いうちに出発するから、もう寝るように！」

などと先生らしい発言だ。生徒を寝室に追いやったアルベリク自身はといえば、広間のソファに居座ったまま新しいお酒を注文している。

「先生も寝ないとダメなんじゃない？」

呆れて注意すると、アルベリクは嫌そうな顔でシウを見た。

「ミルトみたいなこと言わないでよ」

彼の護衛たちが諦めた様子で苦笑する。アルベリクが寝ないと護衛も起きていないとならない。大変だと同情しながら、シウはフェレスを連れて自分の寝室に向かった。

早朝、アルベリクの言った通りに暗い中を出発したが、そんな時間だから朝食などない。もっとも眠い方が勝って食欲もなさそうだった。皆、のろのろと馬車に乗っていた。

可哀想なのは護衛たちだ。特に馬で併走する人は体を休めることもできない。そのため話し合って、交替で馬に乗るようにしていた。

帰路では、予定していた通りガスパロとククールスの話を聞いた。

帰りも順調で、エルシア大河を渡ったところで朝食を摂る。その頃には皆の目も覚めていた。途中で一度休憩を取り、午前中のうちに学校へ到着だ。これほど早いのは地竜のおかげでもある。ククールスたちとはここでお別れだ。また今度と挨拶して、シウたちは校舎に向かった。

ミルトは寮に帰っていった。自由人のフロランや天然マイペースのアルベリクを見張り続け、疲れたらしい。予想していたよりずっと大変だったとぼやいていた。放っておけばいいのにとシウが言えば、目に入ると気になると返ってきて、苦労性だ。
発掘作業や遺跡観察ができなかったのではと同情したが、ミルト自身は遺跡よりも潜り方や発見方法に興味があるそうだ。彼にとっては、ガスパロやククールスから話を聞けた方が良かったらしい。
それぞれが楽しいと思える合宿だったが、行程はおかしかった。なにしろ午後は授業がある。本校舎へ向かうミルト以外のクラスメイトたちは一様に眠そうだった。

シウは平常運転で午後の授業に参加した。

合宿に行ったのを知っているアロンソは「元気だね」と笑う。そして、魔獣に出会ったのかと聞いてきた。シウが何もないと首を振れば、残念そうだ。

「魔獣魔物(まもの)生態研究では合宿しないの？　気になるなら実際に見てみたらいいのに」

「合宿は何年かに一度はあるみたいだけど、うーん」

渋るアロンソに、シウは別の案をぶつけた。

第五章

古代遺跡の調査合宿

「冒険者登録して依頼を受けるといいんじゃないかな。本物に会えるよ」

「シウがひどい」

泣き真似をするので、シウはウスターシュと顔を見合わせて笑った。

「だけど、シーカーの生徒にも『冒険者ギルドの仕事を手伝ったら評価が上がる』って仕組みはあったよね？」

ラトリシアには魔法学校が多く、魔法使い見習いの生徒も多い。そんな彼等の能力を、魔法使いの少ない冒険者ギルドは欲している。学校側も経験を積んでもらいたいと考え、両者の利害は一致した。学校側が提示したのは「実習扱いとして評価する」だ。

社会貢献の意図に適っていれば冒険者ギルドの依頼でなくとも評価はされるが、そんな仕事は滅多にない。大抵は本物の魔法使いに頼むからだ。

「そうなんだけどね」

ウスターシュが曖昧な笑みで頷いた。他の生徒もやってきて話に交ざる。

「やったことあるよ。でも、後方支援的な内容でさ。級数が上がるような依頼は受けられない。それにギルドカードを発行しないから皆のやる気も出ないしね」

「カード発行しないの？」

「魔法学校の生徒なら証明書を提示すればいいし、ランクアップする必要もないからね」

「ふーん。そう言えばギルドの職員が、魔法使いの力が必要なのにシーカーの生徒は手伝いに来ないってぼやいてたよ」

「耳が痛いな」

「お小遣い稼ぎにもなるし、経験値もつくからいいのにね」

などと思うが、シーカーに通う生徒は「お小遣い」に困っていないだろう。だからこそ、手伝いに行くのは他の魔法学校の生徒だ。ところが、彼等はシーカーに通う生徒ほどに魔法は使えない。ギルド側も実力者が欲しいわけで、ここに齟齬が生じる。

「それは分かるんだよ。だけど行かない理由も分かるんだ。勉強熱心な生徒はギルドに行く時間も惜しい。将来の仕事に冒険者の選択肢がある生徒だけが行くんじゃないかな」

　ステファノの言葉にシウは納得した。

「そっか、そう言われるとそうだね」

「僕は研究者になりたいから行った方がいいのは分かってるんだけどね。ただ、基本的な話なんだけど、他の冒険者に付いていけるだけの体力がない」

　はあと大きな溜息を零している。そこに、新入りのウェンディが手を挙げた。

「わたしもステファノ先輩と同じ基礎体育学科なんですよ」

「それ、言わないで。そりゃ運動は苦手だけどね」

　これでも最近は頑張っているのだと苦笑する。

「メルクリオ先輩は飛び級できるのに、従者だからって居残ってるんですよ。今は先生の補佐をしているの。すごいですよね！」

　ウェンディは褒めたつもりらしい。しかし、メルクリオは慌てた。なにしろ、主のステ

第五章

古代遺跡の調査合宿

ファノが全くダメだというように聞こえるからだ。苦笑しながら彼女を止めようとしたが、相手は子爵家令嬢だ。強く言えずに言葉が消える。ウェンディは笑って続けた。

「ステファノ先輩とわたしのどちらが先に修了するか競争しませんか？　それとも、卒業するまで受け続けます？」

　彼女は冗談のつもりだったろうが、聞いていた皆はちょっぴり引いた。

「受け続けていいなら、ここがいいよ。ね、ゲリンゼル」

「ヴェエエ」

　ゲリンゼルに通じたのかどうか。ただ、ステファノは癒（い）やされたようだった。


　授業が終わると、バルトロメが生徒たちに声を掛けた。

「そうそう、さっきの話だけどね。確かに、ひ弱な僕らが森に入るのは厳しい。とはいえ研究するなら実際の魔獣を見るのが一番だ。かといって、いきなり森で実地調査なんて無理だ。そういうわけで、どうかな。そろそろ現物を用意して解剖してみようか」

　現地で生態を調査するのも大事だが、解剖して体の仕組みを理解するなど、下調べをしてみないか。バルトロメの提案に皆が驚くかと思えば、そんなことはなかった。アロンソも「いいですね」とあっさり納得している。

　シウがこっそり隣のウスターシュに聞くと、以前にも飛兎（とびうさぎ）や火鶏（ひどり）の解剖をしたらしい。

　魔獣魔物生態研究科なのだから当然といえば当然だった。新入り三人は顔が引（ひ）き攣（つ）っている。ただ、この学科に来ただけあって興味はあるようだ。

「今度、冒険者ギルドに解剖分を回してもらう手筈を――」

のところでシウと目が合った。バルトロメがにんまり笑う。シウは皆まで言うなと手で制した。

「はいはい、分かりました。用意しておきます。殺しておいていいんですよね？」

「ぜひ！　できれば傷は少ない方がいい」

「分かりました。丸ごと捕まえて持ってきます」

シウも学ぶのだからと、依頼料を断った上で引き受けた。

水の日、シウはレグロの許可を取って、ひたすら《把手棒》と名付けたスピードアップの付属品を作り続けた。
冒険者仕様の飛行板は、魔術式の部分をブラックボックス化しているため学校では作れない。外側は屋敷にいる間に自動化魔法で作ってしまった。それも学校では見せられない部分だ。付属品なら問題ないので、納品に足りない分だけ手作業で作った。
付属品も、そのうち業者に任せられる。今は冒険者ギルドに納入するため、せっせと作り置きの最中だ。つまり授業中に「仕事」をしているのだが、レグロは許可してくれた。

こうした作業も、レベルを上げるのに役立っているからだそうだ。

シウが学ぶ科目の先生は懐の深い人が多い。大抵自由にさせてくれるのだ。

ただし、これが普通だと思わないようにと、トリスタンには注意されている。

「生徒の自主性を重んじ、生徒の力が伸びるよう尽くすのが教師というものだ。だが、中にはそう思わない教師もいる」

「そうなんですか」

たとえば、未成年や初年度生は学ばせないと言っている専門家の先生たちだろうか。シウが内心で考えていると、どうやらトリスタンには通じたらしい。

「戦略指揮科の、あれは野暮の骨頂だ。君が興味を持っているのなら申し訳ないがね」

「あ、絶対行きません」

即答したら、トリスタンが目を丸くした。それから大笑いだ。珍しくて、今度はシウが目を丸くした。

午後の授業中に始まった雑談だが、きっかけはシウが先週作っていた魔術式が上手くいった報告からだった。先週のシウは暴走していた。そこからの注意である。

この日は落ち着いて、新入りの生徒や院生の人と話をした。もちろん授業も真面目に受けたシウである。

夕方、商人ギルドで契約書にサインをしていると卵石（たまごいし）の一つが動いた。この数日で急激に大きくなっていた卵石は抱っこ用の布に入っている。お腹の前で抱えるように持っていたから、動いたのもすぐに分かった。

シウは慌てて契約を済ませた。学校側とのレシピに関してのものだ。作り方を教える話はまた後日と伝え、急いで屋敷に戻った。

シウの様子に、屋敷の使用人はすぐに気付いた。説明すると皆の目の色が変わった。応援してくれる皆に、シウは「孵るまでじっと見守っていたいから」と話して部屋に籠もることにした。リュカは心配そうだったが、口にしたのは「頑張ってね！」だった。卵石を励ましている。まだ生まれていない卵石を応援してくれる優しい子だ。シウはありがとうと返して部屋に入った。

ベッドの上に清潔な布を敷いて卵石を乗せる。静かに観察していると小さな音が聞こえてきた。

まだまだ時間がかかるだろう。その間に何か食べようと、テーブルをベッドに寄せた。軽食を用意していると、いつもは「ごはん！」と喜ぶフェレスが来ない。何故か、子供が生まれそうで慌てている父親のようにウロウロしていた。可愛くて面白い。

「まだ、時間かかるよ。フェレスの時もこんな感じだったんだよ」

「にゃ？」

「そうだよ、フェレスも卵石から生まれたんだよ。こーんな小さかったんだから」

「にゃにゃ」

そうなの？　と不思議そうな顔をして卵石を覗きこんだ。自分が小さかった時のことなど忘れ去っているようだ。あの頃のフェレスは、いろんなものに興味津々で小さなことにも驚いていた。

あんなにもあどけなくて可愛かった子が、今では立派に成長したのが嬉しい。

シウはフェレスの頭を撫でた。

「先にご飯食べちゃおう。夜中になるよ、たぶん」

「にゃ。にゃにゃにゃにゃ」

じゃあ食べるー。そわそわしていたのが嘘のように、フェレスはいつもの食べるモード全開となった。

He is wizard, but
social withdrawal?

第六章
新入り希少獣

He is wizard, but social withdrawal?
Chapter VI

カリカリと、小さな音が小刻みに聞こえてきたのは夜中のことだった。

フェレスの時はいきなりだったけれど、今回の子は徐々に目覚めているようだ。慎重な子なのかもしれない。シウがじっと観察していたらガリッと一際大きな音が出た。それから、パリッと殻が割れる。

あれほど頑丈で硬い殻がこんなにも柔らかくなるのだ。フェレスの時にも同じように感じたが、シウは改めてその不思議さに驚いた。

目の前の卵石はパリパリと音を立て、よろりと動いては止まる。徐々にひび割れていく殻の中から、濡れた毛が見え隠れした。真っ白く張り付いた毛だ。

シウが眺めていると、ひょこっと手足が出てきた。

「みぁっ、みっ、みぅー」

か細い、小さな声が一生懸命に鳴き始める。

ここまでフェレスは眠そうにしていた。いや、寝ていたかもしれない。ところが、この音を聞いて飛び上がった。慌てて飛んでくると、ベッドの横から興味津々で覗いた。

「みゃっ、みぃっ」

ころんころんと転びながら、なんとか殻から脱出した子はシウを見て「みぁー」と甘え声で鳴いた。

「よしよし。よく頑張って出てきたね」

布ごと抱き上げ胸に抱えると、親に甘える子猫のようにみーみーと鳴く。

「こんにちは。僕はシウだよ。こっちはフェレス。君の、お兄さんだよ」

フェレスの顔の前に差し出すと「みぁっ」とまるで返事をしたかのように鳴いた。恐れなど何も感じていない。フェレスの方がおっかなびっくりだ。前脚を出して触ろうとし、その爪先を見てから引っ込める。触れていいのかと不安になったのだ。

フェレスの成長ぶりに、シウは形容しがたい思いで言葉に詰まった。

「……大丈夫だよ、フェレス。爪を出さなければ傷は付かないから」

「にゃ」

「フェレスはお兄ちゃんだね。先輩としていろんなことを教えてあげるんだよ」

「にゃ！」

「でも、この子はまだ赤ん坊だから、今は可愛がって甘やかしてあげようね？」

「にゃにゃ。にゃにゃにゃにゃ！」

わかった、ちっちゃいからね！　と、早速お兄さん気分になっている。尻尾をぶんぶん振り、耳もピンと立って嬉しげだ。

「えーと、この子は」

目の前で抱っこし直し確認すると、女の子のようだと分かった。《鑑定》もする。

「ニクスレオパルドスか。珍しいなあ」

雪豹の希少獣をニクスレオパルドスという。同じ豹型にレオパルドスがいるが、それと比べると極端に少ない。出現するのが極寒の北国に多いからだ。希少獣の中でも更に希

第六章
新入り希少獣

少だった。そして、ニクスレオパルドスは騎獣の中では上位種になる。

さて、庶民のシウが騎獣を二頭持つというのは相当「珍しい」はずだ。特にラトリシア国は希少獣を貴族が占有している。先日もフェレスが狙われたばかりだ。ここに、北国でしか発見されない希少なニクスレオパルドスがいたら、どうなるだろう。ましてや幼獣だ。可愛らしさから、またも狙われる気がした。

今はまだ子猫のようにしか見えない。成獣になれば斑点も出てくるのでバレるだろうが今のうちなら誤魔化せそうだ。それに前世でも、雪豹の子だと知らずに育てた人の話がニュースになっていた。大きくなって変だと気付き、話題になった。

「猫だって押し切れば、なんとかなるかも、たぶん」

シウは楽観的に考えた。大丈夫、フェレスもいる。それに小さいうちだけ貴族の目から隠せればいい。成獣になると自分で飛んで逃げられる。意思の疎通もできるから盗まれても戻ってくるだろう。幼獣はそうはいかない。洗脳される可能性もあり、攫われてしまったらお終いだ。

「……怖いのは幼獣の間だけ。よし、誤魔化そう」

とりあえずギルドに登録だ。契約もしておくといい。

が、その前に大事なことがある。名付けだ。

「うーん。猫だって言い張るんだから、猫みたいな名前がいいよね。猫、猫、猫――」

それらしい名前を考えてみた。

「白いし、ブランカにしようかな。お前はブランカだよ、ブランカ」

「みぃぃ」

「よしよし。じゃあ、山羊乳(やぎにゅう)を飲もうか」

騎獣が生まれるだろうと思っていたので、すでに用意してあった。空間庫から取り出し温度を確かめてから乳やりを始める。フェレスの時で慣れていると思ったが、哺乳瓶を咥(くわ)えて飲むまでの短い間、シウは息をするのを忘れていた。


ブランカが山羊乳を一生懸命飲む。それをじいっとフェレスが眺めているので、

「フェレスも赤ちゃんの時、こんな風に飲んでいたんだよ。覚えてない？」

と聞いてみた。フェレスはやっぱり覚えていないらしく「にゃ？」と首を傾(かし)げている。

「この子みたいにふにゃんふにゃんだったよ。とっても可愛かったんだから」

「にゃぅーにゃにゃにゃ」

可愛いの？　そうなの？　と体をくねらせる。少し落ち着くと、またブランカをじいっと凝視した。興味津々で一挙手一投足を観察している。

「僕がいない時はフェレスがブランカを守るんだよ。できる？」

「にゃ！」

「ブランカはまだ赤ちゃんだから、そっと触ってね」

「にゃー」

んくんくと喉を鳴らして山羊乳を飲むブランカは、ほとんど目が開いていない。さっきは主となる人間の顔を確認するため開いていたのだろう。

ようやく気が済んだのか、ブランカはシウお手製の哺乳瓶から口を離した。ぷはっと息を吐く。シウが背中を軽く叩くと、げっぷが出た。フェレスはお腹を優しく撫でると出やすかった気がする。

「みぁー」

大あくびのあと、うつらうつらし始める。期待の眼差しでシウを見るフェレスに、ブランカをそっと差し出す。

「にゃ！」

本能で分かるのかブランカを舐めた。ちゃんと拭えなかった口元も、まだ濡れた体も綺麗にしてくれる。眠ってしまったブランカを起こさないよう、そうっと触れるのも優しい。

シウは目を細めてフェレスを褒めた。

「フェレスは優しくていい子だね」

「にゃぅ」

頭を撫でてあげると、嬉しそうに尻尾を振る。

「フェレスが一番の子分だからね」

「にゃ！」

相変わらず「親分と子分」を信じているフェレスに分かりやすく伝えれば、尻尾が高速で動いた。耳もピピピと忙しない。シウは何度も何度もフェレスを撫でた。

「フェレスもブランカも僕の家族だよ。これから仲良くやっていこうね」

「にゃー」

はーいと、良い返事だったが、ブランカに釣られたのかフェレスも大あくびをする。やがて眠そうに目をしょぼしょぼさせた。

「おいで、今日は皆で一緒に寝よう」

「にゃ！」

やったーと喜んでベッドに飛び乗った。そのせいでベッドに寝かせていたブランカが起きてしまった。ふぇふぇと鳴く。フェレスは固まり、ベッドの上で爪先立ちになった。その格好が「どうしようどうしたらいいの」と訴えているようで、可愛い。思わず笑ってしまった。

「今度から、そっと動こうね？」

「にゃ」

ブランカはシウが腕に抱いて撫でているうちに眠った。それを確認してから、フェレスもそろそろと寝そべった。シウにくっつくよう何度か体勢を変え、甘えた声で鳴く。お腹を優しく撫でてあげると気持ち良さそうに目を瞑り、やがて寝入った。

ブランカは潰されないよう、少し離れたベッドの上に籠を置いて寝かせた。柔らかい布がベッドだ。すやすやと眠る姿を見るだけで笑顔になる。

第六章
新入り希少獣

ブランカとフェレスに釣られて、シウも幸せな眠りに就いた。

木の日は朝から大騒ぎだった。なにしろ希少獣の誕生だ。特に、騎獣の赤ちゃんなど滅多に見られないとあって、ブラード家の全員がそわそわしていた。

そう、あのカスパルでさえ、だ。

シウがブランカを抱っこしながら賄い室へ入ろうとしたら、普段はいないはずのカスパルがいた。何故かそこに集まって、全員でどうするか話し合っていたという。

何の話し合いか。ブランカについてだ。騒がしくしてもいけない。しかし見てみたい。どうしたものか、と話し合っていたとか。

ちなみに、皆に囲まれてもブランカは肝が太いのか眠ったままだった。お腹いっぱいで、息をするたびにぽんぽこに膨らんだお腹が揺れている。

「……可愛いものだな」

「本当に。これほど愛らしいとは思いませんでした」

普段はビシッとした礼儀正しいロランドが、背を丸めて蕩けるような笑みだ。カスパルも冷静な表情に見えて目が笑んでいる。

「この子も猫型騎獣のようだけど、フェレスとは違って短毛のようだね。同じ種族が生まれるなど、すごい偶然だ」

猫型騎獣や狼型騎獣（フェンリル）は種類が多く、それぞれ猫系・狼系という名称でまとめられていた。フェンリルにも可愛い小型犬のような顔の子もいれば、凜々（りり）しい狼のような顔の子もいる。だからこそ、ニクスレオパルドスの幼獣でもフェーレースだと誤魔化せるのだ。ニクスレオパルドスが珍しいだけに、カスパルも違いに気付かなかった。これならば他の人にも、猫ではなく騎獣だとバレても「これは下位種のフェーレースだ」と言い張れそうだ。

「名前は何にしたんだ、シウ」

ダンに聞かれて、シウは満面の笑みで答えた。

「ブランカ、と名付けたんだ。白いって意味だよ」

ダンもカスパルも良い名だと褒めてくれた。ただ「そのままだね」という声も後ろから聞こえる。シウは気にせず続けた。

「しばらくは付きっ切りになると思う。いろいろ迷惑をかけると思うんだけど」

「それは構わない。皆も了解している。それより、手が必要なら遠慮なく話してほしい。ブランカには君が必要だ。それ以外の、手の回らない部分を僕たちが補おう」

「ありがとう……」

カスパルの言葉に頭が下がる。彼はこういう人だ。

「フェレスの散歩は、まあ大丈夫かな？」

フェレスを見下ろしてカスパルが笑った。勝手にやるだろうと思ったらしい。実際、庭に出てひとりで走り回ることも多い。遊びを見付けるのも上手だ。

「そうそう。リュカも自分のことは自分でできると、さっき決意表明をしていたね」

「え、そうなの？」

　食事の時にはスサに付いてもらっているリュカだったが、ブランカが生まれたと知ってやる気になったようだ。

「僕、お兄ちゃんだもん！」

「そうだね」

　とはカスパルだ。柔らかい表情でリュカを見ている。

「わたしがリュカの手助けをします。だから、安心して子育てしてください！」

　ソロルが手を挙げて宣言した。

「わたしたちもお手伝いできることはなんでもしますから、仰ってくださいね」

　スサもそう言ってくれ、シウはありがとうとお礼を口にした。

　それから一人一人にブランカを見せる。生まれたてでブランカが怖がるといけないから触らせてあげられない。シウの手の中のブランカを見てもらうだけだったが、全員がロランドのように笑み崩れていた。


　その日の午前中は、急いで抱っこ紐を作り替え、籠ベッドも作り直すなどして過ごした。どちらもブランカに合わせて調整する必要があったからだ。最高に居心地良くしてあげるのがシウの役目である。

午後は冒険者ギルドに出かけた。

フェレスの時は初めての育児とあって、宿に引きこもっていた。当時は何も知らず、外に連れていくのが怖かった。今はたくさんの本や騎獣屋で得た知識で大丈夫だと分かっている。それに、シウは高度な結界魔法が使えた。以前も空間魔法を駆使していたが、更に強化されている。最高のボディーガード、フェレスだって一緒だ。

フェレスにはスカーフの内側に隠れる形で抱っこ紐を装着した。何かあればブランカを入れて逃げてもらうつもりだ。

と、分かる人が見れば呆れるほどの万全の態勢で、シウは外に出た。


まず、一番の問題となる騎獣登録を済ませる。

「えっ？　騎獣の、登録ですか？」

受付の女性に驚かれた。初めて見る人で、シウがすでにフェレスという騎獣持ちだというのも知らないようだった。が、マニュアルを思い出したのだろう。慌てて別室に案内された。

「すぐに本部長が参りますので！」

そう言うと走り去っていった。

抱っこ紐の中のブランカは寝ている。出掛ける前に授乳したばかりなのでお腹がまんまるだ。口元をむにゅむにゅさせている。山羊乳を飲んでいる夢でも見ているのだろうか。

そう思うと笑ってしまう。シウが笑ったため、フェレスが「なになに？」と体を少し浮かせた。体を前のめりにして、見せてあげると「にゃ」とお礼のような返事だ。

フェレスは本来なら中には入れられない。併設の獣舎か、ギルド前に繋いでおくのがルールだ。けれど、今回は「護衛」として付いてきている。もちろん、入る時に「ちょっとだけお願いします」と頼んだ。お目こぼしがあるのは、彼の普段の功績による。

シウとフェレスがほのぼのとしている中、アドラルが走り込んできた。正確には、ドアの前で一瞬立ち止まっていたようだが、勢い良く入ってくる。

「や、やあ、久しぶりだね！」

アドラルの後ろにタウロスとルランド、スキュイもいた。勢揃いだ。

「それで、騎獣の子というのはどこに……。あ、先に、登録だったね」

「はい。その前にこれが証明書です。念のため」

里帰り中に卵石を手に入れたという証明書を作っていた。それを渡す。

「シュタイバーンの森で拾いました。誓言魔法により、あちらの教会の神官と貴族家の方に立ち会ってもらって作成しました」

「確かに。間違いないようだ」

受け取ったアドラルの横からスキュイが顔を出し、証明書を見て笑った。

「用意周到だねぇ」

交渉担当の彼に言われると褒められたのかと思ってしまうが、どちらかといえば呆れているようだった。そのスキュイがそわそわとシウの腕の中を気にしている。他の面々も同じだ。皆、気になって仕方ないらしい。

シウは腕に抱いた抱っこ紐の中を見せた。ブランカはこれだけ騒いでいても寝ている。

「この子がそうです」

「お、おおお！」

「本部長お静かに」

小声で注意され、アドラルは慌てて口を閉じた。それから、そっとブランカを覗き込む。ここでもやはり皆の顔がほんわか崩れていった。

「かっ、可愛いね」

「ああ、なんて可愛いんだ。信じられない。真っ白で、お腹がぽんぽんしていて」

男たちが身悶(みもだ)えする姿は可愛くないが、気持ちは分かる。シウもブランカを見ていたら笑みしか出てこない。もちろんフェレスもだ。

「それでですね。『用意周到』ついでに、今のうちに登録しておきたいんです。何かあったら悔やんでも悔やみきれないから」

「そうか、そうだね」

このギルドで騎獣の登録は、珍しいがないわけではないそうだ。貴族から下げ渡される機会だってあるし、シウのように他国で手に入れた卵石が孵(かえ)る場合もあるからだ。

✦第六章✦

新入り希少獣

「それなら神官を呼びにやろう。その方が万全だろうからね」

スキュイが言い出し、それを受けてルランドが走ってくれた。

待っている間に、シウはもうひとつの卵石についても説明した。今もお腹に入れているが、こちらもそろそろ孵る頃合いだ。

「卵石が二つ……」

「というか、フェレスと合わせると三頭になる？」

奇跡に近い確率だと驚く皆に、シウは少しだけ本当のことを話した。

「実は、この二つの卵石を最初に拾ったのは、別の子なんです。その子には育てられない理由があって、しかも安心して任せられる知り合いが僕しかいなかった。だから譲ってもらったというか、押し付けられたというか」

「それはまた嬉しい誤算、なのかな？」

「僕は動物が好きだし構わないんですけど、悪目立ちするのがちょっと」

先日も貴族との間で問題があったばかりだ。フェレスを奪われなくて済んだが、ラトリシアの貴族には噂が広まったろうと思う。

スキュイが思い出したかのように苦笑した。シウは、卵石を託してくれたコルを思い出す。

「主のいない希少獣の哀れさを訴えられたんです。僕を信じて渡してくれたわけだから、他の人に譲渡するのも違うなと思って。まあ、実際のところは嬉しいだけなんですけど」

　ブランカを見て笑った。この子が生まれてくれて良かった。フェレスも、まだ見ぬ三つ目の卵石の子も、シウの大事な家族だ。

「あの騒ぎの後でまた目立つのも良くないから、しばらくは猫の子として通そうかと思ってます」

「それはいいけど、どうかなぁ」

　スキュイが笑う。アドラルは分かっていないようだが、スキュイは気付いたようだ。シウも懸念があった。スキュイは笑ったまま続けた。

「だって、この子、どう見ても大きくなるよねぇ？」

「あ、やっぱり。そう思いますよね」

「この前肢の太さは絶対にでかくなるよ」

「でしょうね」

　ブランカは大きくなるのが分かっている。書物にも書いてあったし、騎獣屋でも聞かされた話だった。でもそんな知識を知らずとも、見ていてハッキリと感じる骨太なのだ。

　フェレスが本物の猫の子と同じように見えたのは、手足が小さくて細かったからだ。それでも猫より大きかった。やがて、成獣になって人を乗せられる大きさにまで成長した。

　ブランカは上位騎獣のニクスレオパルドスだから、更に大きくなる。ほとんどの個体は上位であるほど体が大きいものだ。ブランカもフェレスよりずっと大きくなるだろう。

第六章
新入り希少獣

どこまで誤魔化せるかと話し合っていたら、息せき切ったルランドが神官と共にやってきた。顔見知りの神官だった。

リュカの事件でお世話になった神官は、相変わらず熱血で優しい人だった。ブランカを見て目を細め、シウの過保護すぎる気持ちにも理解を示した。そして「あなた方の助けになりましょう」の言葉通りに、レベルの高い誓言魔法を用いて契約が終わった。

騎獣登録も済み、シウが作った小さな首輪に付与を施す。

生まれたての子に首輪をするのは痛々しい気がして本当は嫌だ。けれど、この国では特に気を付ける必要がある。シウは心を鬼にした。せめて、素材だけは良いものをと思い、フェレスと相談して柔らかい革にした。肌に触れる部分にもこだわった首輪だ。

まだ寝ているブランカに付けると、見ていた皆もホッとした。シウと同じように息を止めて見ていたらしい。

抱っこ紐の中にブランカを戻すと、次の用事だ。本当ならこれが本来の用事でもあった。

冒険者仕様の飛行板を納品する作業だ。

アドラルからは、付属品の《把手棒(とってぼう)》の感想を聞く。

「試験運用の結果、問題はないそうだ。むしろ絶対に導入すべきと勧められたよ」

それならと、付属品もまとめて納品した。

ルール作りもできている。これで、冒険者ギルドによる冒険者仕様飛行板の貸し出し制度が出来上がった。

職員が残業してまで頑張っていたのに、大きな話題になるはずだった発表の機会は先送りにされた。ブランカの登場で吹き飛んでしまったからだ。申し訳ないことをした。と思ったが、そうでもなかった。ギルド職員が入れ替わり立ち替わり覗きに来ていたからだ。生まれたての希少獣はそれほど人気があるのだった。


重要な話が終わったところで、シウに報酬があると書類を渡された。

「合宿の護衛代として入金されているよ」

クラルに言われてびっくりした。

「お礼が出るかもとは言われたけど、金額間違ってない？」

品物にすると聞いていたが、どうやら何にするか決められなかったらしい。それはいいが金額が多すぎる。しかし、確認を頼んだクラルは首を振った。

「食事代も含めてのことだって。代理の方が来られたけど、他の親御さんとも話し合って決めたそうだから。その場で職員も確認しているし間違ってはいないよ。ぜひ受け取ってほしいと代理の方からの伝言です」

「そう……。じゃあ、有り難く受け取っておこうかな」

「今回の分はどうする？　飛行板の分もあるし、まとめて出してもいい？」

とは銀貨や金貨ではなく、大金貨でという意味だ。お金はギルドに預かってもらえるが、使いたい時にすぐ出したいシウは、やっぱり自分で持っておくことにした。

「学校で引き落とされる分もあるだろうから、少しだけ残して、キリのいいところでお願いします」

「うん。ちょっと待ってね」

ギルドカードを水晶の魔道具に翳す。が、それを見てクラルが首を傾げた。

「シウ。引き落とすも何も、学校で全然お金使ってないよ」

「あっ、そうか。食堂で使ってないや」

学費は年払いで先に払っている。食堂以外に使うこともない。その食堂では弁当持参で食事はしないし、飲み物はいつも誰かが奢ってくれる。でも。

「また使うかもしれないし」

クラルは頷き、何度も確認した上で書類を経理に持っていった。出ていく時に、

「次にこの部屋へ来るのは経理の子だと思うけど、許してね」

と言って。

その理由は簡単だ。抱えるほどもない金貨の入った袋を、経理職員が二人で持って入ってきた。彼等はシウの前のテーブルに袋を置いて「確認をお願いします」と言うや否や、抱っこ紐の中のブランカを覗いた。しかも、部屋を出て行こうとして「受領印をもらうのを忘れてました！」と慌てて戻る。そんな大事なことを忘れるぐらい、ブランカが見たかったのだろう。

途中で目が覚めたブランカが鳴きだすと、廊下を歩いていた職員が部屋を覗きに来た。部屋に入ろうとしないのはブランカが鳴いているからだ。気を遣っているらしい。

シウはお腹が減ったらしいブランカのために哺乳瓶を準備した。それを遠くから、職員たちが見ている。見えないだろうに背伸びして必死だ。

「近くで見てもいいですよ。仕事をサボっても大丈夫ならだけど」

健気(けなげ)な様子につい声を掛けると、廊下にいた三人全員が入った。ちょうど哺乳瓶を咥えて一生懸命飲んでいるところで、三人は声にならない「ほわぁ」という変な声を上げていた。

本当にサボるとは思わなかったが三人の顔色は格段に良くなった。ブランカを見て癒(い)やされたらしい。ストレス発散になるぐらい、乳飲み子の威力はすごかった。

夕方、屋敷に戻ると空気がそわそわしていた。冒険者ギルドでもそうだった。しばらくはこんな調子だろう。なによりもシウ自身がそうだ。フェレスも同じ。

ブランカが大きくなるまでは、きっとこの子に振り回される。次に生まれるであろう卵石の子にも。それが何故だか嬉しい。

フェレスに振り回されても全く嫌に思わなかったのを、覚えているからだろう。

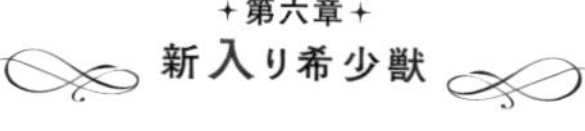

第六章
新入り希少獣

◇◆◇◆◇

金の日、シウは学校を休もうか悩んだ末に行ってみた。先生に相談した上で授業をどうするか考えようと思った。

先に執務室へ顔を出したが、レイナルドも秘書もいなかった。それならと、アラリコの部屋へ行き事情を説明した。

「なんとまあ幸運な。他に何を言えばいいのか分からないが、いや、すごい」

抱っこ紐の中のブランカを見たアラリコは、彼らしくもない目尻を下げた柔和な笑みを見せた。

「希少獣の赤子は常に抱いて世話すべきと聞くからね。学校に連れてくるのは構わない。君も二度目で慣れているだろうしね。登録も済ませたというから問題はない。といっても、問題とは思いも寄らぬところから現れるものだ。気を付けなさい。ああ、騎獣登録の申請書類にも不備はない」

アラリコが秘書に書類を渡すが、彼女は書類を手にしたままブランカを見ている。他の人と同じような表情だ。

「まずは、この子のことを第一に考えてあげなさい。いざとなれば休学も可能だ。狙われる心配もあるだろうが、君なら大丈夫。頑張って通ってほしい」

「はい」

「うむ。学校側も生徒の中に加害者と被害者を作りたくない。できる限りの根回しはしておこう。ああ、生徒会にも報告しておきたまえ。今季の会長は頼りになるはずだ」

先生がそんなことを言っていいのだろうかと思ったが、先生も人なのだから合う合わないはある。シウは納得して頷いた。


シウがドーム体育館に着いた頃には、レイナルドがもう来ていた。レイナルドは体育館の隅に新たな機材を搬入しているところだった。業者と話し込んでいる。シウが「何を入れてるんだ」と眉を顰めていたら、シルトがやってきた。

目の前で逃げるのも失礼だから立ったままでいると、

「言われた通りのことをしたぞ！」

と胸を張られた。シウはびっくりだ。

「本当に『礼儀作法の在り方～初歩編～』を読んだの？　暗誦だよ？　アラリコ先生の言語学もちゃんと学んだ？」

学校の敷地内を走るのは彼ならできそうだが、その他については信じられなかった。それだけのことをやったのなら表情や態度に出そうだが、そうは見えない。

シウが出した課題をこなすには相当の時間が必要になる。それをこの短期間で覚えたとしたら、もっと表情が虚ろになったり疲れたりするのではないか。

シウが疑いの眼でシルトの従者二人を見ると、クライゼンは笑顔で頷き、コイレは目を逸(そ)らした。シウは「やっぱり」と半眼になった。

「本当かどうか、誓言魔法を使って調べてもいい？」

「な、なんだと！」

「本当にやったのなら使ってもいいよね？　まさか師匠になってほしいと頼む相手に、断る？」

「くっ……」

「嘘(うそ)をついたわけじゃないよね？」

「ぐっ」

──いや、そこ、悔しそうに呻(うめ)くところじゃないからね？

内心で呆れながら、シウは面(おもて)に出さないよう無表情を維持した。

「あのね、人に教えを請うなら少しでも敬う心を持とう？　強さって、体を鍛えることだけじゃない。むしろ心を鍛えないと、いつまでたっても本当に強い相手には勝てない。この話、今の君には理解できないと思う。だから僕は、最低限これだけは覚えてほしいと、礼儀作法を学ぶように言ったんだ。言語学を学ぶように勧めたのも君が言葉知らずだからだ。教わる相手に偉そうな態度を取っているから、てっきり誰も君に教えなかったんだと思ったんだけど、違うかな？」

シウはシルトとクライゼン、そしてコイレに目を向けた。声に感情は乗せず、なるべく優しい声になるよう心がけたつもりだ。もちろん、怒っているわけではない。心の中には、シウを諭す爺様が浮かんでいた。

「それとも、教えてくれた人の言葉を心の中から消去した？　でもね、学校を出たら誰も教えてくれないんだよ。親切に教えてくれるのは今だけなんだ。その相手に対して君の態度は間違っていると、僕は思う。だから学ぼうと言ってるんだよ。それを端から拒否するのなら、僕は君の師匠になんてならない。名乗ってほしくもない。恥ずかしいからね」

「あ、え？」

シルトはよく分からないと首を振った。そしてシウの静かな視線に、怯えた様子で蹌踉めいた。クライゼンが慌てて駆け寄り、シルトを支えながらシウを睨み付ける。

「この際だから言っちゃうけど、従者は主を諌めるのも仕事のうちだからね」

「なっ、俺を愚弄するのか！」

「もしも僕が貴族だったら、僕の方こそ『愚弄するのか』って返すところだよ？」

「あ」

コイレが真っ青な顔になった。

「君たちは僕が庶民だからと高をくくってるでしょう？」

「も、申し訳ありません！」

コイレが急いで謝ったけれど、他の二人はぽかんとしている。

「僕はここの生徒だ。でもクライゼン、君は従者なんだよ。学校は平等を謳っているけれど、それは生徒の話だ。従者が暴言を吐くなんて、あってはならない。それは主であるシルトが知っておくべきことだ。シルトが注意しなければならなかった。つまり、従者の失態は主の失態でもある。こんなこと、『礼儀作法の在り方』を読んでいれば分かったはずだ」

「シウ様、申し訳ありません。どうか、お許しください」

コイレが平身低頭で謝る。

「君は悪くないよ。精一杯頑張っていると思う。制限がある中で大変だよね」

「とんでもないことです」

「君たちに勉強する気があるなら、知り合いの獣人族の従者を紹介してあげるけど――」

無理だろうと、シルトを見て思った。彼はわなわな震えて拳を握りしめていた。シウに殴りかかりたいのを我慢し耐えているようだ。

「……もし、お前の言う通りにやったら、俺は強くなれるのか？」

「そこでそう言っちゃうから、シウが叱ってるんだろうが」

レイナルドが割り込んだ。もっと早く来てくれてもいいのに、彼はいつもこうだ。絶対楽しんでいたに違いない。にやにやと笑っているのがその証拠だ。シウは内心でレイナルドに呆れながら、続く彼の話を聞いた。

「本当にお前は分かってない奴だな。大体、お前ごときがシウの弟子になれるかよ」

火に油を注ぐ発言だった。火の方は一気に燃え上がる。

「はっ？」

「自分のレベルも理解してなければ、相手の能力にも気付かんアホには無理だって言ってるんだ。もっと鍛えろ。この馬鹿が」

そう言ってゴンと頭を叩いた。物理的な鎮火方法らしい。

「お前は俺が鍛えてやる。馬鹿な奴ほど可愛いと言うしな。いつか可愛く見える時が来る、かもしれん、たぶん？」

「先生……」

「おお、すまん。つい本音が。とにかく、俺が鍛えてやるから我慢しろ。それとな、シルト。お前はシウに友達になってもらえるよう少し下手に出ろ。そうだなぁ。お前の場合、目の前に憧れの女性がいるぐらいに思って、ちょうどいいんじゃないか」

レイナルドの言葉に、しらっとしたのはシウだけではなかったようだ。シンと静かになった。


レイナルドが「憧れの女性」から「母親に対する態度で接しろ」と言い換えたところ、シルトが怪訝(けげん)そうにシウを見た。まるでシウがおかしいかのようで、そのとばっちりにムッとする。何か言って返そうとしたら、抱っこ紐の中が動いた。

「みぁ」

「あ、起きちゃった？」

第六章

新入り希少獣

「みぅ……。みぅっ、みう！」

突然むずがり始めた。お腹が空いたのだろうと、魔法袋から哺乳瓶を取り出す。

「お、なんだなんだ？　子猫か？」

覗きこんできたレイナルドに、シウは小声で伝えた。

「一応、子猫ってことで」

「おっ、もしかして？　そうかそうか」

でれーっとした顔で覗き込もうとしてきたが、授業中だ。そう、授業中なのだ。さっきまでの騒ぎは一体なんだったのかと思うが、ともかく端に行こうとした。それをレイナルドが止める。その場に座れとまで言った。

「授乳が見たいから、ここでやれ」

「先生、授業は」

「そんなもんはいい。第一これだけ騒いでおいて今更授業もあるか」

「僕のせいですか？」

「ばーか、お前じゃなくて、シルトの野郎だ。おいこら、お前も小さな命が一生懸命生きてる姿を見ておけ」

不貞腐れて（ふてくさ）いるシルトの腕を引いて、座らせる。同時にブランカが鳴いた。

「みぅっ、みぅっ」

まだなのかとせがむように鳴くので、シウは慌てて哺乳瓶の先を咥えさせた。

「んくっ」

吸い付くと、んくんくっと喉を鳴らして飲んでいく。その勢いは生まれたてとは思えないほどだ。とても力強い。

時折、勢い余ってつるんと外れる。その度に不満そうに鳴く。

「みゅっ、みぅっみぅっ、みゅーっ」

「自分で口から外したくせに。ほら」

「んっ」

フェレスが目の前の一等席にでんと居座ってジッと見ている。その横、周囲にぐるりとクラスメイトが所狭しと集まった。皆、黙ったままブランカを凝視している。

「ぷぅ…みぅ……みゅぅぅ」

もう要らないと哺乳瓶の口から顔を離し、満足そうにむにゃむにゃと口元を動かす。そのままのブランカをフェレスに渡すと、彼は器用に口で受け取って床に下ろした。優しく丁寧に舐めてあげる。更にお腹を撫でるように舌で刺激し、ゲップも促す。

綺麗にするとまた舌を使って器用に口で咥え、シウの手に戻した。

「よし、偉いね。もうばっちり慣れたね」

「にゃ」

「トイレはまだかな？　もうちょっと後かな？」

刺激を受けたが今は出ないようだ。シウがそのまま抱っこ紐の中に戻したら、またウトウトし始めた。

「みぁ～っ」

ふわーっと欠伸(あくび)をしてむにゅむにゅと鳴き、目を瞑る。

見ていたクラスメイトたちから安堵(あんど)の息が漏れた。息を止めていたらしい。どこも同じだなあと、シウは苦笑した。


ブランカが寝入ると、シウは小声で事情を話した。今後の授業について聞くつもりでだ。この状況では授業を休んだ方がいいだろうと思ったし、その相談でもあった。

レイナルドの答えは、

「どうせシウはほとんど動かないだろ。このまま参加すればいいじゃないか」

と、あっけらかんとしたものだった。

「いいんですか？」

「そのうちチビも大きくなるだろうしな。それまでの辛抱だろ。シウにはやってもらいたいアレコレがいっぱいあるんだ。そうしようそうしよう」

「また変な作業をさせようとしてるんでしょ？」

「はっはっは」

「先生、お静かに願います」

クラリーサがブランカを慮って注意してくれた。レイナルドは肩を寄せて小さくなった。

「……フェレスも立派に子育てできてるようだから、少しの間なら任せられるだろ？」

「そうですね。もうちょっと慣れさせたら大丈夫かも」

「だったら、いいじゃないか。その都度対応すりゃいい。第一お前を今、手放す方が俺は困るんだ」

と言って見たのは、新しい機材の山だった。シウが呆れるのも無理はない。

それでもクラスメイトから、

「わたくしもシウ殿がいないと練習になりませんわ」

「あ、僕も。新しい技を覚えたのに見せる相手がいないよ」

といった優しい言葉が出たので、シウは有り難く子連れの参加となった。


それはそうとして気になることがある。シルトが目を見開いたまま、ずっとブランカを凝視していたのだ。悪意のある視線ではない。何かしようとしているわけでもない。

なにしろ、あのクライゼンでさえ目尻が下がるほど。乳飲み子には、良い意味での破壊力があるようだ。だから同じだろうと思いたかった。

ただ、シルトの様子は今までの誰とも違うリアクションだった。

ほんの少し、シウの背筋に悪寒が走った。シウは可愛い我が子を守るようにシルトの視線からブランカを守り続けた。

新入り希少獣

食堂でも、ディーノたちがブランカの誕生を喜んでくれた。周りにバレないよう静かに覗き込んでは、ほんわかした笑顔になっている。

さて、この日の「お弁当」はカレーだ。箱に詰めていないがシウの中では弁当である。

「うわー、良い匂いがする。これは？」

「スパイスを調合して作った、カレーという料理なんだ。フェデラル国のとある地方で食べられているみたい。これは僕の舌に合わせた配合になってるけどね。ブラード家でも研究を重ねて何種類も用意してるんだ。すごいよ〜」

「どういう風に？」

「カレーは単体でも美味しいけど、おかずになる具材を乗せても合うんだ。それに合わせてスパイスの配合も変える。味の濃い肉なら、あっさり目にするとかね。魚だと魚介ベースの下味がいいんじゃないかな、とか。さらっとしたスープ風もあるし、組み合わせは自由で、だからこそ難しい。料理人は楽しんで作ってるよ」

「へえ！　面白いね」

説明を聞きながらも早速食べ出す人がいて、はふはふ言いながら飲み込んでいる。

「ちょっと辛いけど、美味しい……」

「辛みは抑えてるんだよ。胃腸を労わるスパイスも入れてるから大丈夫だと思うけど、慣れないと辛いのは食べられないよね。でも、寒い時に唐辛子を食べると体が温かくなるし、夏に食べて汗をいっぱいかくのもいいらしいよ？」

シウはまだ経験がないので、夏に食べるカレーが今から楽しみだった。

「カツ以外にもトッピングを各種用意してるから試してみてね」

若い男性だからとカツを乗せて勧めたが、他にもいろいろあるのだ。クレールなら海老の天ぷらが気に入りそうだとシウが予想したら、その通りにお代わりは海老天を選んでいた。クレールのみならず、全員がカレーを気に入ってくれたようだった。

そのカレーの匂いが厨房まで届いたわけではないだろうが、フラハが食堂の端までやってきた。まだ昼時で食堂は忙しいはずなのに手伝いはいいのだろうか。

フラハは興奮した様子で鼻をくんくんさせた。

「おお、この匂いは！」

食べたいのだろうと思ったが、シウは首を振った。

「午後から打ち合わせですよね？　その時に皆さんの分も一緒にお出しします」

「そ、そうですか」

フラハは残念そうに肩を落とした。

生徒が食堂から出ていった食堂はガランとして静かだ。シウは約束通り食堂に残った。

第六章

新入り希少獣

厨房からは、料理人や給仕係が出てきた。手伝いの者は皿洗いなどの用事が残っており来ていない。フラハは事務方職員で管理者としての立場もあるため一緒にいるようだ。味見もしたいからだろう。しかも、

「そのぉ、味見ついでに僕らの昼食にしてもいいですか？」

厨房の職員だけでなく自分もちゃっかり入れて提案する。シウは笑って、魔法袋から料理の数々を取り出した。

「大皿に乗せてます。各自でおかずを取って食べてください。大皿の横に料理名を書いておきますね」

ついでに、参考メモも付けておく。たとえば、チキンカツにはタルタルソースや甘酸っぱいタレが合う。パンに挟んでも美味しい、といった情報だ。

更に、主食となるパンやご飯も用意した。どの主食に合うのかも書き足し、おかずの大皿もグループごとに分けて置いた。

「このあたりはロワルにいた時のもので、レシピを譲ったものです。今回のメニューからは外しますが味見ついでにどうぞ」

天ぷらや竜田揚げのレシピはドランに渡している。占有契約ではないが、念のためだ。それを聞いた料理長のドルスが残念そうな顔になる。味見して美味しかったらしい。フラハは「交渉しましょう！」と意気込んだ。

他の料理、茶わん蒸しやレンコンのはさみ揚げにもドルスは目を輝かせた。特に鮭を使

った料理に食い付いている。エルシア大河にも鮭に似た鱒がいるため、興味を持ったようだ。また、レンコンの効能について薬草師が広めているのを、ドルスも耳に挟んだらしい。これがあのレンコンかと、喜んでいた。

主食としてそっと端に置いていた蕎麦とうどんも、意外と受け入れられている。生徒や学校関係者の中にも食の細い人がいて、彼等にはこってり系の料理よりあっさり系が好まれるらしい。主食の数が増えるのも有り難いと好評だった。

シウの料理は醤油味が多いが、そこは問題なさそうだった。

「新メニューに必要なら全然構わないし、口に合うんだったらいい」

ドルスは新しいメニューにも抵抗がないようだった。全部を制覇しようと食べ続けている。コロッケやハンバーグも人気があり、これらは絶対に生徒にも受けるだろうと太鼓判を押された。

また、先ほどからフラハが気にしていたカレーを出すと――。

「おおっ」

出来たてのカレーは匂いが広がる。皆の視線が集まった。見た目の色にも忌避感はなく、ご飯とパンの両方で味わっている。

「美味しい！」

「不思議な味だが癖になるな」

「わたしはご飯と食べるのが好きだわ」

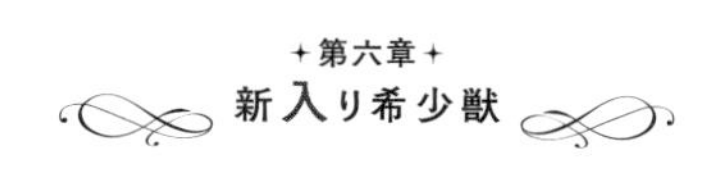

第六章 新入り希少獣

「俺はパンで食べる方がいい。ご飯を食べるなら、こっちの炊き込みご飯が好きだ」

手軽に食べられるおにぎりも出すと、これも好感触だ。

「なるほど、小さな具を詰めるのか。これなら食べやすい。研究室に籠(こ)もっている院生や先生方にも合うな。サンドイッチより腹持ちも良さそうだ」

サンドイッチは軽食として男性には好まれるが、女性は敬遠している。女性の手には大きく、両手で摑むとスマートではない。一番の理由はかぶりつくスタイルにある。女性からすれば「みっともない」。それも、考え方を変えればいいだけのこと。

「サンドイッチは、こういう風に小さく切って、一口大にします。つまようじで刺しておけば倒れませんし、それを使って食べられる。手が汚れないでしょう？　他にも、くるくるっと丸めて挿せば、見た目にも可愛いし食べやすいです」

言いながら、リュカのお弁当で作った残り物を取り出した。ハムとレタスを挟んだだけのサンドイッチだが、丸めて斜めに切った断面が美しい。興が乗って細工を施したつまようじも相まって、可愛く見える。

それらを見た料理人たちは猛然とメモを取り始めた。見ているだけでは覚えられないと思ったらしい。

シウは必要な材料について書き出したノートをドルスに渡した。ノートにはレシピも書いてある。その上で実際に作ってみようと厨房に入ったのだが、二品作ったところで止まった。

ブランカが鳴き出したのだ。

「すみません」

「い、いえ。それはもしかして、まさか」

厨房の皆が唖然(あぜん)としているので、シウは口元に人差し指をあててシッと合図した。

「狙われるかもしれないので、しばらく内緒にしておいてください」

「は、はい」

本来なら、厨房に獣を入れてはいけない決まりだ。しかし、希少獣の幼獣なら別だ。だからといって堂々と入らせるのもどうか。だから、厨房に入る前「浄化魔法を掛けるので入ってもいいか」と確認を取っていた。普段なら外で待たせているフェレスも一緒にだ。今の彼はブランカを気にして離れたがらなかったから、隠れ蓑(みの)のつもりだった。

結局ブランカは起きてしまったけれど、厨房の人たちはシウの「内緒」の意味に気付いて「絶対に言いません」と青い顔で約束してくれた。

シウは鳴いているブランカをあやしながら、レシピノートを見ていたドルスに、

「分からないことがあれば聞いてくださいね」

と言った。そして、臨時の料理講習が途中で止まったため、お詫(わ)びにと飴(あめ)を渡すことにした。

「これ、良かったら皆さんでどうぞ」

◆第六章◆

新入り希少獣

下働きの人も含めて全員に、色とりどりの飴が入った小瓶を渡す。

「え、いいんですか？」

作業テーブルの上に並べていくと、一人がそうっと手に取った。大事そうに持つのは、綺麗なガラス瓶が高価だと思っているからだ。シウは笑顔で続けた。

「瓶も中身も僕が作ったものなので気軽にどうぞ。いろいろな果実の飴を詰めてます。それとこれ、雪苺の実を見付けたのでジャムにしてみました」

ジャムの瓶も出す。こちらは全員分とはいかない。量が少ないからだ。その代わり、雪苺を使ったお菓子を出した。

「ロールケーキです。スポンジの間に生クリームと雪苺を入れてみました。足りると思うんだけど、皆さんで食べてみてください」

そう言うと喜んでくれた。

「雪苺なんて、採るのが大変だろうに」

ドルスが申し訳なさそうに頭を下げるが、シウは首を振った。

「そうでもないです。固まって生えているので楽ですよ。薬草採取の方が大変なぐらい。小さいから集めるのが大変だと思われるでしょうが、僕は魔法が使えるので」

笑うと、ドルスも笑った。

「そういや、坊ちゃんはここの生徒だった！　いや、魔法ってのは便利ですわい」

大きな声で、落ち着いていたブランカがまた鳴きだした。

「お、おっと、すまんです。あああ、鳴いてしまった」

おろおろしながら大きな体を縮めて謝るドルスに、見ていた皆は声を潜めて笑い合った。

最後に、分からない箇所があればロッカーにメモを入れておくか、シウが食堂を使う時間でと取り決めた。シウとの連絡係はフラハになった。

翌日は一日屋敷にいた。

リュカとソロルがそわそわしているので授乳を見せてあげたり、ブランカが寝ている間にお菓子作りをしたりと、ゆっくりとした穏やかな時間だ。

フェレスは屋敷にずっと籠もっているのに愚痴など一切零さなかった。忍耐強く、ブランカの傍を片時も離れない。ただ、シウが「見ていてね」と預けたブランカが途中で目を覚まし、みーみー鳴き始めて困ったらしい。どうしていいのか分からなくなったフェレスは、ブランカを咥えてシウに見せにきた。

その姿がおかしかった。爪先立ちで、そろーっと来たのだ。前世で観た古いアニメの泥棒みたいだと思うと、面白くて可愛い。シウはついつい笑った。

「ふみゅっみゅっ、みゅぅぅ～」

笑いながら、ブランカを受け取る。フェレスはホッとしたようだった。

「よしよし。どうしたのかなー。お腹が空いたのかな。トイレは――」

「にゃ」

「違うの？　あ、やってくれたんだね。ありがとう、フェレス」

フェレスはシウがいない時にはブランカのおしっこを舐めて処理してくれる。自然と分かるようだ。便はシウの担当で、刺激して出させ、レベル1程度の浄化魔法を使う。

フェレスには定期的に浄化魔法が発動するよう首輪に魔術式を付与しているが、それは彼が長毛種で汚れやすいからだ。それも常在菌を殺すような強いレベルのものではない。

浄化はしすぎても良くない。そのためブランカは自然に任せている。トイレの時だけ、部分的な浄化を使っていた。

「みぃ……みぃ……」

ふにゅっとシウの腕に足を置いて、甘えるように頭をくっつける。

「どうしたの？　寂しくなった？」

「みぃぃ」

親のように思っている主がいなくなり、鳴いてしまったのだろう。フェレスも赤ちゃんの時はよく鳴いた。少しでも離れると、捨てられたかのように声を上げたものだ。

「フェレス、ブランカは寂しかっただけみたい。病気じゃないからね」

「にゃぁ」

良かったーとホッとしている。フェレスが優しい子に育って良かったと思う。ちょっとおバカだけれど、可愛い。シウはフェレスを柔らかく撫でた。

「ブランカも、フェレスみたいな優しい子になるといいね」

「にゃ。にゃにゃにゃ、にゃにゃにゃにゃにゃにゃ」

優しくて、強い子分にする！　と、元気いっぱいに返ってくる。

フェレスは一体ブランカをどう育てる気なんだろう。ちょっぴり不安になったシウである。


風の日は商人ギルドに顔を出した。ブランカを紹介するのがメインだ。ついでに、しばらく特許は出せそうにないと説明した。

「そうでしょうねぇ。子育て中なら仕方ないわ」

ここでもやはり、ブランカを見る人の顔はうっとりしている。シェイラも秘書も一向に顔を上げない。そのままの格好でシェイラはシウと話していた。

「惜しいけれど、本当に」

「あの、直接ギルドに来なくてもいいなら別に。たとえば手紙でやりとりするとか」

「あら！　そうなの？」

「この子が小さい間は、なるべく本業以外に手を付けないでおこうと思っただけで」

「待って、本業って商人ギルドの仕事ではなくて？」

「えっ。あの、僕は一応冒険者です」

◆第六章◆

新入り希少獣

チッと舌打ちが聞こえた。

「シェイラさん……」

思わずシェイラの名を呼んだ。秘書も咎める視線を向けるが、シェイラはどこ吹く風で仕事の話を始めた。主に、特許の許可が下りた魔道具の報告についてだった。


午前中に商人ギルドでの打ち合わせが終わり、その足で冒険者ギルドにも顔を出す。フェレスは表で待たせた。馴染みの冒険者もいて、互いに話(?)をしている。

シウが掲示板を見にいくと顔見知りの冒険者たちと会った。いつもは遠い森に行くメンバーだ。この時間にいるのは珍しい。

「あれ、もう仕事は終わり?」

「今日は休みだ。例の、飛行板の訓練をするからな」

「あー、あれは練習しないとダメだよねえ」

「おうよ。楽しくてしょうがないぜ。例の冒険者仕様のも解禁されたから、最近は訓練場の取り合いだ」

本当に楽しそうに言うものだから、釣られてシウも笑った。今は時間待ちらしい。交替で時間を決めて練習しているとか。

「シウはこの時間から依頼を受けるのか?」

「いいのがあればね。学校の授業で魔獣の死骸を使うんだ。それを狩るついでに、依頼も受けようかなと」

「へぇー、学校で魔獣を使うのか」

「生態研究科だからね。解剖して勉強するんだって。そんなの、ギルドに来て解体の一つも手伝えば勉強になるけどね」

「だよなぁ！」

笑っていると、抱っこ紐の中がもぞりと動いた。

「みぅ」

「あ、起きた？　ちょっと待ってね」

「みぅん……」

「うん、なんだ？　ミャーミャー鳴いて猫の子か。可愛い、な……？」

「『猫の子』だよ。連れて来ているのは内緒でね？」

「わ、分かった」

彼はギクシャクと頷いて訓練場に向かった。首を傾げているが、まだ「猫の子？」程度の疑いだ。

このギルドにいる冒険者の多くは、シウが騎獣持ちだと知っている。だから「猫の子」に見えても「もしかしたら」と考えるだろう。ただ、ここの冒険者たちはシウを大事な仲間だと思ってくれている。大半はフェレスのおかげだろうが、ともあれ信頼関係はある。きっと、ブランカが騎獣だと知っても悪用しない。だからバレても大丈夫だと、シウは思っている。

布の上から撫でていると、ブランカはふわぁと欠伸をしてまた眠った。

その間に依頼書を選び、受付で処理するとフェレスを伴って王都を出た。向かったのは王都から三つ目の森だ。何度か魔獣狩りをした場所だった。そこで今回の依頼書にあったゴブリンを見付け出し、群れごと討伐した。

ついでに薬草を採取する。花芽の種類が変わっていてウキウキと集めた。興が乗ってきたシウは《転移》して、イオタ山脈やロワイエ山でも採取した。多くの草花が元気よく育っている姿は見ていて楽しい。夢中になっているシウの横で、フェレスは遊びにも行かず傍にいた。

途中、何度かブランカが目覚めて授乳したが、それ以外はすやすやと爆睡だ。魔獣を狩っていようと、全く平気だった。すでに大物ぶりを発揮している。フェレスも丈夫で元気な子だったが、ブランカは輪を掛けて豪胆な気がする。

もうひとつの卵石はどんな子が生まれるのか、シウはお腹にある卵石を撫でながら王都近くの森まで《転移》で戻った。

午後から動くには寄り道が過ぎた。ギルドに戻った時にはすっかり暗くなって、冒険者たちが飲みに行く話で盛り上がっている。シウも誘われたが、

「あー、しばらく夜は無理かな」

と、断った。残念がられたのでシウは謝った。

「ごめん。フェレスだけ行かせるわけにもいかないし」

「あっ、いや、目当てはフェレスだけじゃないんだぞ？　シウの話も面白いしな」

「そうそう。飛行板の話とかさ」

「今ちょうど、護衛に行ってた二級の先輩方が戻ってきてるんだよ。ついでだから紹介しようと思ってさ」

　有り難い話だが、やっぱり無理だ。シウはお腹の膨らみを撫でた。

「会ってみたいけど、生まれたばかりの子を夜遅くまで連れ回すわけにもいかないから」

　皆の目が抱っこ紐の中に向いた。誰も詳しく聞いてこない。箝口令が敷かれているのか申し合わせたように目を逸らす。

「そうだな。分かった。じゃあ、また今度な！」

「うん。ありがとう。じゃあね」

　いつもは騒がしい冒険者たちが小さな声になる。やはり事情を知っているらしい。どこかで聞いたのか上からの指示か不明だが、情報と仲間を大事に思う冒険者らしかった。

　光の日、シウは採取してきた薬草や木の実、花芽を処理するため屋敷に引きこもって過

✦第六章✦

新入り希少獣

ごした。二回目の養育ともなれば慣れたもの。シウがブランカを抱っこしたまま作業するのを見て、ロランドやメイドたちは「さすがですねぇ」と褒めてくれる。

本当は、久しぶりすぎてシウの心配性が少々出ていた。今は、ブランカがあまりにしっかりしているものだから気楽になったところだ。

この日はリュカの勉強も休みで、ソロルと一緒にシウの作業を見たり手伝ったりしてくれた。薬づくりが楽しいと、せっかくの休みだというのに二人とも張り切っている。リュカもソロルも素直で覚えが良く、効能を知ると興味深そうに作業を続けた。

午後のおやつも一緒に作った。どうせならと厨房で働く人の中から参加したい人を募ってみたら、当番以外の全員が手を挙げた。

皆で作ったのはサクサククッキーとスコーンだ。素人(しろうと)でも作り易(やす)い。厨房で働いていても料理をしない使用人もいる。皿洗いしかまだ任せてもらえない人とリュカやソロルは同じレベルだ。しかし、下拵(したごしら)えまで任せられている人は成形も上手にできていた。

シウが面白がって「お菓子の家を作ろう」と言い出したら、その下拵え担当が一番張り切った。シウの書いた設計図通りにクッキー生地を切りだし、焼いていく。色を付ける案も彼が言い出して、チョコや雪苺を混ぜるなどして作り上げた。

生クリームは料理人たちが作った。雪の代わりだ。やがて出来上がったお菓子の城を、皆が興奮して眺めた。達成感でいっぱいだ。

「すごい！　可愛いの！」

「そうだね。それに楽しかったね」

「うん！」

二つ作る予定でいたら、一つが崩れてしまうというトラブルにも見舞われた。それでも残った一つが想像以上に上手く出来上がった。あまりに綺麗なので提案してみる。

「せっかくだから、成功した方をカスパルに出してみたら？」

「えっ？　で、ですが、こんなものを出しても……」

「頑張って作ったんだし、美味しいからいいんじゃないかな」

どうかなとシウが料理長に視線を送ると、彼は「うむ」と頷いた。味見は失敗した方で済ませている。あとは見た目だけ。そして、お菓子の城は料理長の目に適った。

早速、デザートに添えて出されたが、結果はとても良いものだった。


皆で作ったクッキーやスコーンを頬張っていると、次々と交代でメイドたちが賄い室に戻ってきた。

「カスパル様にお出ししたデザート、とても可愛かったけれどシウ様が作られたのですか？」

「ううん、リランが作ったんだよ」

「えっ、そうなんだ！　すごいわね。カスパル様が面白がってらっしゃったわよ。今度のお客様に出すデザートにいいんじゃないかって。お子様がいらっしゃる方だから、一緒にお呼びしようかって思案なさってたわ」

「わ、そうなんですか？」

「良かったな、リラン！　そうと決まれば今日から特訓だ。お前がメインで作るんだから練習して頑張れ」

　料理長に背中を叩かれ、下拵え担当のリランは「は、はい！」と声を張り上げた。

　皆が笑う中、ちょっと不格好になったお菓子の城を食べる。メイドたちと一緒に食べようと待っていたリュカは、きゃっきゃと楽しそうだ。どこを食べるかスサと選んでいる。

「これ、苺だったー」

「わたしのは菜の花の味のクッキーですね」

「雪はクリームになっているのね。こちらはメレンゲかしら。面白いわ」

「柵は珈琲（コーヒー）が混ざってるのか。俺はこの味が好きだな。甘すぎないのもいい」

「メープル味の煉瓦（れんが）も美味しいわよ」

　皆でわいわいと楽しい時間だった。


　しばらくして仕立屋が来たからと呼び出された。カスパルが作るついでに、シウも採寸される。

「体に合うものを着るべきだ」

　というが、自作の服もエミナのお古だってある。シウが渋っているうちに、いつの間にか一式揃えることになっていた。どうやら、シウの私服に危機感を抱いた誰かがカスパルに告げ口したようだ。誰かは大体分かっている。学校や街に出る際の服装はスサが見てくれるからだ。シウは仕方なく受け入れた。自分にセンスがないのは分かっている。

ブラード家では、服は季節ごとにまとめて注文するそうだ。

メイドや従者のお仕着せも必要があれば一緒に頼む。お仕着せの場合は一度作ってしまえば長く使い続けるため、新しく入った人や体型の変わった者だけだ。といっても既製服に近く、そこまで時間も手間もかからないという。

シウの場合はカスパルやダンと同じ、完全な仕立物になる。細かい場所まで測られた。貴族の子息が着る服なら譲ってもらって大量にある。私服も一緒だったので、比較的シンプルなものを選んで着ていた。ただ、ヒラヒラしていて首元が詰まっているので、最近は自作のシャツを着ていたが――。

「このシャツ、そんなにダメなのかなー」

「過ごしやすそうだと思いますけれど」

スサが苦笑いでシウを見た。この日は、どこに出掛けるわけでもなかったからラフな格好だ。彼女はそれがおかしいのだろう。苦笑いするぐらいだ。着ていたのはTシャツなので、確かにラフすぎるとは思う。

シュタイバーンでもシャイターンでも前開きのシャツが多い。貴族の女性だと後ろで止めるブラウスやドレスもある。全体として、つるりとした生地が好まれているようだ。シ

第六章

新入り希少獣

ウは綿生地が好きだから、せめて下着や自宅で着る服ぐらいは楽なものが良かった。

ところが、綿ニットのように伸びる生地が見付からない。なければ作ればいいと自作した。ただ、生地を作るまでは実験気分で楽しかったが、服に仕立てるとなると難しい。生地自体の処理も悪かったのだろう。できたTシャツは洗うごとに型崩れした。特に襟元がよれっとなる。その代わり綿シャツの着心地は抜群だ。

他にも、デニム生地から用意して作業服を作った。分厚い生地だから生産作業をするシウにはもってこいだ。ポケットもたくさん作り付けた自信作だったが、これを最初に見たスサは唖然としていた。

そもそも、襟なしの服が有り得ないようだ。シウが「貴族女性のドレスは胸元が開いている、だから襟なしだよね」と言ったら「それはドレスだからです」と怒られたこともある。以降、スサに服の件で口答えはしていない。

「最近は三目熊(みつめぐま)の毛皮で作ったベストとかは着てないんだけどなー」

「ええ、そのようなものを着ていらっしゃったのですか」

「うん。あのね、三目熊の毛皮って高級品なんだよ？　それなのに、僕の格好を見た人が『山賊みたいだ』って笑うんだ」

「それは――」

スサは絶句し、それから笑い出した。ふと思い立って毛皮を取り出し、見せてみた。スサは「もうご自分で服は選ばないでくださいませ」と言って、しばらく笑い続けた。

シウの採寸が終わったところで、仕立屋の見習いを呼んだ。服装カタログのようなものがないか聞きたかったのだ。ところが、説明したシウに見習いは首を振った。

「そのようなものがあったとしても、門外不出でございますよ？」

「あ、そういうことか。店のオリジナルデザインを見せてほしい、という意味じゃないんだ。えーと？　規定に引っかからないような、目安が知りたくて。自作の参考にしたいというか、タブーが知りたいというか」

「ああ、そういうことでございますか」

部屋着(へやぎ)に戻ったシウの格好を上から下まで見る。見習いは何かを察したようだ。シウに頷いたあと、仕立屋の主人に耳打ちした。彼の指示を仰いでから、持参していた大型のカバンから紙を取り出してくる。

「原本ですのでお貸しすることはできないのですが、よろしければご覧ください」

「複写はしてもいいんですか？」

「はい。結構です。あの、その代わりと言ってはなんですが、現在お召しのものを拝見させていただけないでしょうか」

「あ、いいですよ。ちょっと待ってくださいね」

シウはその場で服を脱いで渡した。代わりにローブを貸してもらい、引きずりながらテーブルまで行く。そこで貸してもらった紙を眺めた。

第六章

新入り希少獣

仕立屋の主人が描いたらしい街の人々の様子があって、とても分かり易かった。シウが気がつかないような細かい書き込みがある。こうして絵にして見ると、人々の服装がどんなものかがよく分かる。

庶民の服も描かれているが中流よりも上の人たちだ。絵の多くは裕福な人や貴族が多い。仕立屋のターゲットになりそうな人ばかりを選んでいる。

男性服はシュタイバーンと同様に大きな違いはない。ジャケットのデザインが多少違うように感じるだけだ。シャツはどちらも襟付きになる。ラトリシアでは立襟に刺繍(ししゅう)が施されるなどデザイン性の高いものが多かった。それにネクタイのようなリボンが結ばれている。ふわっとしたスカーフも巻かれており、このあたりは北国にあるラトリシアならではだ。

女性も襟の詰まっているものが多かった。庶民に近いほどレースは少なくなるが、生地を何層にも重ねるなどして細かい襞(ひだ)を作っている。これがオシャレなのだろう。

「うーん、こういうのが可愛いのか」

悩んでいると採寸の終わったモイセスがやってきた。護衛は主に付いて外へ出るため、それなりの格好をしないといけない。今回はラトリシア風の夏服を作る予定だとか。

「何をやってるんだい」

「僕のセンスが悪いみたいだから、本職の方の情報を得ようとしてるんです」

「なんでまた、そんなことを。まさか自作するつもりか？　そりゃ止めといた方が」

シウは半眼になった。モイセスが笑いながら「ごめんごめん」と謝ったので、シウは事情を説明した。

「自分のセンスを磨きたいっていうのもあるけど、ちょっと気になって。そのー、フェレスって、疑いもなく僕の作るスカーフを喜んで着けてくれてるけど——」

「あー、あのレースのスカーフな。今だから言うけど雄にレースはないぞ？」

「うん、でも、まあ可愛かったから……。フェレスも可愛いって言われるの好きだし」

「だよな」

二人してフェレスのあれこれを思い出し、笑った。

「で、ブランカは女の子だから、フェレスの時みたいに『まあいっか』では可哀想(かわいそう)かなと思ったんだよね。それに、小さいうちなら服も着せられるでしょ。可愛いのを着せてあげたいんだ」

「おお、そりゃあいいな」

「でしょ？　小さい時しかできないからね」

服を着せると全体の体格が隠せるため、騎獣だとバレる機会も減るのではと考えた。

「そのブランカは今どこにいるんだ？」

下着にローブだけのシウを見て首を傾げる。

「フェレスがお守りをしてくれてるんだけど、そろそろ戻った方がいいかも」

気になって《感覚転移》で視(み)てみると、眠ったままのブランカを微動だにせず見つめていた。ジッとしているのが苦手なフェレスが頑張っていて、可哀想にも面白くも思う。

「とりあえず、複写させてもらおうっと」

魔法で写し取らせてもらう。モイセスはシウの魔法については慣れているから何も言わなかった。仕立屋の主人と見習いは驚いていたが。

その後、見習いにTシャツの素材について聞かれたので、絵を見せてもらったお礼として生地を渡した。

「アクアアラネアやグランデアラネアの生地も試したけど、肌に直接触れる部分はやっぱり綿が一番でね。僕は根っからの庶民だから綿の肌触りが好きなんだ。この生地もバオムヴォレを使ってるんだよ。だけどバオムヴォレだけだと伸縮しない。それでゴムから作りだした糸を交ぜるんだ。編み方にもこだわりがあってね。おかげでふんわりした肌触りになるんだ。その分よれちゃうのが悩みで――」

ついつい話し込んでしまい、見習いが困っているのに気付いたのは、しばらく後だった。

後で分かった話だが、アラネア系の生地は貴重なものらしい。貴族か、上級冒険者しか使わない。それだけ高価なのだろう。

ところがバオムヴォレの綿花はそれ以上だとか。根っからの庶民だと公言したシウがバオムヴォレを作業着にしていた。しかも見習いに熱く語った内容から、シウは仕立屋の間で「変な人」と呼ばれるようになったそうだ。

話しているうちに創作意欲が湧き、とりあえずでブランカにTシャツを作った。シウの着古したシャツを切って縫い合わせたものだ。よれっとしているが気持ちはいい。Tシャツを着せられたブランカは可愛かった。太い手足も布地に隠れ、抱っこ紐と併用すれば顔しか見えない。調整したらすっぽり隠すこともできる。これなら目立たない。抱っこ紐を着けているシウ自身は目立つけれど。

といっても、これまでもお腹に卵石を入れて外に出ていた。ぽっこり膨らんだお腹を二度見する人もいたぐらいだ。シウは自分の格好など一切気にせず、翌日もいつも通りに学校へ行った。ローブの下に着る服だけはスサが決めたものを選んだ。

教室に入るとミルトとクラフトが待っていた。相変わらず早い。

「先週はお疲れ様」

シウが声を掛けると「本当になー」と返ってくる。その言い方がしみじみしていて、よほど疲れたのだろうと同情した。

「実はさ、あの後もフロランに付き合わされてたんだ。現地で書き殴ってたメモをまとめたり、採取したガラクタの整理をしたり。フロランときたら、本っ当になんでもかんでも

✦第六章✦

新入り希少獣

持って帰ってきてるんだ。参ったよ」

「うわあ……」

「あの遺跡に罠があればなー。あれじゃ、楽すぎて経験値にならない」

「でも、ガスパロやククールスと話をしていたから勉強にはなったんじゃない？」

「まあな。やっぱり長く冒険者をやってる人の話は為になる」

　クラフトも頷いた。そんな話をしていたらクラスメイトが次々とやってきて、遅れてアルベリクも教室に入った。

　授業は先週の合宿についてだ。各自の調査で得られた情報や感じたことなどをまとめ、提出する。反省会もした。これは遺跡内での行動についてで、勝手に床に穴を開けたフロランが最初に注意を受けた。他にも行程の見直し、野営地での問題点などを話し合う。無理があれば遺跡調査にも響く。これらも大事な勉強だ。

　途中、一度だけブランカが目を覚ました。起きただけで大きな声では鳴かなかった。大丈夫そうだと思ったシウは、そのまま誰にも言わずに授業を受けた。

　授業が終わると、まだ起きていたブランカに山羊乳を飲ませてみた。口に含ませると、すぐに飲み始める。それにクラスメイトたちが気付いて「わっ」と声を上げた。すぐにミルトが黙らせる。目力だけで黙らせるミルトに、シウは笑ってしまった。

「んくっ、んっ」

ブランカは、誰も取らないのに必死になって山羊乳を飲む。シウが笑顔で見ていたら、やっぱり皆も同じような顔をする。本当に誰も彼もが同じだ。飲み終わるとゲップをさせ体を撫でて眠りに誘う。ブランカはすぐに「ほぁぁ」と欠伸をして眠った。

「かっわいいなぁ」

「猫の子？　拾ったの？」

「この時期に生まれてよかったよねぇ。寒い時だと大変だもの」

案外バレないものだ。ただ、彼等はちょっとおかしい。何故、気付かないのかとシウは思う。ミルトは気付いた一人だった。

「シウが卵石を持っていたのを知っているくせに、なんで分からないんだろうな。このクラスは変人ばかりだ。なあ、どうせなら隠しておこう。分かった時が見ものだ」

ミルトの提案を受け、シウも黙っていることにした。

午後の授業が始まる前に、シウは教室の隣にある準備室に寄った。頼まれていた魔獣をどうするか聞くためだ。

「先生、解剖するって言ってた魔獣はどうします？」

「もう獲ってきてくれたの？　助かるよ。じゃあ、教室の中央に置いてもらおうかな」

「全部？」

「うん、全部。ぜん、え？」

◆第六章◆
新入り希少獣

「いろいろな種類が欲しいって言ってましたよね？　できるだけ各種揃えました。それに失敗する生徒もいるんじゃないかと思って多めに用意してます」

「……よし！　シウ、君はちょっと自重って言葉を覚えよう！」

「先生には言われたくないです」

真面目(まじめ)に返したつもりだが、バルトロメは大爆笑だった。

それはそうとして、シウは彼にもブランカについて事情を説明した。やはり、クラスメイト以外には「猫の子」で押し通しておけとアドバイスされる。

「せめて数ヶ月は隠そう。一番可愛い時期だし、弱い時期でもあるからね」

「ですよね」

「二頭目だからねー。やっかみで手を出されても嫌だろ？　頑張って！」

にこにこと笑顔でブランカを覗き込む。その目がどうも危険に見えて、シウはひょいと身を躱(かわ)した。

「あ、ひどい」

「だって、先生の目が【マッドサイエンティスト】みたいで」

「なんだって？」

「常軌を逸した天才学者？　のような人のことです」

「あながち間違ってない気がするだけに、怒れないなぁ」

「そうですよね！」

自分で自分を理解しているバルトロメは偉いと思ったのだが、低い声で「シウ？」と名を呼ぶので慌てて部屋を出た。

でも間違ってはいないはずだ。バルトロメは魔獣の話になったら止まらないし、マニアックなネタを幾つも持っている。惜しげなく教えてくれるのはいいが、目を爛々とさせて語る姿はやはりマッドサイエンティストだった。そんな彼が同じような視線でブランカを見たら、シウが引いてしまうのも当然だと思うのだ。


シウが教室に入ると同時に授業開始の鐘の音が鳴った。思い思いに座っていたクラスメイトに机や椅子を退けてもらう。空いた中央に、魔法袋から魔獣各種を一体ずつ取り出して置いた。床には予めシートを敷いている。

「うわぁ……」

最初は魔獣の姿に喜んでいたクラスメイトも、三目熊が出てきたあたりで黙り込んでしまった。一応、シウも気を遣っている。広いとはいえ教室だから、大型の魔獣は何体も出せない。

人間組がちょっぴり言葉をなくしているのとは反対に、教室の後方で遊んでいた希少獣たちが騒ぎ出した。皆、きゃっきゃと楽しそうだ。そのほとんどが「食べてみたい」と言っているようだった。シウが、

「解剖が終わったら内臓をあげるね。新鮮だよ」

第六章

新入り希少獣

そう声を掛けると、きーきー、きゅーきゅーと喜んでいた。

一般の人にはよく不思議に思われるのだが、元の種族が草食系だとしても希少獣は雑食になる。好みももちろんあるので全員がそうとは言い切れないが、肉を食べるのは飼っている者ならば知っているはずだ。騎獣屋でも肉を与えていた。

一般人は知らないこともある。彼等が卵石を拾って育て、ギルドで登録もしなかったら勉強する機会などない。それでも狩りに出たら自然と覚えるはずだ。騎獣ならば狩った獲物の解体時に内臓を食べたがる。当然、この魔獣魔物(まもの)生態研究クラスなら知っているだろうと思った。

ただ、勝手に食べさせてはいけないから、確認のために皆の顔を見た。返ってきたのは驚愕(きょうがく)の表情だった。

「えっ、その内臓を食べさせるの?」

ルフィナが最初に聞いた。シウはもちろんだと頷いた。

「そうだよ。大好物だと思う。食べさせてあげてもいい?」

「え、魔獣の内臓だよ? えー、嘘。魔獣の肉でもちょっと、なのに」

何度も聞かれてシウは苦笑いするしかなかった。確かに内臓を食べさせるのに嫌な顔をする人もいる。以前、そんな顔でシウを見た騎士もいる。彼等は結局、騎獣のお願いに負けて許可してくれた。そう考えると、シウが思う以上に「上流階級の人に」魔獣の肉や内臓は忌避されているのかもしれない。

そこにバルトロメが入ってきた。魔獣の山を見て「おー」と感嘆の声を上げる。そして、話を聞いていたのだろう、皆に説明を始めた。

「以前にも雑学として、希少獣は雑食性だと教えたはずだがなー」

希少獣持ちを中心に見回し、続ける。

「特に魔獣の内臓は好まれるようだね。魔素が濃いらしい。たとえば騎獣を使って狩りをする場合、肉は売り物になるから敢(あ)えて食べさせないそうだ。その代わり、新鮮な内臓を与える。躾(しつけ)と称してね。でも本当は内臓はご馳走(ちそう)になるんだ。ああ、だけど、三目熊の肝臓は高価な薬になるので与えないそうだよ」

そう言ってシウを見る。後押しする意見が欲しいのだろうと、代わりに続けた。

「騎獣を使った狩りにはルールがあってね。たとえば狩った獲物をその場では与えない。食べるための狩りにしないためだ。獲物を狩ったら、それは主のものとして教え込む。その代わり、ご褒美に一番美味しい内臓を食べさせるんだ。そうすることで明確な主従関係も示せる。主従関係が必要なのは、いざという時に強い命令が出せるからだよ」

危険な場面で、主を置いて逃げろと強く命令できる。教育を受けた希少獣は主の命令に逆らえない。だからこそ、主は希少獣たちにとって良い主であらねばならない。

「そうだったのか……」

ぽつんと呟(つぶや)くような誰かの声のあと、セレーネが手を挙げた。

「ねぇ、じゃあ、たまに内臓を食べさせてあげた方がいいのかしら？」

✦第六章✦

新入り希少獣

バルトロメがシウに視線を寄越したので、シウが答えた。

「喜ぶと思うよ。新鮮なのをあげてね」

「どこで売ってるんだい、そんなの」

「そうよね、肉屋で仕入れるのかしら？」

「市場かなぁ」

「高かったらどうしよう。栄養価があるってことでしょう？」

「希少獣を飼っている時点で多少の餌代は仕方ないよ。今度、交渉してみよう」

皆、おかしなことを言いだしたので慌てて口を挟んだ。

「ほとんどの内臓は捨てるから、売ってないよ。肉屋で交渉してもいいけど、冒険者ギルドに行くのが一番だと思う」

「え？」

「本部の方には大きい解体所があって、常に誰かが解体してるよ。分けてほしいって頼めば捨てる部分はもらえるから」

「……もらえるのかい？」

「うん。薬に使う部位以外は基本的に焼却処分されるんだ。だから、欲しいって言ったら処分しなくて済むから喜ばれるんじゃないかな」

皆が一斉に驚いた。希少獣が喜ぶ内臓を捨てて処理している事実と、タダでもらえるという事実に。

「解体の手伝いもしたら更に喜ばれるね。勉強にもなるし、ギルドに会員登録していたら便利だと思うけどなあ。でも皆は貴族だから必要ないか」

常に解体要員を欲しがっているギルドを思い出して口にしたが、よくよく考えるとクラスメイトは働く必要がなかった。ところが、そうでもない発言が飛び出た。

「いや、でも、将来を考えたら会員になっておいた方がいいかもしれない」

「そうだよね。研究員になるとしても現地調査だってあるんだし。資格がないと入れない迷宮もある」

「別に冒険しなくても会員登録はできるらしいものな。だったらいいかも」

皆が感化されてきたところで、バルトロメがにこやかに締めた。

「よし、じゃあ皆で解剖してみよう。生で見るのは、本を読むのとは全く違うからね。いかに大変かよく分かるはずだ。同時に、生態研究の奥深さにも触れるだろう。とても大事な時間となるから、しっかり学ぶように！」

クラスメイトたちは真剣な表情で「はい！」と返事だ。後に阿鼻叫喚（あびきょうかん）となることを、彼等はまだ知らない。

解剖用魔獣は種類を多くと頼まれていたのでゴブリンも入れていたが、それはダメだと返された。人型なのが問題で、皆にはまだ早すぎるというのがバルトロメの言だ。シウも幼い頃は忌避感が強かった。それなのに、ゴブリン狩りに慣れてしまって思慮に欠けていたようだ。そっと、空間庫に戻した。

　お手本として、バルトロメが最初に解剖する。彼が選んだのはルプスだ。解剖しながら、ところどころで手を止めて説明する。以前も同じ内容を授業で聞いたはずだ。けれど目の前には色や匂いといった現実がある。生の情報は何物にも代えがたい。生徒は真剣な表情で話を聞いた。

　ルプスの解剖が終わり、バルトロメが次に何を解剖しようかと魔獣の山を見た。位置が変わって目に入ったのだろう。シウに「三目熊も要らないよ」と苦笑いだ。

「さすがに大きすぎるよ、これは」

「そうですよね。はい。あ、パーウォーは小さいですよ」

　慌てて三目熊を魔法袋に仕舞う。その時、中に入っている魔獣を思い出した。

「前に獲った巨大黄蜂や蜘蛛蜂があります。綺麗な形で狩れた魔獣は一部残すようにしてるんですけど、出しましょうか」

「……自重しような、シウ」

「毒がダメなんですか？　グランデフォルミーカはダメだろうと思ってたけど」

「えっ、グランデフォルミーカを持っているの？」

「はい。酸が欲しくて、まだ——」

　たくさん持っていると言う前に、しがみつかれた。

「売ってください、シウ君！」

先生なのに生徒に敬語を使うし、土下座せんばかりだ。シウが返事をする間もなくバルトロメが頼み込んでくる。

「お願い！　このあたりでは見ない魔獣なんだよ、すごく珍しいんだ！」

「あ、はい。じゃあお譲りします」

「やったーっ！」

小躍りし始めたバルトロメを、アロンソがそっと窘めてくれた。

「先生、授業中です……」

「あっ、あ、そうだったね！　じゃあ、ルプスの解剖を各自でやってみよう！」

数人ずつのグループに分かれて実習が始まった。シウは不参加で、バルトロメと同じ監督役にされる。

「だって、シウは慣れてるでしょ？」

という理由だ。バルトロメに倣って、シウも解剖の様子を見て回った。

皆、四苦八苦しながらもパーウォーやルプスの解剖に取り掛かる。

「シウが血抜きしておいてくれたから中が見易いし、汚れなくていいよね」

「あ、それだけどね。どっちがいいのか判断に悩んで、血抜きしてない魔獣も用意してるんだ。先生、使います？」

「そりゃあいい。勉強になるから出してくれるかい」

はいはいと、その場に取り出す。バルトロメはそれを、解剖に慣れてきた男子に任せた。

しかし、シウが心配した通り、辺り一面に生臭い匂いが広がった。それでなくても解剖中だ。内臓も避けているとはいえ洗わず置いてある。そのなんともいえない空気に気分を悪くする生徒が出てきた。換気はしていたけれど、それでも厳しかったようだ。

解剖の授業を受けた経験のある生徒でも「今回のように数は多くなかった」と、耐えきれずに部屋から出ていった。シウはバルトロメにもっともな提案をした。

「一旦、浄化しましょうか？」

生徒からの非難と嘆願（たんがん）めいた視線にさらされたバルトロメは「お願いします」と、静かに頭を下げた。

空気を入れ換えた教室で、今度は岩猪（いわいのしし）の解剖になった。岩猪も三目熊とまではいかないがそれなりに大きい。けれど、食材としてよく流通しているのと、中型サイズの解剖も必要だからと選ばれた。

解剖するのはシウだ。バルトロメに指名された。たぶん、食べたかったのだろう。失敗するかもしれない生徒たちには「触っちゃダメ」と言っていたのに、何故か監督役だったはずのシウを解剖係に選んだ。

とはいえ、失敗されて無駄になるよりはいい。シウには慣れた作業だ。さっさと進めていく。作業中、誰も口を挟まなかった。喋（しゃべ）っているのはバルトロメだけだ。岩猪の突進に必要な筋肉や脚力、それらに守られた可食部位と魔核の場所。魔核がどう機能して魔力となって排出されるのか。推論を含んだ説明が続いた。

あばらを割る時には専用の道具を使った。最近の解体は魔法ばかりだったので久しぶりだ。爺様にもらった大切な道具である。解体は部位によってナイフを変える。それらも全て爺様から譲られた品だ。小さい頃は手に合うものを作ってくれた。いずれ大きくなるだろうと種類は少なかった。今は爺様が使っていた数々の道具がシウの手に合う。

「食肉業者より綺麗なナイフ捌きだったね」

「ありがとうございます。岩猪はよく狩るので慣れですね」

「ねぇ、ここに避けたのは捨てるの？」

「使うよ。コラーゲンを取るんだ。骨は出汁になる。使い終わったら砕いて肥料にもなる。皮も業者に売れば買い取ってくれるね。牙も同じ。捨てるのって内臓と頭ぐらいかな」

魔獣の種類によっては頭にも売れる部位はある。薬の素材として使う場合が多い。

「そうなんだ。希少獣は頭は食べないのかな」

「他に何もなければ食べるみたいだね。ただ、忌避感はあるみたい。フェレスも倒す時なら噛み付くけど、食べようとはしないね」

すると、バルトロメがここぞとばかりに割り込んできた。

「その通り！　希少獣には『忌避感』があるんだ。人間だってそうだよね？　たとえ魔獣と言えども、生き物の頭を食べようとは思わない。それが、魔獣と理性ある生き物との違いだと言う人もいる」

「そう言えば、獣も魔獣の頭をあまり食べませんよね」

虫は別として、普通の獣は食べない気がした。バルトロメが頷く。

「本能と言えばいいのかな、そうしたものが根底にあるのだろうね。ただし、例外もある。魔獣を余すことなく食する文化もあるにはあるんだ。だから一概にダメだと決めつけられない。だけど、この感覚は大事だ。直感とも言えるかな。これは我々、人間に備わった大事な感覚だ。皆も覚えておくように」

ゴブリンのような人型の魔獣を殺すのに躊躇う気持ちが生まれるのも当然で。かといって、魔獣を見逃してはいけないという感覚も大事だ。

この気持ちを忘れてはいけないと、シウは改めて気付かされた。


質疑応答をしているうちに五時限目が終わった。

涎を垂らして待っている希少獣たちに、早速内臓を振る舞う。各自の主に渡し、彼等から食べさせてもらった希少獣たちは嬉しそうだった。

主の方は複雑だったようだ。可愛いハリーやゲリンゼルが美味しそうに内臓を頬張るのは、ちょっとだけショックだったらしい。

皆がワイワイしている間に、シウはバルトロメに解剖した岩猪をどうするか聞いた。というよりも、提案だ。

「これを使って、バーベキューとかやります？」

「いいの？」

「はい。そもそも先生、食べるつもりだったでしょう？」

「へへ。いや、ありがとう。シウ、僕は君が大好きだ！」

抱き着かれそうになって慌てて逃げた。ブランカが潰される。シウに避けられたバルトロメはしょんぼりしていた。

話し合いの結果、クラスメイト全員一致で次回の昼休みにバーベキューすると決まった。肉以外の材料は皆で持ち寄るとのことだ。シウは肉を保管する係になった。

そうして三々五々に生徒が帰っていくのを見届け、シウはバルトロメと約束していたグランデフォルミーカを取り出した。

「ここに置いていくの？　腐らない？」

「えっ、じゃあ、どこに置けばいいんです？」

「そうだよね。そうだよね……」

しょぼんとしている。仕方ないので、グランデフォルミーカを真空パックにしてあげた。

「これだと腐り難いです。解体したい時に開けてください」

「おお！　あ、これ幾らだろう。今の相場が分からないんだけど」

「ギルドを通してください。その方が楽だし」

「うん、分かった。今日の持ち出しにも色をつけておくからね。いやー、助かったよ」

子供みたいに嬉しそうに笑う。真空パックされているが、グランデフォルミーカを触ってニヤニヤしている。先生らしいところもあれば、こうした子供っぽいところもあって、バルトロメはやはり変わった人だった。

屋敷に戻ったシウは「客人が待っている」と告げられた。表の客間で待っていたのは商人ギルドのシェイラだった。来訪するような用事はなかったはずだ。シウは首を傾げた。

「どうしたんですか？」

「ええ、実はこの子が面白い物を持っていたのでね」

シェイラが振り返って秘書の女性を見た。彼女は肩を落として俯いている。

「はあ、なんでしょうか」

意味が分からずにいると、シェイラが鞄から小瓶を取り出した。

「この、可愛らしい小瓶。これに飴を入れてプレゼントしたとか」

「ああ、そういえば。あれ、でも、シェイラさんにも渡しましたよね？」

「生姜の飴ね。だけど、これとは違うわ。見て、この色とりどりの綺麗な飴を。しかも効能があるそうじゃない」

そういう意味かと、シウは納得して頷いた。以前、お疲れ気味のシェイラに生姜飴を渡したことがある。ただ、秘書の方はもっと可哀想だった。シェイラに振り回されているのは明らかで、シウはこっそり飴入りの小瓶をプレゼントした。それがバレたらしい。

シウは苦笑しながら立ち上がった。

「良かったら見てみます?」

二人を連れて賄い室に向かう。賄い室の棚には大きなガラス瓶が並んでおり、中には飴が詰まっていた。色とりどりで綺麗だ。シウは内心で自画自賛しながら、説明した。

「効能ごとに分けて置いてます。使用人のみんなには小瓶を渡して、好きなように取ってもらうという仕組みなんです」

「これが噂の!」

「噂?」

シウが問い返すと、シェイラがチッチッチと指を振る。

「ブラード家に出入りする商家の間で噂になっているのよ。元々こちらのお宅は対応が丁寧だと言われていたの。更に、午後の時間になるとお菓子まで出してもらえる。御者や付き添いの家僕にまで、綺麗で美味しい飴もくれる。だから、お使い事があれば我先にと手を挙げるそうよ。それを聞いたら商家の主たちも気になるでしょう?」

「あー、そうなんだ」

もちろん、お菓子を売る店は存在している。ただ、手間や材料の関係で少々高い。贅沢品だと言う人もいる。毎日おやつがあるというのは恵まれた家庭だけだ。商家の家僕なら若いはずで、お小遣いもあるかどうか。ブラード家に来たがる気持ちも分かる。

「『喉が痛いと言っていた家僕が、もらった薬草飴であっという間に治った』という話もあってね？　だからといって、貴族のお宅に『もっと欲しい』だとか『どこで売っているのか』なんて聞きづらいわ。で、わたしに相談してきたというわけ」

「そういう流れかぁ」

シウの飴は、使用人だけでなく出入りの人にも渡していいと言ってある。ちょっとしたお礼代わりに使えるため、メイドたちは気兼ねなく渡していた。相手が喜ぶと渡した方も嬉しいし、それを聞いたシウも嬉しい。

「どうかしら。ぜひ、このレシピを登録しない？」

「ですよね、やっぱり」

シウは笑って、幾つかの提案をした上で了承した。


シェイラに提案したのはこうだ。薬飴玉は薬師ギルドを通してほしい。

シウは薬飴玉を商家が売ることに反対だった。薬草師の仕事を奪うことにもなりかねない。何より薬草から作る食品は薬師ギルドを通すべきだと思うからだ。

シェイラは思案し、それもそうかと納得してくれた。

「その代わり、果実飴の方は商人ギルドを通します。特許は取るけど料金は取らないので勝手にやってください」

「それでいいの？」

「だって誰でも考えられるものだし」

「それでも普通の飴より舌触りがいいわ。味に濁りもない。きっと独自の作り方があるのでしょう？　試行錯誤したはずよ」

「そりゃあ、『これだ』と思えるようになるまでは時間をかけたよ。でも、いいんです。それに実は一つ、目玉商品になりそうなものがあって」

シウがニヤリと笑うと、シェイラも同じように笑った。

「そう、それでこそよ。ふふふ」

秘書に注意されていたが、シェイラは怪しい笑みを止めなかった。

シウは一度、部屋に戻ることにした。振りだ。二人には客間で待っていてもらう。

そして、さも「自室から持ってきた」かのように振る舞って、魔法袋から新作を取り出した。

「蜂蜜玉です。栄養価の高い木の実などを磨り潰してオイル状にし、蜂蜜を混ぜて作りました。以前、冒険者のための日持ちする堅焼クッキーを作ったことがあるんです。それをヒントに、より栄養価の高いものにしました。これの良いところは、どんな状況でも摂取できることです」

「どんな状況でも……。ああ、なるほど。咀嚼ができない場合にも使えるのね？」

「そう。舐めておけばいい。喉に詰まらせないよう小さめにしているのも、その為です。

これなら横になった状態でも栄養が摂れる」

もちろん誤嚥しないようにすべきだし、そこまでの状態ならば専門家が診るだろう。

「素晴らしいわ！」

「想定している購入者は冒険者です。あとは隊商や兵士、遠距離配送の人かな」

「そうね。購入してくれる人は他にもいるでしょう。それを掘り起こすのはわたしたちの役目よ。ところで、一粒でどれぐらいの効能があるかはもう？」

「調べました。成人女性に必要な一日の最低栄養素分ぐらい。一日三粒までなら栄養過多にならないかな。男性冒険者の場合は一回に三粒は必要だろうかと」

「たったそれだけでいいの？」

子供の小指の爪ほどに小さな飴を見て、シェイラだけでなく秘書も驚いた。

「栄養素をギュッと圧縮したんだ。本当はもう少し小さくできるけど、口に入れる行為が大事だからね。栄養を取り入れてるって気になるでしょう？」

「なるほど、もっともだわ」

「人間って、自分が思う以上に『気持ち』で変わるからね。病は気からという言葉もあるぐらいで」

「病は気から……。そうね、そうだわ」

その後、レシピと特許申請書類を渡すと、シェイラたちは帰っていった。

シェイラがいなくなると、賄い室にいた数人のメイドが、

「良かったぁ。これでシウ様の飴が出回りますね！」

と喜んだ。どういう意味かと思わず声が出る。

「足りなかった？　なくならないように詰めていたんだけど」

「違いますよう。あのー、実は、知り合いになった他家のメイドさんたちに羨ましがられていたんです。シウ様はお優しいから『あげていいよ』なんて仰るかもしれませんが、そこは線引きしておかないとダメです。わたしたちなりにルールを作っていたんですよ」

「そうだったんだ」

「カスパル様が前に仰ってました。人の優しさを当然だと思ってはいけないよって。よくしてもらっていることを当然と思うようになったら、人間がダメになる。だから常に自分を戒めなければならない、と」

「そっかあ。僕も気を付けよう……」

「あのぉ。シウ様が気を付けるのではなく、わたしたちが、ですよ？」

「うん。でも、僕も反省しなきゃ」

「ちょ、ちょっと、しょんぼりしないでくださいよう。わたしが苛めたみたいじゃないですかー」

わたわたと手を動かすのを、他のメイドが笑って見ている。慰めの言葉も飛んで、それを聞いているとシウも落ち着いた。ともあれ、人の優しさの上に胡座を掛かないよう、気

を付けようと思った。

ブランカの夜中に目覚める回数が減った。よく眠り、元気だ。

まだ遊びまわるほどではないが「目が覚めている間はずっと鳴く」こともない。お腹が空いた時は元気よく鳴くけれど、それ以外は手のかからない子だった。火の日の授業でもそうだったが、水の日の生産科ではもっとうるさかったのに気にせず眠っていた。シウが製作に没頭していても起きない。

有り難いが、それはそれで心配になる。チラチラ覗いているとレグロがやってきた。

「乳飲み子抱えて授業を受けるか。お前さんは何から何まで規格外の奴だな」

シウは思わず「すみません」と謝った。

「まあ、自分の子を抱えて授業を受けた猛者(もさ)も過去にはいたがな」

「すごいですね」

「おうよ。留学生だっつうのに全く周りが気にならないんだ。平然としてな。口も達者でよぉ。でもまあ、今では立派な教授だ。いや立派か？　変な格好してよぉ」

シウは首を捻(ひね)った。思い当たる人がいたのだ。

「もしかして、それって、オルテンシア＝ベロニウス先生のことですか？」

「おう。それだ。って、知っているのか？」

「えーと、間接的に？　お世話になったというか」

「あいつ、変人だろ？　俺みたいに普通の奴からしたら、理解できん」

レグロが普通だとは思えないのでシウは曖昧に頷いた。

「ところで、今日のそれは何だ？」

「レース編み機です」

「……相変わらず、お前さんは、ふらふらと一貫してないな！」

「でも、これができたら単調なレースは機械に任せられるので、編み師はもっと自由な作品が作れるはずです！」

「お、おう。ていうか、お前は一体どこへ行こうとしてるんだ。でもまあ、面白そうだから頑張れや」

「はい！　今度、この子のおくるみを作ろうと思っているので楽しみです」

レグロは頭を手で押さえて去っていった。


ブランカの授乳を済ませてから食堂に行くと、その頃にはもう彼女は深い眠りに就いていた。食堂で起きると目立ってしまうのでちょうどいい。そう思っていたが――。

「小さくて可愛いなぁ」

「ああ、本当に可愛い……」

第六章

新入り希少獣

いつもの昼食メンバーが代わる代わる覗き込んでくるから、周囲の生徒が何事かと見ている。なるべく視線を避けようと、シウは死角となる席に座り直した。

そして、持参した昼食を取り出そうとしたのだが、職員のフラハがすっ飛んできた。食堂が用意した料理を味見してほしいという。どうせなら、シウだけでなく他の面々も試食に加わってはどうかという話になる。すると、聞いていたらしい他の生徒が、

「何故、そいつらだけ新メニューを食べられるんだ」

と言い出した。彼等からすれば、一部の初年度生たちに食堂が無料で提供しているように見えるだろう。シウはにっこり笑った。

「僕が考えた料理を食堂で出すことになって、その試食でもあるんだ。ここにいる友人たちは僕の料理を口にしているから、味見を頼んだんだよ。もし良かったら君たちも試食してみる？　その代わり、どんな料理が出てきても文句を言わずに食べてね。もちろん、感想も。感想をくれないなら味見の意味がないからね」

「わ、分かった」

早口だったシウの言葉をちゃんと理解して引き受けたのが半数。そこまでしたくないと断った残り半数が離れていった。フラハには事後承諾になったことを謝り、その上で、

「味見用に作った料理を大皿で持ってきてください。こちらも比較の分を出します」

と、提案した。並べておけば比較もしやすい。フラハは納得し、取りに戻った。

待っている間に皆でテーブルを繋げてセッティングする。フラハたちが大皿を運んでく

る頃にはシウの作った料理の数々も並べ終わっていた。

「あ、これは明らかに味が違うな。俺はシウの方の味が好きだ」

「こっちはラトリシア風にアレンジしてるのか。意外と美味しい。これはこれでありだ」

わいわい話しながらメモに書き込んでいく。飛び入り参加した生徒たちも一緒にだ。

「俺たち、前から気になってたんだ。いっつも美味しそうな匂いをさせてるからさ」

「別のクラスの奴が食堂の職員にお願いしたって聞いて、嬉しかったもん」

「君、シウだっけ？　すごいよね。これ、滅茶苦茶（めちゃくちゃ）美味しい！」

この食堂にいるのは下位貴族の子弟が多い。あとは商家や役人などの子だ。話していても仰々しさがなかった。また同じ料理を一緒に食すことで連帯感のようなものが生まれた。一気に雰囲気が良くなったのだ。

素直な意見も飛び出て、感想を聞こうと近くにいたフラハや料理長も喜んでいた。食堂の人たちは生徒の舌に合うよう、生徒の為にと思って作っている。しかし、生徒がどう思っているかはなかなか聞けない。だから、こうした場は貴重だ。

カレーが出てきた時には一際大きい声が上がった。そのせいで二階のサロンにも声が届いたようだが、ちらっと見られただけで何もなかった。

カレーについては当初、賛否両論があった。斬新すぎたようだ。何故か、最終的に反対派が寝返っていたのが面白い。賛成派の「新たな味への挑戦」に洗脳されたらしい。目を瞑って食べているうちに「意外と美味しいかも」と言い出した。フェデラル国を知っている生徒は「あっちの方にはこういう味が多いよね」と平気そうだった。

「実はね～、カレーにニンニクを入れるともっと美味しくなるんだよ～」

シウが言うと、皆「うわー」と頭を抱える。ニンニクが好きな男子は多い。

「でも匂いがさぁ」

しかし、匂いを気にする男子も多いのだ。数少ない女子生徒への遠慮もあるようだ。シウはすかさず、匂い消しの飴を取り出した。

「じゃーん。これでニンニクの匂いが消えるよ！」

「おおー。って、やばい商品を売りつける商人みたいだよ、シウ」

商人の息子コルネリオに苦笑されつつ、シウは年頃の男子たちに飴を配った。


午後の授業でもブランカは静かなものだった。誰も気付いていない。もちろん抱っこ紐を着けているし、お腹にはまだ卵石が一つ入っているから「あの子はいつもお腹に何か入れている」と思われているだろうが、それも当たり前の景色になっていた。

授業が終わると、シウはしばらく寄らないと報告した商人ギルドに寄った。書類を提出するだけなので、二言三言話すだけで帰宅した。

提出したのは飴の新しいレシピだ。昼食時に男子たちと交わした会話で、匂い消しに需要があるのではないかと思った。元々は山中で狩りをする時にどうかと、手慰みに作ったものだった。それを複数属性術式開発の授業中にレシピを一般的な素材で作れるように手直しした。

名称は《消臭飴》と《強力消臭飴》だ。前者は胃の中や口臭を消す。エチケット目的だ。後者は体全体の匂いも消す。冒険者に向いているのではないだろうか。ただ、体全体の方は、舐めた直後ぐらいしか効かない。そこはなんちゃって機能である。本当に消臭したいのなら、術式を付与した魔道具の方が長時間効くはずだ。魔核や魔石の威力である。

ところで二言三言話した内容の中には、薬師ギルドに話が通ったという件もあった。薬師ギルドにはレシピ登録といったシステムはなかったが、そこは商人ギルドが手助けするようだ。ノウハウを教えるらしい。特許システムは、シウにとっては一業者に独占されないためのものだ。レシピは自由にしてもらっていい。料理と同じく、切磋琢磨していけばよりよいものが生まれるだろう。やがて、庶民が気軽に手に取れる時がくる。それが楽しみだった。

ブランカが目を覚ましていられる時間が徐々に増えてきた。目も見えているようだ。シウを見付けると嬉しそうな顔をする。必死で手を伸ばそうとする姿が可愛い。
今はこんなに小さなブランカも、成獣になればフェレスより大きくなる。フェレスがブランカのことを子分の子分だと言っているので、少し可哀想な気もした。もっとも、自分

◆第六章◆
新入り希少獣

より大きくなってもフェレスは気にしないかもしれない。どうなるのか分からないが、彼が傷付いてもすぐに気付けるよう、見ていてあげたい。

その日は雨降りで、何もせず屋敷で休んでいたせいか、なんだか感傷的になったシウである。


金の日になると、学校があるのでいつものシウに戻った。いつものように先にミーティングルームへ寄るとプルウィアがいた。

「おはよう。そういえばこの間、授業に来てなかったね」

「ああ、生態研究ね。午前中の授業が押してて行くのが面倒になったの」

そういうのはアリなんだろうか。シウが首を傾げていたら、プルウィアが近付いてきて抱っこ紐の中を覗いた。

「やっぱりね。今度も騎獣なの？　フェーレースかしら。いいわね」

そんな風に言って笑う。

「生態研究の子たち、みんな騒いだんじゃない？」

「まだ生まれたばかりだからか遠慮してたね。チラッと見て、それぐらい」

「そっか。そうよね。成獣前は絶対に他の人に抱かせたりしないものね」

自分の希少獣を見て頷く。レウィスもプルウィアを見つめている。気持ちの通じ合っている者同士が心で語っているように見える。素敵な関係だと眺めていたら、プルウィアがぐるんとシウの方を向いた。

「あなたも絶対に誰にも触らせちゃダメよ」

「うん。あ、でも、フェレスには任せてるけどね」

「フェレスに？　え、騎獣に騎獣を？　騎獣が騎獣をかしら。うーん」

「お風呂の時とか助かるんだ。頼りになるよ。ね、フェレス」

「にゃ」

自信満々に「そうだよ」と返ってくるので、シウは笑った。

「気楽ねぇ。まあ、最初のフェレスで慣れてるんでしょうけど。あ、そうだわ」

ずいっと身を寄せ、小声になった。

「ククールスと会えた？　あの人、里から追い出されたかもしれないのよね」

「そうなの？」

「わたしもシーカーへの進学時に怒られたけど、まだ一応戻ると思われてるから許されてるの。でも、彼は冒険者になったでしょう？　わたしは里の仕事についてはよく知らないんだけど、なんだか前から揉めていたみたいよ。ちゃんと仕事をしないだとか」

ククールスは本当に里の仕事を受けるつもりがないのだ。シウは視線を落とした。

「里から縁切りされたエルフって放浪するしかないし、ちょっと気になってるのよね」

「心配なんだね」

「まあ、将来の自分かもしれないから。彼を反面教師にして賢く生きないと、ね」

彼女も思うところがあるようだ。

「仕送りが必要だし、今は従うわよ。でも、あの里だけに囚われる必要はないんだって気付いちゃったから」

「気を付けてね」

「ええ。あ、誰にも言わないでね？　あなたはククールスの友達だし、精霊たちもあなたを好きみたいよ。だから信じたの」

「ありがとう。ところで、プルウィアも精霊が見えるんだね。僕は全く全然これっぽっちも見えないんだ」

「力説しないでよ。おかしな子ね。でもまあ、精霊が見えない人は多いわ。諦めなさい」

ふふんと自慢げだ。シウはがっくり肩を落とした。

「ハイエルフでも見えない人はいるのよ。だから仕方ないわ」

慰めの言葉らしいが、声に笑みが籠もっている。シウはむくれた。

「そのうち、精霊が見える魔道具を作るから」

「そんな俗物的な。無粋だから、やめなさいよね」

やり合っていたら、エドガールが来た。そろそろ授業の時間が近い。シウはプルウィアとそこで別れ、エドガールとドーム体育館に急いだ。途中エドガールに、

「彼女と仲良くなるなんて、やっぱりシウってすごいね」

と、感心された。プルウィアは高嶺の花として有名らしかった。

体育館に入るとシウの下に人が集まった。目当てはブランカだ。シウではない。

「可愛いですわね……」

クラリーサがうっとりと呟けば、皆もうんうんと無言で頷いた。その後ろで、ルイジがフェレスの頭を撫でている。

「もちろん、お前も可愛いからな。嫉妬するなよ」

慰められたフェレスは「にゃ？」と分かっていない。その間も皆のブランカ熱は続く。

「口をぱかーっと開けて寝てる」

「また起きて乳を飲まないかな？」

「おい、起こすなよ」

皆が小声で話しているとシルトが体育館に入ってきた。シウに気付くや勢いよくやってくる。皆、警戒しながらシウを守る位置に着いた。が、その必要はなかった。

「俺が悪かった。その、もう、突っかかったりしないから……」

シルトが頭を下げた。本心のようで、シウは皆に場所を空けてもらった。シルトは、おそるおそる近付き、シウにもう一度頭を下げた。ところが、上げた時に視線が彷徨(さまよ)った。チラチラと、シウが胸に抱いた布の中身を気にしている。

「え、偉そうな態度を取って申し訳なかった。まだ、どうすればいいのか分からないから、間違っていたら指摘してくれ。そ、それで、できれば、俺と、友人に、だな……」

第六章

新入り希少獣

どう見てもブランカ目当てなのは明らかだった。それでも、あのシルトがこうして頭を下げ、自ら「友達になってほしい」と言えるのはすごい。その変わりようにクラスメイトたちも力を抜いたようだった。

「つまり、だな。友人に、なってもらえないか」

「最初はクラスメイトとしてね」

「あ、う」

「まずはレイナルド先生に扱かれて、礼儀作法を学んで、アラリコ先生の補講を受けてみたらいいんじゃないかなーと思う」

「分かった」

素直な返事にシウは笑った。それからブランカが見えるようにした。

「まだ生まれたてだから抱っこはさせてあげられないけど、見るだけならいいよ」

「あ、ああ」

ごくっと喉を鳴らすのは止めてほしいが、獲物を見るような目ではなかったので注意は止めた。ほんの少し警戒心は残す。なにしろ先週、シウはぞくっと悪寒がしたのだ。

「ち、小さいな」

目玉が落ちるぞというほどに目を見開いて、ジッと見る。シウの勘は当たっているかもしれない。ブランカの一番近くにいたクラリーサも引いている。それすら気付かず、シルトは一心不乱にブランカを見つめた。

その時、何の因果か、ブランカがパチッと目を覚ました。

「う、うお、可愛いっ！」

シルトの声か、あるいは興奮した顔に驚いたのか。ブランカは、すっと息を吸い込んだかと思ったら大声で鳴き始めた。それも、ぎゃん鳴きだ。

「ふみゅ、みっ、みゃっ、みぁっーっみぁーっ！」

シウは慌ててシルトから離れた。フェレスはその声を聞くや尻尾を膨らませ「敵はどこだ！」の状態でぐるぐる回転してしまうし、シルトはブランカの様子に呆然自失で座り込む。周囲の生徒も慌てふためき、大変だ。とはいえ、慌てふためいたのはフェレスが動き回ったからで、クライゼンとコイレは主が抜け殻だからだ。

収拾の付かない状況を止めたのは、レイナルドだった。彼は事情を察すると、厳かに告げた。

「シルト、お前はブランカが起きている間、顔を見せてはいけない」

本人にも顔が怖い自覚があるのか、シルトはレイナルドの厳しい宣告を受け入れた。


授業は悄然としたシルトを無視して進んだ。

授業の間、ブランカはフェレスに任せた。鳴き疲れて眠った彼女をフェレスのモフモフお腹に乗せたら気持ち良さそうだった。

フェレスは違った。シウが「ジッとして動いちゃダメだよ」と言ったせいで、授業の終

わりに見たら体が固まってしまったらしい。起き上がった時にぷるぷる震えていた。変な格好で横になっていたようだ。

「ごめんね？」

と謝ったけれど、あまりに面白い格好だから笑ってしまった。フェレスはしばらくの間おかしな歩き方をしていた。

フェレスを見て笑っていたのはエドガールもだ。いつものように連れ立って食堂へ向かっていると、シルトたちも後ろから付いてきた。シウが「何？」と振り返ると、

「よく気付いたな！」

と、威勢良く返ってくる。が、シウが視線を胸元に落とすと、ハッとして肩を落とす。ブランカに鳴かれたのが相当ショックだったようだ。それでも、そろそろとシウの後ろを付いてくる。シルトは放っておくと将来ストーカーになるタイプかもしれない。シウは失礼なことを考えた。失礼ついでに、今のうちになんとかしておこうとも思った。

振り返って、手招きする。ついでにお目付役のコイレも呼んだ。

「ちゃんと礼儀正しくしていられるなら、お昼一緒でもいいよ。どうする？」

「します」

きちんと頭を下げたので連れていくことにした。隣ではエドガールが笑いを噛み殺していた。

第六章

新入り希少獣

いつもの席にいつものメンバーと、それ以外にも人がいた。先日知り合った生徒たちだ。

「よう、シウ。今日はギリギリだったんだな」

「うん。授業が長引いて。皆、どうしたの？　また試食の会？」

「いや、新作メニューの一部公開ってことで、半額で出すみたいなんだ」

ディーノがそう言って食券を見せてくれた。

「そう何度も大人数の試食は用意できないんだろ。でさ、もうまとめて買ってるから。普段のお礼だ」

「わ、そうなんだ。悪いね、ありがとう」

「おー。で、もう完売したみたいだ。今日の『新作』はハンバーグらしい」

ディーノの言葉を補完するように、コルネリオが続ける。

「三種類作ったそうだよ。人気がなければメニューから消えるみたい。投票制にするんだってね。これもシウがロワルの祭りでやったのと同じ仕組みだね」

「うん、そんな話もした」

「相変わらずだなー」

話しているうちに昼の鐘が鳴った。同時に食堂のカウンターが開く。シウにはブランカがいるからと、顔見知りになった生徒たちが取ってきてくれることになった。これも先日の「お礼」らしい。ディーノやクレールには従者がいるから彼等が取りに行く。

シルトは通常の食堂のメニューを買ってきていたが、シウたちのメニューを見て物欲しそうだ。それでも何も言わないところを見ると、レイナルドに相当絞られたのだろう。以前の彼なら寄越せと言いそうな気がした。そうなると我慢しているシルトに同情めいた気持ちになる。

「半分こにする？」

「え、でも、いいのか？」

「お弁当、持ってきてるんだ。あ、そうだ、だったらお弁当を食べない？　これは僕が味見しないとダメなんだよね、たぶん」

「そうだよ、シウ。君が考案したのだから君が食べないと。料理長に怒られるよ」

「あ、だよね。じゃあ、同じハンバーグを食べてもらおうっと。待っててね」

と、お弁当とは別に、以前作ったハンバーグを取り出した。シルトだけではない。コイレとクライゼンにも用意する。

「あ、ありがとう」

「わたしたちにまで、申し訳ありません」

「……ありがとう、ございます」

クライゼンは困惑げだったが、他の二人は嬉しそうだ。尻尾が揺れている。それも食べ始めたら、三人全員の尻尾がブンブン振られた。尻尾のある獣人族は分かり易くていい。

「美味い！　なんて柔らかいんだっ！」

「分かったからさ。君ら、もうちょっと静かにしような？」

ディーノに怒られるとムッとしたシルトだが、シウが見つめているのに気付いて顔を背けた。それから小さい声で謝った。

皆が楽しげに食べていると、匂いに気付いたブランカが目を覚ました。鼻がくんくんと動いて可愛い。みゃぁみゃぁ鳴き始め、シウは哺乳瓶を取り出した。口に付けるまでの一瞬も待てないように、体が動く。ようやく含むとすごい勢いで飲み始めた。

途端に、全員が食べるのを止めた。

「んぅっ、んくっ、んっ」

前肢が宙を押す。そこには何もないけれど、押せば出ると体が教えるのだろう。

皆がメロメロになって眺めている。一番はシルトだったとシウは思う。ハッと我に返った一人がシルトの顔を見てギョッとしていたから。

それぐらい、ブランカには破壊力抜群の可愛さがあるということだ。

He is wizard, but
social withdrawal?

第七章
我が儘なのは誰

He is wizard, but social withdrawal?
Chapter VII

屋敷に帰るとロランドから手紙を渡された。

「招待状……？」

嫌な予感で裏返すと王族の封蝋だ。読むと「約束通り飛行板を習得したので見せてやる」というような内容が、難しい言い回しで書いてある。表向きは「遊びに来い」だ。

シウはロランドに念のため確認した。

「ヴィンセント殿下からのお誘いでした。断るのはダメですよね？」

「さようでございますね」

ロランドも困惑顔だ。遊びにおいでと言われている以上、断れない。後見人のキリクは領地に帰ったし、シウが一人で行くしかないだろう。カスパルに付き添いも頼めない。彼は厳密には貴族の子息だ。彼自身に爵位があるわけではない。もちろんラトリシアに留学中の身だから、ブラード家代理としてパーティーには顔を出せる。それと、王族に会うのとは別だ。付き添いには、それなりの身分か信用が必要になる。

シウは以前もお世話になったテオドロに手紙を書くことにした。話だけでも通しておいた方がいい。彼はオスカリウス家と昵懇で、シウの代理人も務めてくれた。

手紙はロランドに添削してもらい、リコが届けてくれた。ソロルも一緒に連れていった。貴族家とのやりとりを覚えるいい機会だそうだ。

ほどなくして返事を貰った二人が戻ってきた。その頃にはカスパルも帰宅して、ロランドと一緒になってテオドロの手紙を見てくれた。

「私的なお誘いだから付き添いなしでも問題はないそうだ。もちろん、付き添いが必要なら後見人代理として共に行く算段は付けられる、と。ただ『あまり過剰な対応をすると嫌がられる傾向にある』ともある。……そんな人柄なのかい？」

カスパルに聞かれ、シウは思い出しつつ頷いた。

「神経質っぽいですね。猜疑心も強そう」

「ふむ。では、テオドロ殿に付き添いを頼むのは止めた方がいいだろうね」

「そっかー。仕方ないので一人で行ってきます」

「フェレスはどうするの？」

「連れていくよ。一人でって書いてあるけど僕にとってフェレスは一心同体だし、それは相手も分かって、覚えてるよね……？」

「顔を繋ぐ原因となったのだから覚えているだろうが」

カスパルが眉を顰める。王族の傲慢さを知っているからだ。もっとも王族に限らず、こちらが知っていても相手が忘れている、というのはよくある話で。

「まあ、頑張ることだね、シウ」

「はーい」

溜息を吐いたら、カスパルとロランドに笑われた。

「では、手土産用に何か用意させよう」

「あ、作るからいいよ。何か、捻りのあるものにしようっと」

「いいのかい、それで」

「いいよもう」

手堅い土産となると、結局は王室御用達の店になる。それだと、ありきたりだ。ならば自作の方が目新しくていい。ヴィンセントのお付きの人には「手作りなんて」と怒られるかもしれないが、急にお呼ばれした意趣返しとして良いのではないだろうか。

ということでストレスを発散すべく、シウはやりたい放題に作り倒した。

段々興が乗ってしまい、夕食もシウが作ってしまった。料理長が「そのまま出そう」と推してくれ、カスパルの食卓に上る。

この日は和製中華シリーズだ。酢豚やエビチリ、蟹玉（かにたま）あんかけなどを作った。思い出しながら作った割には意外と上手（じょうず）にできた。

ところが、食べ終わってから餃子（ぎょうざ）を作っていないことに気付いた。中華と言えば餃子だと思っているシウにとって、忘れてはならないものだ。次こそ作ろうと、心のメモに書き込んだ。


翌日、朝早くにテオドロが馬車を寄越してくれた。本人もいる。彼はシウと一緒に王宮へ行ってくれるという。

「殿下との面会には付き添わない方がいいけれど、わたしが一緒に王城まで赴いたという事実は大事だ。貴族の後ろ盾があると印象づけられるからね」

「お世話かけます」

「なになに、楽しいものだよ」

そう言ってブランカを見る。テオドロも二頭目の騎獣にびっくりしていたが、すぐにメロメロになった。新調した抱っこ紐とレースのおくるみに包まれたブランカは愛らしい。

「こうなれば、ぜひ殿下に祝福をもらうといい。万全の後ろ盾となるだろう」

「頑張ってみますけど～」

シウの気の抜けた返事にテオドロは苦笑した。「綱渡り気分だね」と言うから「綱渡りを知っているのか」と聞いたら「サーカスがあるからね」と返された。この世界にもサーカスがあると知ってワクワクする。残念ながら、

「でも夏にならないと来ないよ。ラトリシアは本当に冬が長くて厳しいからね」

とのことだった。楽団がやってくるのも夏だ。きっと今よりもっと賑やかになるのだろう。暗い街並みを通り過ぎながら、そんなことを思った。


王宮には招待状を見せるまでもなく、すんなりと入れた。テオドロがいたのも良かった。更に門兵にまで連絡が届いていた。案内をしてくれる騎士もすぐに来てくれたほどだ。テオドロとはそこで別れた。

ヴィンセントの部屋に着くまでの間は、何度か奇異の目で見られることがあった。フェレスがいたからか、子供のようなシウが王宮内を歩いているからか。もしくは抱っこ紐の

せいかもしれないが。

覚えのある客間に通されて待っていると、隣の部屋に誰かが来た。小さな気配だ。子供がいるらしい。やがて廊下の方からヴィンセントが入ってきて、シウの前に立った。

「お久しぶりです、殿下。拝謁の栄に――」

「社交辞令はいい。それより、早速飛行板の、うん？」

背の高いヴィンセントからはシウの胸元がよく見えたのだろう。伺候するに相応しい服装に合わせて抱っこ紐も改良した。肩帯風に見せかけたつもりだ。しかし、どうあっても胸や腹の膨らみは隠せないし、違和感はある。

「……それは何だ？」

「卵石から孵ったばかりなので連れてきました。ブランカです」

「……希少獣か」

チラッとフェレスを見る。ヴィンセントは珍しく言葉に詰まっていた。いつもの矢継ぎ早でせっかちな態度はどこへやら、何かを高速で考えているようだ。

ようやくヴィンセントが言葉を発しようとしたところ、先ほどの気配が飛び込んできた。

「きしょうじゅう？　もしかして、卵石なのっ？」

女の子がまず飛び出てきた。それを止めるように手を握っていた男の子と、二人に釣られるように出てきた幼児が続く。その後ろから世話係のメイドたちも慌てて追いかけてくるが、彼女たちはヴィンセントを見るや硬直した。その間に、女の子はシウの前に走り込んだ。

「見せて！　赤ちゃん見せて！」

シウの周りをぐるぐる回り、女の子が手を伸ばそうとしたので慌てて抱っこ紐ごとブランカを持ち上げた。

「シーラ、ここで何をしている。はしたない」

「だってお父様！　今日遊んでくださるおやくそくだったのに！」

「シーラ、ダメです」

男の子がシーラの手を引っ張るが、彼女は頭を振って嫌々をした。

「はなして、ヴィラル！」

三人目の、ようやく歩けるようになったという感じの幼児はメイドが抱き上げた。そのまま急ぎ足で隣室に連れて行く。残った二人の子供は、ヴィンセントの強い視線を受けて立ち止まった。ヴィラルと呼ばれた男の子はヴィンセントが怖くて固まったようだ。ところが、シーラという女の子はヴィンセントの視線の意味に気付いていない。

シウも説明されるまでは気付かなかった。ただ「はしたない」から叱っていると思っていた。

「シーラ。お前にとってヴィラルは叔父上になる。その態度はなんだ」

「……だって」

「同じ年齢だろうと叔父は叔父だ。教師は一体どんな教育をしている。ヴィラルも、シーラに敬語など使う必要はない」

「あ、あの、でも」

「誰かがそうしろとでも教えたのか？　お前はわたしの弟だ。いいか、正妃の子でなくともヴィラルは陛下の息子だ。堂々としていろ」

「は、はい」

まだ小さい子にそれはない。内心で思うが、シウは黙った。

皆が子供やヴィンセントを見ている間に、シウはそっと結界を解除した。小さい子は急に動き出す。時に何をするか分からないので突撃された時は怖かった。すぐさま結界を張ったが、ヒヤヒヤしてしまった。それなのに、こんな状況でもブランカは静かだ。大物なのか、マイペースなのか。フェレスももちろん平然としていて、シウは溜息だ。

そうこうするうちに、父親に怒られたシーラが泣き始めた。ヴィラルがおろおろと慰めている。ヴィンセントの眉間には益々皺が入った。

「早く連れていけ。客人の前だ。お前たちも何をしている」

「も、申し訳ございません！」

世話係らしい青年やメイドたちが慌てて二人を隣室に連れていった。その際にシウをしっかり観察していく。さすが王宮で働く人だと妙に感心した。

ドッと疲れたような気がするのだが、それはヴィンセントも同じようだった。椅子を勧められて座ると、ヴィンセントが手で顔を覆った。同時に溜息だ。

「……あのような目に遭う可能性もあるのに、よく連れて来たな」

「問題が起こる前に殿下に話をしておこうと思ったんです」

「ふん。では、それがお前のものだという書類か何かを見せてみろ。どうせ用意しているのだろう？」

　頭の良い人は話が早くて助かる。すぐさま書類を出してヴィンセントに渡す。二枚ずつある書類に、怪訝そうな顔だ。シウはジャケットのボタンを外し、中のシャツに取り付けたポケットから卵石を取り出した。それを見たヴィンセントは手で額を押さえた。

「シュタイバーンで、もらってほしいと言われて受け取りました」

「……いろいろと聞きたいことが山のようにあるが」

「お許しください」

「だろうな」

　誓言魔法による証明書や登録証を見て、ヴィンセントはまた溜息を吐いた。

「どこにも付け入る隙がないとはこのことだな。末恐ろしい」

「ありがとうございます？」

　よく分からなくてそう答えたら、眉を顰められてしまった。

　落ち着くと、当初の予定通り庭に出た。近衛騎士たちも一緒だ。彼等は練習を繰り返し、今では冒険者たちと遜色なく乗れるようになっていた。

　ヴィンセントも問題なく乗れている。シウは思わず拍手した。練習はしたのだろうが、元々の運動神経がいいようだ。バランス感覚に優れていそうだと思った。それを伝えると、心持ち頬が緩む。満更でもなさそうだ。

「お前が世辞を言うとは思えないから、素直に受け取っておこう」

「殿下は乗馬も幼いうちに習得され、どの騎獣であろうともいち早く乗れるようになっておりました」

　とは近衛騎士の弁で、こちらはお世辞のように聞こえてしまった。そのせいか、ヴィンセントがまた元の冷たい表情を見せる。

「そう言えば、冒険者仕様の飛行板は貸し出し方式にしたとか。皆が悔しがっていた」

「あは。そうですか」

「性悪な子だ。ルール作りにも一枚噛んでいるのだろう？」

「はい。あ、いろいろ作りました。速く飛べるような付属品とか。これにも取り付けられますけど使ってみますか？」

「しかも、心得ている。まだ成人前とは思えないな」

　呆れた顔をするヴィンセントに、シウは魔法袋から《把手棒》と《落下用安全球材》を取り出して渡した。

「あ、ついでにお土産も持ってきてたんでした」

第七章
我が儘なのは誰

　昨日のうちに作っていたお菓子を取り出した。ヴィンセントは一瞥したただけで、あとは無視した。シウはふっと小さく笑った。

「ラム酒が混ぜられた大人のお菓子です。ウィスキーが入ったチョコも――」

「大人の食べる菓子だと？」

「甘味を控えてます。珈琲にも合いますよ」

「そうか。誰か、茶の用意をしろ」

　誰にともなく言うと、ものすごい早さで庭にテーブルが用意された。

　どこで聞いているのかと普通なら思うだろうが、シウの《全方位探索》によると、庭の低木のあたりに誰かいる。「お庭番」のような人だろう。彼等が伝えたに違いない。忍者っぽくて、シウはちょっとワクワクした。


　お茶の用意がされている間は暇なので《把手棒》の使い方を先に説明した。

「僕がやってみせてもいいんだけど、今はこの子を抱えているので」

　と断ったら、ヴィンセントも納得してくれた。

「構わぬ。ベルナルド、お前なら乗れるな？」

「はい。お任せください」

　やっぱり先に部下にやらせるんだなーと思っていたら、用意ができたようだ。食器類がサッと並べられた。そして、お毒見係のメイドが先に含む。真剣な様子で確認していたけれど、その目が輝いていたので美味しかったのだろう。

ヴィンセントには珈琲とラム酒入りのチーズケーキが供された。味については何も言わないし態度にも出ない。ウィスキー入りチョコレートは近衛騎士に配られた。彼等は「美味しい」と言ったものの、二つ目には手を伸ばさなかった。酔うといけないかららしい。

シウとフェレスは、用意してもらっていたお菓子をいただいた。

食べ終わる頃にブランカが目を覚ました。やはり匂いに誘われたのかもしれない。シウはヴィンセントに断り、ブランカの授乳を始めた。ここでも近衛騎士たちが覗きに来る。

「赤子の頃はこんな感じなのですね」

ラトリシアでは、騎獣は成獣になるまで国が育てるそうだ。騎士でも幼獣時代をほとんど見られないという。羨ましそうに眺めている。たとえば、卵石を譲り受けたとしても、生まれてきたのが騎獣ならば専門部隊に預けなければならない。そこでしっかり躾けて育ててもらってから成獣となって引き取るそうだ。

働いているとどうしても一日中付きっ切りで育てるのは難しい。だから良いシステムではある。そう分かっていても、可愛い盛りを見られないのは悲しい。

「わたしも今度卵石を見にいってみようかな」

近衛騎士の私語を耳にしても、ヴィンセントは何も言わなかった。彼の表情は変わらず冷静だったけれど、その目はしっかりとブランカを見ている。だからたぶん、そういうことなのだろう。

✦第七章✦
我が儘なのは誰

山羊乳をぷはっと飲み干したブランカはいつものように大欠伸をした。フェレスが口を開けて待っているからシウが手渡すと、さすがのヴィンセントもびっくり顔だ。

「な、何をしているのだ」

「フェレスはお世話係なんです」

説明している間にも、ブランカを地面に下ろして丁寧に舐めている。双方が満足そうな顔だ。シウはブランカを受け取って、念のため軽い《浄化》を掛けてから抱っこ紐に戻した。

「騎獣に騎獣の世話をさせているのか」

「フェレスがやりたいと言うので。なんでもフェレスは自分が一の子分で、この子、ブランカを二の子分にするそうですよ」

「どこまでが冗談なのか分からんな」

いや本気なんですフェレスは、と言いかけたら、また子供たちの気配がした。メイドたちの手をすり抜けて庭に出て来たようだ。

父であり兄でもあるヴィンセントも気付いたようだった。

「何をしている、お前たち」

いっしょくたにされたヴィラルは可哀想だ。何故なら今回もシーラを必死で止めているからだ。けれど、手を引っ張られているシーラは一向に気にせず、堂々とシウに向かって口を開いた。

「ねえ、あなた。その子をわたくしにちょうだい！」

「えぇ？」

「きじゅうなんでしょう？　それは王こうきぞくしか、持ってはいけないのよ」

「シーラ、ダメだよ、ダメ」

ヴィンセントの額に青筋が浮かんでいる。そろそろ止めた方がいいのにと思うが、止まらない。この年頃の女の子の中には、口から先に生まれて来たかのように喋る子がいる。シーラもそうだった。

「あなたが持つにはふさわしくないのよ。わたくしは王ぞくだから、持ってもいいわ！」

「ダメだよ、シーラ。こんなちっちゃい子から主を取ったら、かわいそうだよ」

「でも、マリーナがこの子はしょみんだって言ってたわ。しょみんが持っていいものじゃないって言ったもの。わたくしなら、ふさわしいのですって」

そう言うと目をキラキラさせて、ブランカを覗き込もうと背伸びした。

「お人形みたい！　かわいいわ。ね、わたくしにちょうだい。ほら！」

さも当然のように手を伸ばしてきたので、シウは苦笑してしまった。

それから怒髪天を衝くかのごとくに立ちあがったヴィンセントに先んじて、口を開いた。

「教育者のせいでしょうか。残念ですね」

「ぐ……っ」

拳を握っている。彼は怒りを抑えているようだった。シウにではない。シーラにでもないだろう。ヴィンセントはどちらも見ていなかった。

さすがにシーラは父親の怒りに気付いたようで、訳が分からずぽかんとなっている。

「利発そうなのに、育てる人によってこうなるんですね。僕は庶民ではなく、冒険者なので流民になりますが、自身の生まれに感謝しています」

「嫌味を言うな」

「本音です。あ、この子は物じゃないのであげられません」

とは、シーラにだ。固まっている小さな王女様に屈んで話し掛ける。

「生きてるんですよ。たとえば、あなたの小さな弟様を『可愛いから欲しい』と神様が言えば、お姉様のあなたはあげるんですか？」

シーラが怖い顔の父親から、シウに意識を向けた。彼女は少し考え、

「カナンを？」

と、嫌そうな顔でシウを睨みつけた。

「カナンはわたくしのおとうとです。あげたりなんかしないわ」

「じゃあ、こちらの叔父上、ヴィラル様は？」

「ダメよ！　へいかのお子さまなのよ！」

「では、あなたのお父様はどうでしょうか。神様には、お父様を奪い去ってもいい理由があるのだそうです」

「ダメ！　ダメよダメ！　どうしてそんないじわるを言うの！」

「あなたが僕に言ったのは、その意地悪です」

シーラがびっくりして固まった。何を言っているのか分からないという表情だ。シウを凝視している。

「あなたは僕に、とてもひどい意地悪を言ったんです。分かりませんか？」

「わ、分からないわ。だって、だって」

シウは一度も怒った顔を見せていない。ずっと笑顔だ。笑顔だけれど、シウの言葉の鋭さにシーラは気付いた。段々と声が小さくなる。その姿に、メイドたちが間に入ろうとした。が、立ち止まった。厳しい表情のヴィンセントが近くにいて、しかもシウはその客人になる。とても庇いに入れる状況ではないと悟ったのだろう。

勇気を出したのはヴィラルだ。シーラの前に立ち、震えながら「ごめんなさい」と謝った。

「許してあげて。シーラはいじわるしようとしていじわるを言ったんじゃないの。可愛くて、ちょっと欲しいなと思っただけなんです。そうだよね、シーラ。いじわるしようとしたんじゃないよね？」

「う、うん」

ひくっと喉が鳴る。もう泣く寸前だ。

「ごめんなさい。シーラもあやまるから、許してください。おきゃくさまにごめんなさ

い」

「ごめんなさい……」

「うん。よし、偉いね」

シウが二人の頭を撫でると、ずっと後方にいた世話係と思われる人たちが「不敬な」と叫んだ。シウはそれを無視して、屈んだまま二人を見つめた。

「この子を見てごらん。お腹が動いてるでしょう」

「うん」

「生きてるんだよ」

「うん」

「僕のことを、親のように思っているんだ」

「親なの？」

「そうだよ。希少獣の主はね、親と同じこと。その大事な親の下から引き離されたら、赤ちゃんはどう思うかな？　知らないところに連れていかれて、一生、大好きな親に会えなくなるんだ」

「……ふえっ」

「よしよし。脅かしてごめんね。でも、これで分かったよね？」

「はい。ごめんなさい」

「ごっ、ごべんなざいっ！」

「ちゃんと謝れて偉いね。すごく勇気がいることだよ。ヴィラル様もシーラ様を守って偉かったね。二人とも、とっても頑張ったね」

屈んだまま見上げると、ヴィンセントが苦々しい顔をしていた。けれど、先ほどの怒りはもう消えているようだった。しかし何も言わない。シウがジッと眺めていると、ヴィンセントは大きな溜息を吐いた。そして子供たちの頭に手をやった。

「シウの言った通りだ。これからはよく考えて口にすることだ。自らが王族であると肝に銘じておくのだぞ」

「はい」

シウがまだヴィンセントを見つめていると、彼は目を逸らした。

「……きちんと謝れたことは、偉かった。ヴィラルもだ」

「はいっ！」

「わあっ」

褒められた経験がないのかと疑うほど、二人の子供は喜んでいる。シウは半分呆れつつヴィンセントに笑顔を向けた。

「お子様方に失礼な発言をしてしまい申し訳ありませんでした」

「構わぬ。お前が謝るものでもない。それより、立て。話がし辛い」

「はい」

立ち上がると、ヴィンセントがシウを一睨みした。それから後方にいる世話係たちに視

線を向ける。その目はとても厳しい。

「マリーナというのは誰だ。世話係、教育係も出てこい」

恐怖の時間が始まるらしい。

シウは関係のないメイドを手招きして呼んだ。子供たち三人を連れていってもらう。シウも近衛騎士のところまで逃げた。

離れた場所に逃げたものの、ヴィンセントの目の届く範囲にいなければならない。

シウは声が届かないよう、魔法でそっと音を遮断する。メイドには、子供たちの気を引いておきたいのでお菓子をご馳走したいと提案した。彼女は考えた末に了承してくれた。お毒味係のメイドも呼んでくれる。

ならば、お茶会だ。シウは庭の片隅に絨毯を敷いた。子供たちは目を丸くしていたが、フェレスが乗ってゴロゴロし始めたので後に続いた。

小さなテーブルを用意し、そこにお菓子を出していく。お毒味係のメイドがニコニコ食べるものだから、近衛騎士らも苦笑いだ。

「味見をしてもらったから、もう食べてもいいよね？」

待ちきれない子供たちを見て、メイドも近衛騎士も頷いた。

シーラとヴィラルはシウにお礼を言って、頑張った。まだ小さいカナンにはメイドが小さく切って与えている。硬い部分は避けているから、よく見ているようだ。

声が聞こえないため、子供たちには緊迫した様子は分からない。楽しそうに「はじめて」だとか「おいしいね」と語り合っていた。

ヴィンセントの怒りは相当だ。いくらシーラの粗相の相手が、貴族でもなんでもないシウだったとはいえ、娘の失態を目の前で見せられた。赤っ恥を掻かされたも同然だ。もっと腹立たしいのは、その娘のシーラに偏った教育をした者がいる。それを、彼は把握できていなかった。

そもそも、ヴィンセントはああした行為を厭うタイプだとシウは思っている。彼が清廉潔白だからだとか、そういう意味ではない。他人の持ち物を奪い取るという行為を「みっともない」と感じているようだったからだ。一瞬だけだが、我が子に対しても冷たい視線を向けた。シウはそれ以上、親が冷たい目で子を見る姿は見たくなかった。

だから、邪魔をした。


ヴィンセントたちは誰を罷免するかでまだ話し合っており、休日なのに呼び出された秘書官は大変そうだった。

その間、シウは子供たちと一緒になって遊んだ。子供は好きだからシウも楽しんでいる。

「シーラ様とヴィラル様は五歳なんだね。僕は十三歳だよ。この子はフェレス、二歳なんだ」

「カナンと同じだわ！　カナンも二歳なの」

「同じだって、フェレス」

「にゃー」

フェレスに三人を乗せてあげると、きゃっきゃと喜ぶ。こういうところは庶民だろうが王族だろうが変わりない。皆で楽しく転げ回った。

そのうち、落ち着いたらしいヴィンセントが絨毯のところまで来た。途中で立ち止まり、腕を組む。彼が見ているのは、フェレスに乗った子供たちと青い顔の近衛騎士だ。

「絨毯を敷いて何をしているのかと思ったら」

「おやつも食べさせていました。あ、毒見はしてもらってます」

「今更、お前が何かするとは思ってない」

「毒見と称して、皆さんにも食べてもらったんです」

無粋だなあという言葉を飲み込み、シウはにっこり笑った。何故かヴィンセントは溜息を吐いた。それから頭を振って子供たちを見る。

「世話係を変えることにした。シーラ、お前の勉強の進み具合はわたしが確認しよう。自分の目で見るのが一番安心できる」

「お父様、よろしいのっ？」

嬉しいとその顔が言っていた。こんな無表情で能面みたいな顔の父親でもやっぱり父親なのだろう。

「お前、妙なことを考えていないか？」

どうやら顔に出ていたようだ。シウは慌てて首を振った。

「今日はシーラと会う約束をしていた。それが潰れて拗ねたのだろう。悪かった」

「いえ。危ない橋を渡って良かったです」

「全く、嫌味ばかりを言う。まあいい。それより、問題が起こる前にやってしまうぞ」

そう言うと、ヴィンセントはスッと厳かな雰囲気になった。

「……そのものの名、ブランカ。主をシウ＝アクィラとし、一生を共に過ごすが良い。風の神サヴェリアの名の下に、ヴィンセント＝エルヴェスタム＝ラトリシアが祝福する」

人差し指で胸に縦一本を描くと、その指でブランカの額、そしてシウの額に触れる。

「すてき！」

シーラが手を叩いて喜んだ。

「覚えておくといい。これが祝福を与える行為だ。おいそれと使ってはいけない。ここぞという時に使うのだ。そうすれば効力が増す。良いな？」

「「はい！」」

興奮したシーラと、感動したヴィラルが同時に頷いた。

シウは笑顔で会釈した。

「ありがとうございます。おかげで、ブランカの件も落ち着きます」

「どうだか。用意周到にあれだけの書類を用意しておいて」

それでも祝福は欲しかった。これほどの安心はない。ヴィンセントも分かっていて言っている。彼なりの照れかもしれない。

邪魔が入ってしまったが、飛行板の習得具合も確認し、乗り方指南や付属品の説明も済ませた。その後、昼食を済ませると、いよいよ聖獣の王との面会となった。

今度こそはとヴィンセントが思ったのかどうか、先触れなしの突撃だ。そんなことをしても相手は聖獣だから気配を察知して隠れるだろうに。もちろん何も言わない。シウは黙ってついていった。

案の定、聖獣の王は隠れていた。今日も空振りかと思ったシウを、ヴィンセントは置き去りにして帰っていった。

「後で迎えに来る。この部屋の中なら自由にして構わん。勝手にしていろ」

えっ、と声を上げる隙もない。これで応接室で待つしかなくなった。

気配はするので隣室のどこかにいるのだろう。相手は聖獣でも超上位種のポエニクスだ。より詳細に気配を察しようとしたら、今までの探知魔法では無理だ。相手も隠そうとしているのだから余計に難しい。

こうした探知は地道にやるものだ。幸いにして、シウには禁書庫を踏破した経験がある。あれを組み合わせて更に強化した。

フェレスが部屋の中の匂いをふんふん嗅いでいる間、シウはソファに座って勝手に休憩を取った。休憩といっても探知中だ。目を瞑り、探知の精度を上げていく。すると、良い具合にカチリとはまる瞬間があった。

「あ、これだ」

細い細い蜘蛛の糸よりも更に細い空間探知能力と、鑑定魔法の複合技でできた新生全方位探索の魔法だ。

「使える範囲は前と同じぐらいかな。だけど寝ていてもできそう。自動化も出来るし」

うんうんと一人頷いていたら、相手がこちらを気にしているのが分かった。でも、使えるようになったからといってじっくり見たら完全な覗きである。場所は特定できたのだからもういい。シウは強化した魔法を一度切った。

やがて、ブランカが目を覚ました。みゃうみゃう鳴き出したので、また授乳しようと準備を始める。すると、隣室から真っ白い姿の青年がいてもたってもいられないという様子で走り出てきた。シウなど眼中にないとばかりにブランカを見つめる。

「ふにゃふにゃ、うるさいぞ」

「みゃ……？」

「くっ、赤子だと思って傍若無人な」

いや、赤ちゃんですから、と言いかけたが、ギロリと睨まれてしまった。

第七章
我が儘なのは誰

「早く、乳を飲ませてやれ」

「はい」

哺乳瓶の口を咥えると、ブランカは聖獣など気にすることなく飲みだした。その姿を、聖獣もジッと見ている。うるさいと言いながら、その目は思慮深く優しい。聖獣の王は希少獣の王でもある。その下にいるもの全てに、情愛を抱くのかもしれない。

「ぷぅ……ぁぁ、みぁぅ……」

ふうと満足して息を吐く。鳴き方が毎回可愛くておかしい。シウは笑いながらフェレスに渡した。彼はいつものように受け取り、ブランカを舐め始めた。

「む、フェーレースが面倒を見ているのか」

「やりたいと言うので」

「そうか」

舐め終わったら戻される。受け取ったシウは《浄化》を掛けて抱っこ紐の中に戻した。

「……それはなんだ？」

「抱っこ紐です。常に抱えていられるし、お互いに体温を感じられるのでいいです」

「ふむ。なるほど、それはいい」

普通に話してくれているが、どうも変人の匂いがする。シウの勘は当たるのだ。

「ところで、お前は以前にもここへ来たな？」

「来ました」

居留守を使われました、と内心で続ける。

「我の抜け毛が欲しいと持っていった奴だ。不届きものだな」

「はい。すみません」

「変な奴だ。今までここに来た貴族どもとも違う」

シウは青年を見た。《鑑定》し続けていると睨まれたが、するなとは言われなかった。

「分かったか？」

「どうして怒らないんですか？」

「見えるとは思えん」

「えー、シュヴィークザーム、さん。ポエニクス。八十五歳――」

「待て。待て待て。分かるのか？」

「基本的なことぐらいしか。魔力が、ええ？　高いなあ」

「もういい。分かった」

魔力量の数値に驚く。各属性魔法もあって、さすがは聖獣の王だ。

「鑑定魔法の持ち主でも普通は視えないのだぞ。お前はレベル5になっても精進を止めなかったのか」

「止め時が分からなくて、つい。ずっと使っていたらこうなりました」

「ふむ。隠すのも上手いものだ」

「あ、視えてます？」

第七章
我が儘なのは誰

シウよりもレベルの高い相手なので視られてしまうのは仕方ない。彼は格上の存在だ。

「表面的なものだけだな。完全に隠れて見えないものもあるようだ。何かあることだけは分かるが」

「わあ。えっと、でもそれ――」

「隠しているのだろう？　お互いに秘密にしようではないか」

「はい。ありがとうございます」

話していて気付いたが、ヴィンセントの話し方は目の前の彼に影響されたようだ。似たような話し方をしている。それに気付いたシウは思わず笑ってしまいそうだ。

「どれ、話を聞いてやろうではないか」

「え？」

「うん？　我に話があるからここへ来たのではないか？」

齟齬があるようで、困ってしまった。

「元々は、褒美に何が欲しいか聞かれたので、あなたの抜け毛が欲しいと言いました。それはもう貰ったんですけど、ヴィンセント殿下が会わせてやると言った手前引くに引けなくなったみたいで？　リベンジで連れて来たんだと思います。ここで待っていろと置いて行かれただけなので、たぶんですけど」

「そう、なのか」

「あと、別に不老不死のためにあなたの毛が欲しかったわけじゃないです。ある本に、最高級の薬の作り方が載っていたから作ってみたくて。ただ、それを作るにはドラゴンの鱗が足りないから――」

「それは、もしや禁忌の薬では？」

「そうかもしれません。『時戻し』って名前の薬ですね」

「なにゆえ、それが作りたいのだ」

「単純に、備えです。危険に備えて安全をストックしておきたい。……たぶん、一度戦火にあって、何もかも失った経験があるからかもしれません。当時は何も持てずに身一つで放り出されて苦労しました。でも結局、何も残らなかった。残せなかった」

あの後を逞しく生きた人は多い。失ってもまた新たに得た人だっている。けれど、あの虚しさを経験し、いつ死ぬか分からない虚弱さが前世のシウをどこか飄々とした存在にしてしまった。前世で孤独死したシウは、支えようとしてくれた人の手が見えなかった。自分で勝手に、孤独に陥っていた。究極の引きこもりだった。

「……ふむ」

「今は大事なものがたくさんできて幸せです。それだけに失うのがもっと怖くなった。だから自分に出来得る限りのことをしておきたい。それでもダメなら仕方ないけど、出来ただろうことをやらないで、それで後悔するのはおかしいもの」

フェレスとブランカを見て、しみじみ思う。

「なるほど。お前からは子供ゆえの純粋さと同時に、歳を重ねた者の重みや凝りを感じる。

若くして苦労したのだろうよ。お前ならば我の羽根を使っても構わぬ」

「ありがとうございます？」

「なんだ、その答えは。これだから若い者は！」

　青年姿の聖獣に怒られてしまった。シウは真面目に謝り、なんとか許してもらった。


　シュヴィークザームという名には寡黙という意味がある。古い言葉だ。そんな名を持つ聖獣は、久しぶりに人と話すと言って喋り続けていた。

　本人も自覚しているらしいがシュヴィークザームは基本的に引きこもりらしく、なんとなく気持ちが分かってしまって居心地が悪い。彼の言い分は「動くのが億劫だから部屋に籠もっている」だそうだ。国の一大事ならともかく、と言ったその口で、一大事でも別に困らないとも言う。相当なものぐさだ。

「別にこの国を助けてやる道理もない」

　と言いながら、過去に大災害があった時は助けたこともあるそうだ。

「それにしても、これは美味い。もうないのか？」

「はいはい」

　だらけた相手にはもう敬語を使わなくてもいい気がして、シウは気楽に話し始めた。シュヴィークザームも全く気にならないようだった。

「そんなに蜂蜜が好きだったら、瓶ごとあげようか？」

「おお！　それはいいな。それにしてもよく入る魔法袋だ」

空間魔法を使って最大限にしているからだが――空間庫もあるが視えなかったらしく――シウは何も説明しなかった。ただ、

「そうでしょう？」

と、自慢げに答えた。それに対して何も言われないので、聖獣の王とはいえ万能ではないようだ。

万能より前に、シュヴィークザームは「聖獣の王」に見えない。ソファにだらんと寝転がり、クッキーや飴を頬張っているのだ。見た目が綺麗な青年なだけに、とても残念な感じがする。

「我も魔法袋が欲しいな。ヴィンセントに言っておくか」

「どこにも出かけないのに欲しいんですか？」

「お菓子がいっぱい入るだろう？　お前、名前は、あー、シウか。シウ＝アクィラ？」

これは鑑定で視たようだ。さっき名乗ったのに覚えていなかったらしい。毎回、鑑定して相手の名を呼ぶのだろうか。

「はい、なんでしょう」

「お菓子を作って持ってくるがいい」

「えぇ？　王宮に来るのは億劫です」

「なんだと？」

第七章

我が儘なのは誰

「庶民の僕には王城が遠いんです。精神的にって意味で」

「む」

「たまーになら、来てもいいですけど」

「では、その時でいいから大量に持って来い」

「持って来い？」

「持ってきてくれてもいいだろう！」

「はいはい」

「よし、その代わりに我の本来の姿を見せてやろう！」

そう言うとその場で変身してくれた。

「おー」

シュヴィークザームは装備変更の魔法が使えるらしい。服が消えると同時に変身していた。綺麗な青年とはいえ、元に戻る時に裸を見るのは嫌だったので良かった。

「［なんだ、あまり感動しないな］」

「あれ、古代語で話すの？」

「［副音声だ。よく聞け］」

言われてみると古代語の後ろに甲高い鳥の声が聞こえる。美しいと言えば美しい。

声だけではない。目の前の不死鳥姿も綺麗だった。真っ白いので余計に神々しく見える。

ただ、真っ白すぎてのっぺりとした感じだ。奥行き感がなく、妙に作り物めいている。

絶対に言わないが。

「皆、この姿を見るとひれ伏すのだが」

「あ、すみません。ひれ伏しますね」

その場に跪(ひざまず)こうとしたら嘴(くちばし)で突かれた。

「いた、痛いです」

「わざわざ座らんでもいい。どうもお前は勝手が違うな。まるで神子(みこ)のようだ」

「神子？　ああ、勇者とか、そんな感じの？」

「そうだ。神に目通りが適(かな)った者からすれば聖獣など大したものではないのだろう」

「……なるほどー」

「む。さては神に会うたな？」

鋭い。伊達(だて)に聖獣ではないようだ。

「だが、お前は神子でも勇者でもないだろう？」

「夢でお会いしただけですから。普通の子として、好きなように生きなさいって言ってもらいました」

ほう、と頷くとシュヴィークザームはまた人型に戻った。服も着ている。

「そのようなことがあるのだな。面白い。他には何も言われておらぬのか？」

「冒険者になってあちこち旅をしてみたらーと勧められました。あとは勇者になって戦わなくてもいいし、気楽に人生を楽しめって」

「ふむふむ」

「他にもいるみたいですよ。恋愛に頑張ってる人とか、そんな彼等の人生を眺めるのが楽しいみたいです」

「神がそのようなことをか。意外と、その、なんだ」

「分かります。でもその先はご容赦（ようしゃ）を」

　俗物だと言いたかったのだろうが、止めた。後で夢に現れる気がする。そうしたら、かや姉さまの顔で怒られるだろう。

　シュヴィークザームもハッとして、口を噤（つぐ）んだ。


　仲良く（?）なったシウとシュヴィークザームが食べ物について語り合っていると、ようやくヴィンセントが戻ってきた。彼は応接間の床にいるシウたちを見て、眉を顰めた。

「何をしている」

　寝そべったフェレスの上に抱き着くような格好でシュヴィークザームが寝転んでいる。客観的に見るとおかしい。ただ、シウもその横で仰向けになって寝ていた。シウのお腹の上にはブランカがいて、元気に動き回っている。

「見て分からんのか」

「……分からん」

「フェレスの尻尾（しっぽ）でブランカを釣っているのだ」

胸を張って——寝転んでいるので張ってはいないが——自慢げに堂々と言い放つ。

「我の羽根では食い付きが悪いのだ」

「フェレスの食い付きは良かったのにね」

「そうだ。そこはやはり猫だのう」

「にゃ、にゃにゃ！」

猫じゃないもん、と抗議しているがシュヴィークザームには通じない。相手をするだけ無駄だから放っておけと、シウは小声でフェレスの耳元に告げた。

「にゃぅん」

ぷしゅうと空気が抜けたように、フェレスは絨毯の上でぺしゃんこになった。

「おー、落ち込むでない。お前にも我の羽根をやろう」

大盤振る舞いに見えるが、聞けばブラッシングのたびに出てくるものらしく、そんなにすごいものではない。が、フェレスは機嫌が直った。早速爪に引っ掛けて宝物入れに入れようとし、止めた。ヴィンセントがいることに気付いたからだ。

賢くなったなあと感慨深く思う。

「にゃ」

フェレスは素知らぬフリでシウに手渡してきた。それらを黙って見ていたヴィンセントは、額に手をやった。頭が痛いと言いたいのだろう。

「どうやって仲良くなったのか気になるところだが、そろそろ表まで送っていこう」

「あ、はい」

よいしょとブランカを抱え直し、抱っこ紐の中に入れる。卵石がお腹に来るようもぞもぞしてから立ち上がると、フェレスもスタッと立ち上がった。彼はシュヴィークザームが寝転んでいることを忘れていたらしい。ゴンと音が鳴ったが、フェレスは全く気にせずシウの足元に駆け寄った。

ヴィンセントが痛ましそうにシュヴィークザームを見ていたけれど、それは可哀想というよりは残念なものを見る目だった。

部屋から出る時、シュヴィークザームが見送ってくれた。お菓子を持って来るよう「シウに」おねだりするためだ。ついでとばかりにヴィンセントへも「魔法袋が欲しい」と、おねだりだ。その理由までちゃんと報告していた。彼はとても正直者で素直だった。

王宮内を移動する間、ヴィンセントからの物言いたげな視線がシウには痛かった。

帰りは馬車の用意があり、更に付き添いの従僕もいた。彼はヴィンセントの筆頭秘書官の従僕らしい。屋敷まで送り届けるのも仕事のうちだとか。荷物も一緒に届けられた。

なんだろうと思ったら、お土産らしい。

「あ、すみません。ありがとうございます。ええと、お礼状、かな?」

びっくりして、しどろもどろになったシウに、従僕は微笑(ほほえ)んだ。

「この場合は結構ですよ。主が、くれぐれもよろしくと申しておりました。本日は王宮までご足労いただき、お疲れ様でした」

しっかりと教育されているらしく、シウに対しても丁寧に頭を下げる。主人の客がどのような身分であれ、分け隔てなく対応するのだろうと思った。

「こちらこそ、楽しいひと時を過ごせました。ジュスト様にもよろしくお伝えください」

名前を憶えていたシウに従僕は驚いたようだった。嬉しそうに笑って頷くと、礼儀正しく帰っていった。

馬車が見えなくなってから、シウはようやく肩の力を抜いた。出たのは大きな溜息だった。

He is wizard, but
social withdrawal?

エピローグ

He is wizard, but social withdrawal?

Epilogue

風の日はウンエントリヒの港街に行ってみた。気分転換も兼ねてだ。

市場にある事務所へ顔を出してみると、ちょうどサロモネがいた。

「タロー様、お久しぶりですね！　今日はどうされました？」

「仕入れに来ました。それとホスエさんにターメリックがどうなったのか聞きたくて」

「そうですか。ではお供しましょう」

認識阻害で見えないだろうが、シウは胸元のブランカが周囲にバレないよう気を付けながら市場を歩いた。人が多いのでぶつからないようにも気を付ける。

買い出しは、サロモネが間に入ってくれるため順調に進んだ。美味しそうな魚が大量に手に入ってほくほくだ。ホスエともいい話ができた。

「栽培、上手くいきそうでやすよ！　原生している場所も見付けてねぇ」

「それは良かった。実は知り合いに紹介したんです。好感触だったので、王都から引き合いがあると思います」

「えっ、そうでやすか？」

「はい。スパイスとしてだけでなく、薬としての効能もありますからね。薬師ギルドからも話が来ると思いますよ。余っても僕が買い占めますから」

「おおー。そりゃあ有り難ぇ」

「ただ、地熱のあるところじゃないと育たないでしょう？」

「へえ、よくご存じで。なんでも暑い地方の原産だとか。こっちに根付いて寒さにも慣れ

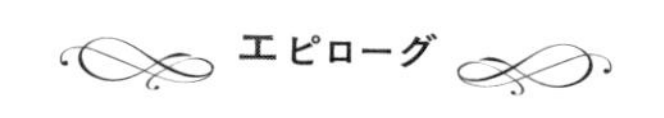

エピローグ

たらしいでやすが、さすがに地熱のないとこじゃあ、厳しいそうでやす」

「大変だろうけど、頑張ってください」

　にこにこ笑って、お願いする。追加でスパイスも買い、サロモネと別れていつものように《転移》で戻った。


　転移ついでに、午後はシュタイバーンのシルラル湖畔にあるハルプクライスブフトまで行ってみた。タローの格好でだ。買い方を工夫しないと、以前のシウに気付かれてしまうかもしれない。そのためフェレスは置いていった。案の定、買い物をしていると、

「以前も、お大尽のように豪快に買っていく坊ちゃんがいたんだよぉ。最近、そういうのが流行(はや)っているのかね」

　と言われてしまった。シウは適当に誤魔化(ごまか)した。

「友人の友人から教えてもらって来たんだよ。ここでまとめて買うといいよって。もしかしたらその友人だったのかもしれないね」

「やっぱり流行ってるんだね。お貴族様ってのは面白いねぇ」

　シウを貴族と勘違いしているが、それならその方がいい。鷹揚(おうよう)に頷(うなず)いてみせた。そして、またも自重しないまま大量に購入した。満足のいく買い物だった。


　シウが《転移》で自室に戻ると、出掛けた時のままフェレスが拗(す)ねていた。ベッドの上

で丸まっている。彼は、シウが連れていかなかったことに対して拗ねているのではない。留守番はこれまでに何度も経験している。フェレスが拗ねているのは、シウがブランカを連れていったからだ。なのに自分は置いていかれたと、悲しんでいる。

「まだ赤ちゃんのブランカは置いていけないって、説明したよね？」

「にゃ」

「分かってるなら、もう拗ねない。ほら、ブラッシングしてあげるから」

「にゃうん」

もそもそと動いてベッドから下りてくる。シウは笑って櫛を取り出し、丁寧にブラッシングしてあげた。

「一の子分はフェレスだけだからね。ずーっと、いつまでもフェレスが一番なんだよ」

「にゃ……。にゃにゃ」

「うん、寂しかったんだね。よしよし。フェレスはお兄ちゃんになってから、ずっと頑張ってたもんね。偉かったね」

子供が複数人いたらこんな感じかな。想像しながら、丁寧にブラッシングする。フェレスは気持ちよさそうに目を細めた。

フェレスがシウを好きなように、シウだってフェレスが好きだ。きっと分かっているだろう。でも時々甘えたくなる。拗ねるのがその証拠だ。そして、拗ねても大丈夫だと分かっている。それが何やら、むずむずして、嬉しい。

エピローグ

シウはくすぐったい思いで、フェレスが寝てしまってもしばらく撫で続けた。

He is wizard, but
social withdrawal?

特別書き下ろし番外編

プルウィアの学校生活

He is wizard, but social withdrawal?
Extra

プルウィアはノウェム族の里で神童と呼ばれていた。里にある本の全てを一度読んだだけで覚えたからだ。ただ記憶しただけではない。誰かが調べ物の相談をすれば関連する箇所を即座に導き出せた。計算も速く、これは将来里長になるのではないかと期待されたようだ。

もっとも、里長候補の噂は即座に消えた。当の里長自身が、まだまだ後進にその地位を譲りたくなかったのが一つにある。また別の思惑が彼にはあった。

それは「プルウィアが先祖返りではないか」という期待だ。先祖返りを差し出せば里には褒美が出る。里長はそれを狙っていたのだ。

では何故、里長がそんな勘違いをしたのか。理由は簡単だ。プルウィアには喜怒哀楽に欠けたところがあった。精神面での成長が遅い者に現れる状態だ。これはハイエルフに多い状態でもあった。しかもプルウィアは、魔力量が他のエルフよりずっと多かった。里長がハイエルフと同様だと思い込んだのも仕方ない面はある。

残念ながら、プルウィアは先祖返りではなかった。わざわざ確認に来た上位エルフのウーヌス族らが「全く違う」とプルウィアを鼻で笑った。それほど能力に違いがあるのだ。

彼等が帰ったあと、プルウィアは里長から「恥をかかされた」と叱られた。勝手に期待して、その通りではなかったからと詰るのはどうかと思う。が、当時のプルウィアは何も言えなかった。情緒も育っていなかった上に、両親が涙を零して安堵していたのだ。きっと認められなくて良かったのだろうと考えた。

✦特別書き下ろし番外編✦

プルウィアの学校生活

後になって判明したが、プルウィアは賢かったのではない。ただ、人よりも覚えが良く、魔法の扱いが上手だっただけだ。それ以外は成長の遅い、少しばかり情動に薄い子供であった。

そもそもエルフは人族よりも長寿だ。同じ人間とはいえ成長に違いがある。二十歳頃までは人族と同じように成長するが、その後はゆっくりと進む。年齢が二百歳であっても、見た目が人族の三十歳ぐらいであれば思考や行動は見た目通りとなった。

ずっと隠れ住んでいたとはいえ、エルフにはハイエルフだけではなく人族の血も入っているのだ。成長の度合いが多少違っても個性の範囲内である。そうした事実をプルウィアが知ったのは、外の世界に出てからのことだった。

里長に渋々人族の学校へ行くよう勧められたのは、プルウィアの見た目がようやく十五歳ほどになった頃だろうか。里では時折、若いエルフを外の世界に出した。出稼ぎ要員としてや、プルウィアのように「新たな知識を里にもたらすため」としてだ。

どんな理由であろうとも外に出られるのなら構わない。なにしろ、プルウィアは里にある本を読み尽くしていて、本に飢えていた。新たに学べるのなら何でも良かった。

最初に入った魔法学校では「プルウィアの実力を伸ばせない」と、学校長が方々に掛け合って王都にある魔法学校に転校した。里長に連絡するも「よくよく勉強するのだぞ」と返ってくるだけだ。仕送りの額は変わらず、プルウィアはほんの少し心配に思った。

プルウィアよりも心配だったのは魔法学校の関係者で「エルフ族の少女に何かあってはいけない」と、細心の注意を払ってくれていたようだ。寮の手配や学生服に食事の無料提供など。本来ならもっと掛かっていただろう費用は、教職員らの寄付によって賄われた。そんなことにも気付かず、プルウィアは少ない仕送りでなんとかやりくりできていると思い込んでいた。

シーカー魔法学院に入学が決まった時も、我が事のように喜んでくれたのは魔法学校の先生たちだ。たった一年で飛び級した上での大学校入学に「本校始まって以来の快挙」で「君が頑張ったからだ」と褒めそやされた。里長からの手紙とは雲泥の差だった。長は費用が余計に掛かると怒っていた。最後には「大学校でよくよく学び、必ず里に還元するように」と強調したほどだ。

その頃から、プルウィアはエルフ族の在り方に疑問を感じるようになった。何故、自分たちは森に隠れ住むのだろう。人族が怖いと言うけれど、全員が怖いわけではない。現にプルウィアは学校関係者に良くしてもらっていた。反対に、上位のエルフ族たちはどうだろう。プルウィアが先祖返りではなかったと判明した際、皆の見ている前でふんぞり返って怒っていた。彼等やハイエルフたちがノウェム族の生活を楽にしてくれただろうか。プ

✦特別書き下ろし番外編✦

プルウィアの学校生活

ルウィアの学費のほとんどは、同じノウェム族の出稼ぎ要員たちが外で働いて得た外貨だ。そのお金で学ぶプルウィアもまた、里に戻って尽くさねばならない。

けれど、疑問は漠然として言葉に表せなかった。疑問を言葉にしたり裏付けしたりするには知識が必要だ。プルウィアは益々勉学に励んだ。友人を作るなどとんでもない。そんな時間があれば学ぶ時間に充てる。それが当然だと信じていた。

ところが、シーカーに入学してから自分がいかに井の中の蛙だったのかを、プルウィアは知った。世の中には頭の良い人間が大勢いて、彼等は努力もしているのだろうが、その合間に交友も重ねていた。貴族の多い学校だったから余計にそう感じたのかもしれない。彼等は社交に優れていた。

それでいて知識もある。基礎学科を早々と修了していくクラスメイトに、焦らなかったとは言えない。プルウィアはその時に初めて挫折を覚えた。

きっと、寂しさもあったのだろう。

生まれたばかりのレウィスを連れて里を出た時には「寂しい」なんて考えもしなかった。希少獣は賢いから、きっとプルウィアの良き相棒となれる。特に両親はそう思っていたはずだ。ところがプルウィアには調教スキルがなく、言葉は全く通じなかった。もちろんレウィスの存在は慰めにもなったけれど、相談のできる相手ではない。

プルウィアはずっと誰とも馴染めず、ただただ一心不乱に学ぶより他なかった。

それほどまで頑張っているのに、シーカーでは優秀な生徒ばかりが目に付く。そんな時に声を掛けてくれる少女がいて、プルウィアはらしくもなく心が浮き立った。

きっかけは水を引っ被ったことだった。廊下を歩いていて、水差しが載ったトレーを手にした女子生徒が躓いたのだ。ただの事故だと思っていたが、女子生徒は謝りもせずにそそくさと逃げていった。

唖然としていたプルウィアの前に現れたのが、その少女だった。

「ねぇ、あなた、よろしかったらこれをお使いになって」

刺繍入りの綺麗なハンカチを前に、プルウィアは少女を見返した。確か、大貴族の娘のはずだ。いくら周りに興味がないとはいえ、さすがのプルウィアもそれぐらいは分かる。

それに同じ講義を取っていた。

「わたくし、ヒルデガルド＝カサンドラよ。同じ初年度生としてよろしくね」

「え、ええ。わたしはプルウィア＝ノウェム。エルフよ」

エルフは人族からは色眼鏡で見られる場合もある。かつて虐げられていた少数民族への憐れみと同情。あるいは嘲り。そして、美しい姿への純粋な憧れ。

ヒルデガルドはどうだろう。ほんの少し試す気持ちでプルウィアは貴族の娘を見た。

はたして彼女は――。

「そのようね。噂で聞いたわ。わたくし、エルフの女性を見たのは初めてよ。なんて美しいのかしら。その上、才女だと聞いているわ。素敵ね」

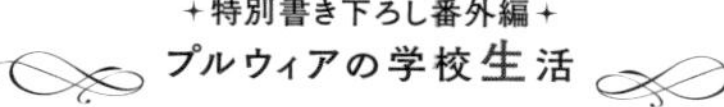

と、本心からの褒め言葉にプルウィアの頬が上気する。ヒルデガルドは「ふふ」と柔らかく微笑(ほほえ)んで、もう一度ハンカチを差し出した。

「ひどいことをするわ。わたくし、ああいう方は許せませんの」

と言う。プルウィアはどういう意味かと首を傾(かし)げた。

「あなた気付かなかったの？　彼女、わざとあなたに水を掛けたのよ」

「ええっ？　……分からなかったわ」

「まあ、そうなのね」

クスリと笑われた。バカにするような笑みではなかった。事実、ヒルデガルドは、

「ルシエラ王都きっての才媛(さいえん)と聞いてましたの。ですから、わたくし少し怖く感じてましたのよ。実際はとても可愛らしい方だと知って安心しましたわ」

などと言って微笑んだ。他の女子生徒とは違って見えた。シーカーに入学して以来、裏でこそこそと嫌味を言われていたのは知っている。そんな彼等と比べてみても、ヒルデガルドには嫌な含(ふく)みを感じない。もしかしたらプルウィアには見抜けないだけなのかもしれないけれど、少なくともヒルデガルドの微笑みに嘘(うそ)はないように見えた。だから、ありがたくハンカチを受け取った。濡れてしまった一張羅(いっちょうら)のローブを拭くと、ヒルデガルドは安堵したようだった。

「ラトリシアの貴族の方って陰険だわ。あんな真似、恥ずかしくないのかしら」

その後、もっと早く気付いていて注意すれば良かったと謝られた。しかし、それは無理とい

うものだ。このあたりには実験用の小部屋が多く、研究のために出入りする生徒たちは長引く実験のため部屋の中で飲食すると聞く。水差しやらカップやらを手にして移動する人がいても注意はしづらい。

プルウィアは気にしないでほしいと告げ、ハンカチは洗って返すと約束した。

一部の女子生徒に嫌がらせを受けた理由は、少し経ってから判明した。

「あなた、ちょっと美人だからっていい気になっているのではなくて？」

「男子生徒に愛嬌(あいきょう)を振りまいているのでしょう。いい加減にしなさい」

と、当事者たちに取り囲まれたからだ。よくよく聞けば、彼女らの思い人がプルウィアにちょっかいをかけているのが原因だった。プルウィア自身には全く関係のない、むしろ迷惑千万な話であった。

「いい気も何もないわ。その、なんとか子爵(ししゃく)のご子息？　彼、上から目線で交際を申し込んできたのよ。いい加減にしてほしいのはこっちだわ」

ルシエラの魔法学校では庶民の方が多かったのもあり、居丈高(いたけだか)に近付いてくる生徒はほとんどいなかった。学校長や先生方の尽力もあったのだろう。プルウィアは勉学にだけ専念していれば良かった。もちろん、純粋にプルウィアの見た目に惚(ほ)れて告白してきた男子生徒はいたけれど、なにしろ恋愛どころか基本的な人間関係の機微(きび)に疎(うと)かったため即断った。

✦特別書き下ろし番外編✦

プルウィアの学校生活

ところがシーカーに入ってからというもの、毎日のように声を掛けられる。

どれも挨拶さえしたことのない相手ばかりだ。プルウィアの中身なんてどうでもいいと思っているのが丸分かりである。

そもそも、ここは学校だ。勉学の場所であり、男女の恋愛事を持ち込む場所ではない。

だから、こうしてプルウィアを取り囲む女子生徒たちに対しても軽蔑の気持ちが生まれる。

ついつい、半眼になってしまうのも仕方ないと思うのだ。

「な、なによ！　自分が少し美人だからって偉そうに！」

「そうよ、何様のつもりよ。エルフのくせに」

キャンキャン吠える女子たちを、プルウィアは鼻で笑った。怖くもなんともない。

いくらプルウィアが里で大事に育てられたからといって、住んでいたのはミセリコルディアの森の中だ。魔獣が多く住む森の中にあって、何が怖いのかはよく分かっている。

人族の、ましてや何の力もない少女たちに吠えられたところで痛くも痒くもない。

そんな態度だから、やがて嫌がらせも尽きて相手にされなくなった。

問題は男子生徒の方だ。彼等は諦めが悪かった。

「君は本当に美しいね。どうかな、僕と一緒にサロンへ行かないか。ドレスも見繕ってあげよう。その格好はあまりにひどいからね」

「わたしの父は伯爵なんだよ。あなたのようなエルフを連れて帰ったらとても喜ぶと思うんだ。エルフは若い姿のまま長寿なのだろう？　父とわたしに仕えたらいいよ」

などと、馬鹿の一つ覚えのように誘ってくる。ハッキリ断ると今度は怒り出す。

「このわたしの誘いを断るだと？」

「せっかく僕が連れ歩いてやろうと言っているのに！」

そんな誘いで誰が付いていくものか。プルウィアが言い返そうとした時、助けてくれたのがヒルデガルドだった。

「なんてみっともないのかしら。お止めなさいな」

「ヒルデガルドさん」

「あら、わたくしたち、お友達ではなくて？　プルウィアと呼んでもよろしいのよね？」

「え、ええ。でも、いいのかしら」

彼女の後ろに立つ女騎士の視線が怖くて、らしくもなく言い淀んだ。しかし、そんなプルウィアに対してヒルデガルドはころころと笑った。

「わたくしがお願いしているのだもの。いいも何もありませんわ。ね、お友達よね」

「ええ。……ヒルデガルド」

ふふっと微笑んだヒルデガルドはとても綺麗だった。高貴な人間とはこういう人を指すのだと思った。プルウィアが呆然と見つめていると、ヒルデガルドはその笑みのまま男子生徒を見た。

「女性をしつこく誘うのはみっともなくてよ。紳士とは呼べないわ」

特別書き下ろし番外編

プルウィアの学校生活

男子生徒たちは顔を見合わせ、慌てて去っていった。

それから、同じ戦略指揮の講義が始まる前や後、プルウィアはヒルデガルドと話をした。彼女もまた熱心に勉強する生徒で、その姿勢に学ぶところは大きかった。独自の解釈も面白く、白熱した議論を交わすこともあった。

これまでの勉強は勉強ではなかったと思うようにもなった。自分の頭の中だけで考え、先生から答えをもらう。それだけでは発展に繋(つな)がらない。過去の誰かの研究成果をなぞるだけだ。そこに自分の解釈を入れたとしても、大きくは変わらないだろう。

けれど、同じように思い悩む生徒同士の違う解釈が入ることによって、想像は無限に広がった。楽しくて授業が終わってからも教室で語り合った。

そんな時だ。何かの話の流れで、ヒルデガルドが自国で起こった事件について教えてくれた。

「――というような事件があったのよ。わたくし、無我夢中で助けようと動いてしまって迷惑を掛けてしまったの。とても反省しているわ」

ロワル王都の近くで魔獣スタンピード事件があったのは、プルウィアも噂を聞いて知っている。ヒルデガルドも渦中にいたのだと聞いて、ゾッとした。大丈夫だったのかと心配するプルウィアに、彼女は「優しいのね」と微笑んだ。その時に「シウ＝アクィラ」という名前が出た。

「彼の活躍で無事に助かったのよ」

「ヒルデガルド様、あのような無礼者にその寛大なお優しさは不要かと存じますが」

女騎士が話に割り込む。

プルウィアは彼女が苦手だった。いつもプルウィアに嫌な視線を送ってくるからだ。けれど、それがどういう意味なのかまでは分からなかった。ただ、他の女子生徒と同じような、子供じみた感情ではなさそうだとは感じていた。

「確かに、あの子は礼儀作法がなっていなかったわ。けれどね、それは彼が庶民だからよ。知らないのだから分からなくても仕方ないの」

「ですが！　彼奴（あやつ）め、あろうことか、ヒルデガルド様を追い立てるような真似をしたのですよ？」

「女性の扱いに慣れていないのです。まして子供よ？　遠慮などあろうはずもないわ」

窘（たしな）めるヒルデガルドに、女騎士はなおも言い募った。

「子供とて魔法学校に通う生徒です！　当然、知っていて然るべきかと存じます！」

その後は延々と「シウ＝アクィラ」が、いかにひどい少年だったかを説明する。いや、説明などといったものではなかった。他の従者や騎士たちも一緒になって女騎士の言葉を肯定する。最初は宥（なだ）めていたヒルデガルドもやがて、苦笑いになった。

「ごめんなさいね、プルウィア。彼等はわたくしのためにと言葉がつい厳しくなってしまうようなの。主（あるじ）思いなのよ。許してあげてくれるかしら」

「ええ。でも、そのシウって子、随分と女性に対してひどいのね」

「女性というより、貴族への偏見があるのだと思うわ。彼は貴族と関わりを持つのを嫌がってましたもの。わたくし、何度か彼を助けてあげようとしたのだけれど……」

視線が俯く。その横顔が可哀想に見え、プルウィアは顔も知らぬ少年に憤りを覚えた。偏見の目で見られることがどれほど腹立たしいかプルウィアは知っている。ヒルデガルドもまた、同じ目に遭ったのだ。そう思うと女騎士たちの怒りも納得できる。

更に、プルウィアにとってシウという少年は別の意味でも気になる存在だった。クラスメイトの誰よりも早く、飛び級した生徒だと聞き及んでいたからだ。先生の覚えもめでたい。特に担当教授のアラリコがシウについて語っているのを直接聞いたことがある。

「シウ＝アクィラは早めに研究室に入れた方がいい。でなければ、あっという間に学校を出て行くでしょう。あれは自由すぎる。緩くても構わないので紐を付けておかないと、国の損失どころか魔法学界の損失になりますな」

話し相手の教授も「そう思うがねぇ」と答えていた。授業で分からなかった箇所を教わろうと執務室に寄ったプルウィアは、思わず顔が赤くなった。自分は基礎学科でさえところどころ躓いているというのに「シウ」はその先に行っている。ずっと年下の少年が自分よりも先に進んでいるという状況に、妬ましさを覚えた。

そう、プルウィアは妬ましいという気持ちを知った。

それからのプルウィアは益々勉強に励んだ。寮に入って良かったのは朝昼晩と食事が出ることだ。自分で何もしなくていい。学費と寮費に関しては仕送りでなんとかなったけれど、それ以外はどうしようもない。働くという考えもなかったため、プルウィアは節約しながら学校生活を送っていた。

そんなある日、学校内の様子が変だと気付いた。

シュタイバーン国の出身者に対して、コソコソと妙な態度を取る生徒が出始めたのだ。

その頃にはプルウィアへの嫌がらせはすっかりなくなっていた。一部の男子生徒には付き纏われていたけれど、それは相手をしなければいいだけだ。

もちろん、節約生活なので気楽とは言い難いけれど、寮母の用事を少し手伝ってお小遣いをもらう程度には人との付き合いにも慣れてきていた。

しかし、それは訪れてしまった。

「よくも偉そうに俺の誘いを断ったものだ。知らないのだろうな。エルフが昔、我々人族の奴隷だったと」

通りすがりに囁かれた言葉に、プルウィアはカッとなって怒鳴り返そうとした。が、それに先んじたのはヒルデガルドだった。彼女も教室から出ようとして耳にしたらしい。

「まあ、なんてことを！　あなた、それでも貴族なの？」

怯んだ相手に、ヒルデガルドは目を吊り上げて続けた。

「とても紳士の言葉とは思えませんわ。過去の悪行を、さも正義のように振りかざすなど貴族の風上にも置けない。ラトリシア貴族がこれほど情けないとは存じませんでしたわ」

その瞬間に周囲がざわめいた。けれど、ヒルデガルドは気付かなかった。気付かないままなおも続けてしまった。

「最近もまた、余所者だなんだと他国の生徒に嫌がらせをしているようですわね。恥を知りなさい。魔法大国と呼ばれて有頂天になっているのではなくて？」

女騎士も煽（あお）るように何かを叫んでいる。何を言っているのか、プルウィアは聞きたくなかった。耳が拒否していた。けれど、これだけは言わないといけない。そう思って必死に声を上げた。

「待って、ヒルデガルド。わたしにこんなバカな人、無視できるわ。奴隷の話だって過去のことよ。さっきの件も一部の人の意見だと分かってる。だからね、もういいのよ」

「まあ、何を言っているの。あなたのためにわたくしは彼等を諭しているのよ」

「え、ええ。でも、わたしのためにあなたの評判を落とすような真似は――」

「ヒルデガルド様の評判だとっ？」

女騎士がずいっと前に出てきてプルウィアを睨（にら）む。その勢いに、プルウィアは飲まれた。

「だって」

「貴様、今までヒルデガルド様がどれほど目を掛けてやったか忘れたのか！」

ビクッと震えたプルウィアに、ヒルデガルドは困ったような顔でこう言った。

「可哀想に。あなたもラトリシア貴族の嫌がらせに負けてしまうのね。それも仕方のないことかしら。貴族の教育を受けていなければ彼等のような狡猾さには勝てないでしょう。けれど大丈夫よ。わたくしがいますからね」

その時の視線に、プルウィアはゾッとした。これは友人に向けるものだろうか。それに、ヒルデガルドは心の底から悪気なくプルウィアのために言っているのだと気付いて、更にゾッとした。何故なら——。

「わ、わたしのため、って言わないで」

何を言われたのか分からないといった表情で見返してくるヒルデガルドから、プルウィアは視線を逸らした。怖いと思った。けれど、どうしても告げねばならない。

「ラトリシア貴族全員がわたしを貶めたんじゃないわ。わたしは一部の男子生徒に尊厳を傷付けられただけ。だから、話をすり替えられたら困るの」

主語が勝手に入れ替わっていた。勝手にプルウィアの名前で戦いを始めたヒルデガルドに不信感が募った。だから言わねばならなかった。

覚悟した通り、ヒルデガルドは気分を害したのだろう、その後プルウィアに話し掛けてこなくなった。女騎士が鋭い視線を寄越すぐらいだ。

友人ができたと思っていたが一時の夢に終わった。

✦特別書き下ろし番外編✦

プルウィアの学校生活

それ以来、プルウィアは勉強に身が入らなくなった。プツンと糸が切れたように力が抜けてしまった。

ところが事態は一変した。シウ＝アクィラに出会ったからだ。

同郷のククールスに頼まれ、最初は嫌々顔を合わせた。植え付けられたイメージのせいでつっけんどんに話してしまったが、シウは全く気にしなかった。それに話しているうちに、ヒルデガルドや周囲のお付きたちの話していた人物像とは違うことにも気付いた。

本当に自分は一体何を見ていたのだろう。全く何にも分かっていなかった。だから、もう少し歩み寄ってみようと思った。最初からダメだと決めつけないように。

その第一歩に選んだのはシウだ。彼に、シュタイバーン出身の女子生徒が困っているようだと教えてあげた。すると、

「教えてくれてありがとう。なんとかできないか、同郷人に話してみる」

簡単にそう言った。その言葉通り、彼はすぐさま同郷人たちに声を掛けて行動に移した。しかも生徒会長にまで話をしたという。その行動力に、一瞬ヒルデガルドを思い出した。

けれど彼女とシウは根本的に違った。

シウは押しつけがましく「あなたのために」なんて言わない人だった。

「お礼に今度、ご馳走(ちそう)するね」

たかだか女子生徒二人を呼んでくるだけで、そんな風に言う人だ。

ニコニコ笑って、嘘偽りない本当の気持ちなんだろうなと思わせてくれる人。

思えば彼は、最初からプルウィアの見た目には一切触れなかった。彼の興味はレウィスにしかなかったのだ。そんな人も珍しい。たとえ子供だろうと、男女問わずプルウィアは見られてきた。だからつい、自分のことを「美人だから目立つ」なんて言ってしまった。それに対して笑うでもなく追従するでもなく、彼はただプルウィアの話を聞いてくれた。

何よりレウィスに対してとても優しかった。

――誰も、レウィスについて話題にしなかったのだ。プルウィアに話し掛ける人の多くは、プルウィアの賢さか美しさにしか興味がなかった。ヒルデガルドも「あら、ウルラなのね」と言っただけだ。貴族にとって小型希少獣は愛玩動物で、学校に連れてくるようなものではないらしい。珍しくもなんともないのだろう。

プルウィアにとっては大事な相棒だ。レウィスがいたから一人で里を出てもなんとかやってこられた。プルウィアが年相応に感情を覚えたのは、きっとレウィスが傍にいてくれたからだ。会話はできなかったけれど大事な存在だった。

「色も素敵だし、羽艶も良くて可愛がってもらってるんだね」

シウの言葉に、プルウィアは泣きそうになった。シーカーに来てからコソコソ話される中には「真っ白じゃないのね」や「あの鳥、汚れてない？」という言葉もあった。灰色がかった色合いは誰の目にも不人気だった。その言葉の裏には妬ましさや羨ましさがあったのかもしれない。ラトリシアでは希少獣は貴族のもので、見せびらかすためのものだと聞いた。彼等のほとんどは幼獣を調教施設に預け、一緒に生活しないという。だからか、希少獣との関係性は希薄になるようだ。

けれど、その時には彼等の考えなど想像する余裕もなく、ただただ傷付いた。

「フェレスが乗せてあげるって。フェレス、偉いねー」

「にゃ」

優しい顔。優しい瞳。フェーレースは主のシウを信頼し、その表情、体全体で好きだと表していた。レウィスと同じだった。プルウィアは、今感じた自分の気持ちを大事にしようと思った。


その後、シウとは何度も顔を合わせた。同じ講義も取った。研究科の中では受講者の少ない魔獣魔物生態研究科だ。それほど興味があったわけではない。けれど、そこにシウがいると知ったから――。

もちろん、学び始めたらとても面白いと思えた。詰め込んでしまったために余裕のない時間割になってしまったけれど、楽しい授業だ。

何よりも、小型希少獣を連れたクラスメイトたちはプルウィアに優しかった。中にはプルウィアを見て顔を赤らめる男子生徒もいた。でも、変に誘ってくるような人はいなかった。女子生徒はあっけらかんと笑って告げた。

「プルウィアって本当に綺麗よね。女のわたしでも見惚れちゃうわ。ジロジロ見ちゃってごめんなさいね。でも綺麗なものって見ちゃうのよ～」

ストンと腑に落ちた。綺麗なものを見てポーッとなるのは普通にあるのだ。彼等に悪気はない。プルウィアはただ「いいのよ」と答えればいいだけ。身構えていた自分が滑稽だった。それに、彼女はこうも言った。

「ほらぁ、フェレスを見るのと同じよ。本当にあの子は黙って座っていれば綺麗なんだから。まぁ、ああやってるのも可愛いんだけどね」

指を指した先には、小さな子たちを乗せたフェレスが教室内を走り回っていた。庭に出ようとして、誰かの護衛に止められている。今日は雨だからダメだよ、と。

しょんぼり項垂れたフェレスを見て、皆が笑う。

「フェレー、フェレス。もう少し静かに遊ぼうね。新しい仲間が増えたのが嬉しいんだろうけど」

「新しい仲間が増えて嬉しいのはシウもじゃないかい？　さっきから、新入りばっかり見てるよ。分かってると思うけど、新入りは希少獣だけじゃないからね？」

「……人間の方とはもう挨拶したよ？」

皆が笑う。シウはきょとんとしていたけれど、皆に合わせてか恥ずかしそうに笑った。

シウがクラスメイトにからかわれているのを見て、プルウィアも一緒に笑った。

シーカーでの学生生活はきっと楽しくなるだろう。そんな気がした。

あとがき

この度は「魔法使いで引きこもり？10」をお手にとっていただき誠にありがとうございます。おかげさまで今巻で十巻となりました。シリーズを合わせると十一冊目！　ここまで来られたのは応援してくださる皆様のおかげです。本当にありがとうございます。

書籍化が決まった際、友人とブランカたちが出てくるまで続けられたらいいよねと、夢のような話をしていました。シウにとってフェレスは一番の相棒ですが、ブランカや、この後生まれる子は家族になります。彼等が出てきて初めてシウの物語のような気がして、友人に「そうなるといいなぁ」と返したのを今でも覚えています。


夢みたいな話だったのに、現実に発売されると今度は期待や希望になっていました。欲が生まれたのです。なにしろ、付けていただいたイラストが本当に素晴らしい。

そう、戸部淑先生の素敵なイラストです。最初にシウとフェレスのイラストを見せていただいた時、本当に可愛くて、すごい宝物をもらった気分でした。当時はこの嬉しくも激しい気持ちをそのまま返していいのか分からず、かなり控え目に表現してました。そもそも夢のように思っていたせいか、ぼんやりしていたような気もします。あの時の感動は今でも続いていて、むしろパワーアップしています。嬉しさは順に足されていくんですね。

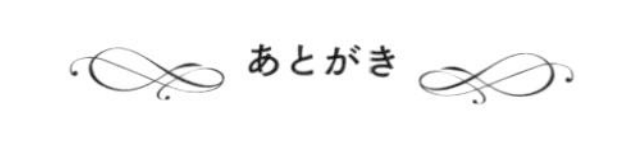

あとがき

今回もまた良かった、これは上書きではなくプラスだ！　そんな感じで、いつも宝物を受け取っています。

　そして今回はなんといってもブランカです。表紙から本当にもうもうもう！

　ぽんぽこのお腹、ちょっとやんちゃそうな片鱗が見え隠れし（ているように感じる親馬鹿具合）たまらん可愛さです。もちろんそれだけではありません。蛇男ヴィンセントと、その対比のような可愛いばかりの子供たちとフェレス。更にもふもふの草原を楽しく走るレウィス。もちろんモノクロイラストのどれもが素晴らしい。

戸部先生、今回も素敵なイラストをありがとうございます。

　この宝物に出会えたのも皆様に応援してもらえたおかげです。心から感謝申し上げます。どうか次の子にもまた出会えますように。

　精一杯頑張りますので引き続き応援していただけますと幸いです。

　最後に。この本に関わる全ての方々にお礼申し上げます。わたしが直接関わるのは編集Ｉさんと校正さんですが、その他にも多くの方々のご尽力があって本となるわけで、感謝しかございません。いつもありがとうございます。

　今後もどうぞよろしくお願い申し上げます。

小鳥屋エム

魔法使いで引きこもり？ 10
～モフモフと見守る家族の誕生～

2021年7月30日　初版発行

著者　小鳥屋エム
イラスト　戸部 淑
発行者　青柳昌行
発行　株式会社KADOKAWA
〒102-8177 東京都千代田区富士見2-13-3
電話 0570-002-301（ナビダイヤル）
編集企画　ファミ通文庫編集部
デザイン　百足屋ユウコ＋豊田知嘉（ムシカゴグラフィクス）
写植・製版　株式会社オノ・エーワン
印刷　凸版印刷株式会社
製本　凸版印刷株式会社

●お問い合わせ
［WEB］https://www.kadokawa.co.jp/（「お問い合わせ」へお進みください）
※内容によっては、お答えできない場合があります。
※サポートは日本国内に限らせていただきます。
※Japanese text only

　ISBN978-4-04-736739-5 C0093